「으, 응. 뭐……
어울리네.」

이윽고 커튼이 열리며
순백의 웨딩드레스를 입은
시에스타가 나타났다.

「어때?」

명탐정 대행 (여아)

알리시아
Alicia

키미즈카가 주운
기억상실에 걸린 소녀.
시에스타가 탐정 대행으로 임명함.

「애플파이를 만들까 해서.
모처럼 네가 사다 준댔으니까」

그렇게 말한 시에스타는
기분이 좋은지 경쾌하게 손을 움직였다.

「──가끔은 성실하지 못한 짓도 해볼래?」

「그래서, 그래서 있지?
그때는 나도 아직 어리다 보니
수박씨를 삼키고
혹시 배 안에서 싹이 트면 어쩌나 해서
불안해졌거든」

아니, 그렇게 흔들리는 것처럼 보이는 건

뛸 때마다 여성스러운 부위도 같이 크게 흔들렸다.

나와 마찬가지로 목욕 가운을 입은 시에스타가

IF

시에스타
Siesta

직업	학생
학년	중학교 2학년
좋아하는 과목	음악
위원회	도서위원
부활동	미스터리 연구부 부장
취미	낮잠, 부부장을 놀리는 것
신조	문무양도

일본인답지 않은 아름다운 푸른 눈.

얌전한 표정은 소녀에서 어른의 여성이 되는

과도기 같은 뭐라 형언하기 힘든 매력을 발산했다.

또한 은백색의 머리카락에

한 떨기 꽃처럼 핀 붉은 리본은

교복의 디자인과도 잘 어울려서——

마치 머리끝에서부터 발끝까지

완성된 조각처럼 아름다웠다.

(부부장의 수기에서 발췌)

탐정은 이미 죽었다

니고 쥬우

[ill] 우미보즈

2

Contents

【프롤로그】

꿈을 꾸고 있었다.

그건 길고 긴, 마치 동화 속 이야기 같은 꿈이었다.

지상 1만 미터의 하늘 위에서 나는 한 소녀와 만났고 그로부터 3년에 걸쳐 눈부신 모험담을 펼쳤다.

싱가폴의 해변과 카지노에서 놀며 전설의 비보를 찾았다.

뉴욕에서 뮤지컬을 보고 있었더니 테러에 말려들었다.

물의 도시 베네치아에서 수로로 도망치는 대괴도와 배를 타고 요란한 추격전을 펼쳤다.

그 밖에도 사막을 걷고, 정글을 헤치고, 산을 넘고, 바다를 건넜고── 아무튼 우리 두 사람은 전 세계를 여행하며 돌아다녔고.

이윽고 런던에서 우리는 하나의 거대한 악과 만나게 되었다.

여행의 종착지는 적의 아지트였다.

그 거대한 악에 맞서는 건 파트너인 소녀였다.

나는 그 광경을 뒤에서 보고 있었는데 돌연히 시야가 일그러지며 귀가 먹먹해지기 시작했다.

나는 당황해서 소리치려고 했지만 목소리가 나오지 않았다.

그래, 이건 분명 꿈이다. 질 나쁜 악몽임이 틀림없다.

　머리로는 이해하고 있을 텐데도 어째서인지 공포심을 떨쳐낼 수 없었다.

　그러는 사이에 적이 커다란 칼을 치켜들었다.

　이대로는 내 파트너인 소녀가 칼에 맞고 만다.

　나는 그녀의 이름을 큰 목소리로 소리쳤지만 역시 목소리로 나와주지는 않았다.

　절망 속에서 파트너인 소녀가 나를 향해 몸을 비스듬히 돌렸다.

　무언가를 말하고 있었다. 전하고 있었다.

　그렇지만 그 목소리도 나에게는 들리지 않았다.

　필사적으로 입 모양을 읽어내려고 했지만 눈이 흐릿해서 보이지 않았다.

　그리고 다음 순간, 소녀의 얼굴이 피로 물들었다.

　그녀는 죽고 말았다.

　다만…… 단지 한 가지 알게 된 것이 있었다.

　죽기 직전에 파트너인 소녀는 나를 보며 쓸쓸하게 웃고 있었다.

　그런 꿈을 꾸고 있었다.

“네가 명탐정이야?”

나를 꿈속에서 끄집어낸 것은 그런 엉뚱한 질문이었다.

방과 후. 해 질 녘의 교실.

어느 사이엔가 잠들었는지 누군가가 깨워준 모양이었다.

잠이 덜 깬 눈을 문지르며 올려다보았다.

그건 처음 보는 동급생 소녀였다.

그리고 어째서인지 나는 그 애에게 멱살을 잡힌 채 알 수 없는 협박 같은 것을 받았다. 내 연루 체질은 여전히 낮지 않은듯했다.

"아, 그렇구나. 껴안기고 싶었던 거지?"

이윽고 생각도 하고 있지 않았던 마음속의 말을 대변하며 소녀가 나를 가슴에 껴안았다.

마시멜로 같은 부드러움과 향수 같은 달콤한 냄새에 머리가 녹아내릴 것만 같았다.

그리고 그 애의 심장 소리가 들려왔다.

두근, 두근.

두근, 두근.

나는 어째서인지 그 소리가 무척 그립게 느껴졌다.

의아하게 생각하며 나는 눈앞에 있는 소녀의 이름을 물어보았다.

그리고 듣게 된 그 애의 이름은———.

"……응?"

달콤한 향기와 뺨에 닿는 탄력에 불현듯 깨어났다.

아무래도 나는 꿈속에서 깨어나는 꿈을 꾸고 있었던 모양이었다.

방은 어두워서 주위가 잘 보이지 않았다. 하지만 조금 전 꿈속에서 느낀 냄새와 부드러움이 분명히 이곳에 있었다. 그렇다면 이건?

"으아아아아아아아아!"

비명과 함께 날카로운 통증이 뺨을 내달렸다. 불합리해…….

"윽, 뭐 하는 거야── 나츠나기."

나를 때린 범인으로 예상되는 소녀를 노려보았다.

"그건 내가 할 말이야! 눈 뜨자마자 동급생 여자애의 가슴을 당연하다는 듯이 주물럭거리지 마!"

"처음 만났을 때는 오히려 네가 가슴을 들이밀었다고 기억하는데?"

"그러니까 말했잖아! 그건 나만의 의지가 아니었다고!"

그렇게 소리치는 건 나츠나기 나기사── 내가 다니는 고등학교의 동급생이자 《명탐정》이었다.

어떤 의뢰를 계기로 알게 되었고…… 그로부터 몇 가지 사건에 말려드는 가운데 이 애가 탐정, 내가 조수가 되어서 마치 악연처럼 친해지게 되었다. 친해졌다고는 해도 동침하는 사이가 된 기억은 없다만…….

"그래서 여긴 어딘데."

그렇게 말하며 나츠나기가 주위를 두리번두리번 둘러보았다. 우리가 자고 있던 곳은 차가운 콘크리트 바닥 위로 나도 그렇지만 나츠나기도 처음 보는 장소인 듯했다.

"……여긴 어디냐."

뒤늦게 기억을 뒤져보았다. 어째서 눈을 떴을 때 나츠나기가 옆에서 자고 있었던 거지? 지금은 몇 시고 이곳은 어디지? 나는 어제 뭘 하고 있었지……?

"으음, 아까부터 두 분 모두 시끄럽다구요~."

툭, 하고 내 무릎 위에 무언가가 얹히는 느낌이 들었다.

"이 목소리는…… 사이카와?"

무릎베개를 허락한 기억은 없다만…… 그건 그렇고 목소리는 틀림없었다.

사이카와 유이—— 재팬의 톱 아이돌이자 나츠나기와 나의 첫 의뢰인. 사이카와가 가지고 있던 문제를 해결한 이후로 이렇게 농담도 나눌 수 있는 사이가 되긴 했는데…….

"사이카와, 왜 너까지 여기 있는 거야."

"예에? 제가 키미즈카 씨와 잔 이유 말이에요? 그걸 저에게 물어보시는 거예요?"

"왜 그렇게 의미심장하게 말하는 건데…… 어? 내가 데리고 온 거 아니지?"

"잠깐만, 그런 거였어? 유이까지 데리고 와서 나를 딱딱한 바닥 위에 눕히고 묶어놓은 다음에……!"

"나츠나기, 마지막 부분에 네 희망사항이 섞여 있거든? 안 묶을 거거든?"

그런 지옥도 속에서 이곳이 어디인지를 생각하는 것조차도 귀찮아지기 시작한 그때.

"놀고 싶으면 나중에 해줄래? 키미즈카."

차갑고 언짢아 보이는 목소리. 특히 나를 향한 가시 돋친 말에 그게 누구인지 바로 알 수 있었다.

"너도 있었어? 샤르."

샬럿 아리사카 앤더슨―― 이쪽도 예전부터 알고 지내던 악연으로 몇 번이나 함께 일한 적이 있는 동년배 소녀였다. 얼마 전에 어떤 사건을 계기로 어쩌다 보니 화해를 하게 되었는데…… 그렇다고 해서 나를 대하는 태도가 부드러워지는 것은 아닌 모양이었다.

"당신들 정말로 기억 안 나? 우리는 마담의 묘를 찾아가는 도중에 누군가에게 유괴되어 이곳에 오게 된 거잖아."

"……!"

맞아, 생각났다―― 나는 어제 이 애들과 함께 예전 파트너의 묘를 찾아가고 있었다.

계기는 며칠 전에 사이카와가 주최한 크루징 투어에서 일어난 선박 납치 사건으로, 거기서 《인조인간》 카멜레온을 쓰러트리고 시에스타의 유지를 이어받으며 화해한 나와 샤르는 시에스타가 잠든 묘를 찾아가기로 약속했었다.

그리고 어제, 나와 샤르 단둘이서는 어색할 거라는 생각에 나츠나기와 사이카와도 더해서 묘를 찾아가고 있었는데…… 아무래도 가는 도중에 누군가의 습격을 받아서 이곳으로 끌려온 모양이었다.

"당신들 방심도 정도껏 해야지."

샤르가 의기양양하게 팔짱을 끼며(어두워서 보이지는 않지만 분명 팔짱을 끼고 있을 터) 우리를 타박했다.

"아니, 너도 유괴당했거든."

"샤르 양도 유괴당했잖아."

"샤르 씨도 유괴당했잖아요."

"……아, 그거 미안하게 됐네!"

샤르의 날카로운 목소리가 어두운 방 안에 울려 퍼졌다.

긴장감이라고는 찾아볼 수가 없었다. 범인도 지금쯤 괜히 유괴했다고 후회하지 않을까 하고 쓴웃음을 짓고 있으니.

"눈 부셔……."

나츠나기가 얼굴 앞을 손으로 가렸다.

아무래도 방 앞쪽에 설치된 스크린이 켜진 모양이었다.

"감금에 수수께끼의 텔레비전 화면이라."

그 키워드에 몇 가지 데스게임 스토리가 머릿속을 스쳤다. 예를 들자면 지금부터 저 스크린 속에서 가면을 쓴 유괴범이 나타나 우리에게 잔혹한 게임의 룰을 설명하기 시작하는 것이다.

"팔다리가 구속된 우리에게 대체 무슨…… 무슨……."

"나츠나기, 왜 얼굴을 살짝 붉히면서 말하는 거야."

"키미즈카 씨, 이 싸움이 끝나면 여동생의 결혼식에 가겠다고 하셨던가요?"

"사이카와, 나에게만 사망 플래그를 세워서 자신의 죽음을 회피하려고 하지 마."

"걱정 마, 키미즈카. 어떠한 데스게임이더라도 내 두뇌가 있으면 문제없으니까."

"얘들아 잘됐네. 샤르가 혼자서 모든 플래그를 쓸어갔어."

"나는 농담한 거 아니거든!?"

그러니까 긴장감 좀. 이 뒤에 범인도 무슨 얼굴로 등장하면 좋을지 고민하게 된다고.

뭐, 덕분에 이제부터 무슨 전개가 펼쳐져도, 누가 저 스크린에 비쳐도 결코 놀라는 일은 없을 것이다. 나는 그렇게 생각했다. 아니, 이 자리에 있는 누구나가 그렇게 생각했을 것이다.

그렇기에 다음 순간.

화면에 비친 그 인물을 보고 우리는 한동안 목소리도 내지 못했다.

"지금 이 영상이 재생되고 있다는 건 이 자리에 키미즈카 키미히코, 나츠나기 나기사, 사이카와 유이, 샬럿 아리사카 앤더슨, 너희 네 사람이 있다는 거지?"

그 쿨하면서도 다정한 목소리를 들은 건 실로 1년 만이었다.

"시에스……."

"마담!"

"억."

몸을 내리누르는 무게. 있는 힘껏 내 등에 올라탄 샤르가 화면을 올려다보고 있었다.

화면에 비친 건 은백색 머리카락에 푸른 눈동자의 소녀.

내 예전 파트너이자 지금은 죽은 명탐정—— 시에스타였다.

샤르도 예전에 그녀의 제자였던만큼 1년 만의 재회에 흥분을 감추지 못한 모양이었다. ——그러나.

"샤르, 이건 녹화영상이야."

"어?"

한순간의 감정으로 현재 상황 판단을 그르쳐서는 안 된다. 언제나 냉정하고 현명하게. 시에스타가 지금 이 자리에 있을 리가 없었다. 탐정은 이미 죽었으니까.

"오래간만이야, 샤르. 하지만 미안해. 이건 1년 전에 오늘을 내다보고 찍어둔 과거의 영상이야."

시에스타는 마치 지금의 세세한 대화조차 예견한 것처럼 샤르를 향해 부드럽게 웃어 보였다.

"마담……."

샤르는 애달픈 표정으로 화면 너머의 시에스타를 바라보았다.

"감동하고 있는 가운데 미안하지만 내 위에서 내려온 다음에 하지?"

그렇게 우리는 자세를 바로 하고 스크린을 마주 보았다.

"저 애가……."

"시에스타 씨로군요……."

나츠나기와 사이카와가 한마디씩 중얼거렸다. 두 사람 모두 실제로 시에스타를 보는 건 처음이었지.

"자, 그럼. 너희를 이 자리에 모은 것엔 이유가 있어서 말이지."

아까와 마찬가지로 마치 타이밍을 잰 것처럼 시에스타가 입을 열었다.

"슬슬 너희가 알아줬으면 했거든. 1년 전에 나에게 무슨 일이 일어났는지를."

1년 전── 그건 명탐정이 죽은 날을 가리키는 걸까. 《카멜레온》에게 살해당했다고 하는 그 날을.

"나는 카멜레온에게 살해당하지 않았어."

또다시 시에스타가 내 생각을 읽은 것처럼 말했다.

"뭐라고? 하지만 그 녀석은⋯⋯."

카멜레온은 분명 자신이 시에스타를 살해했다고 했었다. 샤르도 내 얼굴을 마주보며 고개를 갸우뚱거렸다. 샤르도 그 선상의 전투에서 카멜레온에게 직접 그 정보를 들었었다.

"조수, 떠올려 줘."

시에스타의 눈이 나를 바라보았다.

"내가 떠올려야 하는 게 있다는 거야?"

그 말은 내가 뭔가를 잊고 있다는 의미인가? 대체 무엇을?

"그리고 모두가 알아줬으면 해. 그러고 나서── 결단을 내려 줘."

다음 순간, 영상이 전환되었다. 그건 4년 전에 나와 시에스타가 만난 상공 1만 미터를 나는 비행기 내부의 광경이었다.

"이건……."

"지금까지 내가 보아왔던 풍경── 너와 보냈던 3년간의 기록이야."

……! 설마 시에스타는 그 과거의 기록을…… 기억을 지금부터 우리에게 이야기해 주려는 건가? 내가 잊고 있다는 무언가를 떠올릴 수 있도록.

"그럼 준비는 되었어? 우선 4년 전부터야."

또다시 화면에 비친 시에스타가 우리를 향해 이렇게 말했다.

"너희가 끝까지 봐 주면 좋겠어. 우리에게 일어난 그 사건을. 내 죽음의 진상을. 그리고 내가 임한 최후의 싸움을──."

【제1장】

◆ 하이재킹 뒤에는 역시 목욕(혼욕)

"거절하지. 누가 네 조수 같은 걸 하겠냐."

자택인 오래된 아파트의 욕실에서.

나는 샴푸가 눈에 들어가지 않게 눈을 질끈 감으며 몇 번이나 권유받은 그 웃기지도 않는 제안을 거절했다.

"응? 뭐라고? 잘 안 들려."

그러나 그 당사자는 내 비난을 아랑곳하지 않고 내가 수락할 때까지 포기하지 않을 생각인 듯했다.

"안 들리는 척하지 말라고."

나는 조금 전보다 커다란 목소리로 욕실 문 너머에 있는 그 인물에게 불평했다. 좁은 욕실이다 보니 내 낮은 목소리가 몇 번이나 반사되어 들려왔다.

"자자, 진정 좀 해. 모처럼 씻는 중이잖아."

"모처럼 씻는 중인데 누구 때문에 어수선하다고."

나는 머리를 감고 나서 좁은 욕조에 몸을 담갔다.

"등이라도 닦아줄까?"

"됐어."

"목욕 수건만 두르고 들어가려는데."

"……됐어."

"무진장 알기 쉬운 간격인걸."

……젠장, 사춘기 남자에게 그런 무시무시한 함정을 깔다니.

아니, 그런 것보다도.

"왜 우리 집에 있는 거야—— 시에스타."

나는 탈의실에 서 있을 소녀에게 말을 걸었다.

코드네임—— 시에스타.

은백색 머리카락에 푸른색 눈을 지닌 국적 불명의 소녀.

나는 일주일 정도 전에 상공 1만 미터를 날던 여객기 안에서 《명탐정》을 자처하는 그녀와 만나 둘이서 어떤 사건을 해결했다. 하지만 아무래도 나에게 있어서 그 사건은 그걸로 끝나지 않았던 모양이었고——.

"잘 들어, 시에스타. 멋대로 남의 집에 들어오지 마. 욕실에까지 들어오려고 하지 마."

"그렇게 하지 않으면 네가 내 이야기를 들어주지 않으니까."

나왔다. 이거였다.

그 하이재킹 사건이 무사히 해결된 직후. 시에스타는 무슨 생각인지 "내 조수가 되어서 함께 전 세계를 돌아다녀 줬으면 해." 같은 막무가내 요구를 나에게 해온 것이다.

물론 나는 그런 황당한 제안은 거절했지만…… 그러나 시에스타는 전혀 꺾이는 기색이 없어서 벌써 일주일이나 이런 대화를 나누고 있었다.

"너도 참 고집이 세구나. 이렇게 너희 집에 침입하는 것도 쉬운 일이 아니라고."

"응? 왜 그렇게 의기양양한 거야? 내 잘못이야?"

"나는 정의의 편이니까. 나를 거스르는 너는 필연적으로 악이라는 말이 되지."

그런 어처구니없는 논리를 펼치는 정의의 편이 세상에 어디 있냐.

"아니, 그 이전에 문은 제대로 잠가 놨을 텐데?"

"아, 그거라면 마스터키로 열었어. 내 《일곱 도구》 중 하나로 말이지. 이 열쇠로 열지 못하는 자물쇠는 없거든."

"무진장 쉽게 불법 침입하고 있잖아."

"으음, 말이 심한걸."

"사생활을 침해하고 있는 녀석보다는 낫거든?"

느닷없이 욕실 문 너머에서 목소리가 들려왔을 때는 진짜로 심장이 멎을 뻔했다고.

"그래서 결국 나는 네 등을 닦아주면 되는 거야?"

"그러니까 틈만 나면 혼욕을 시도하지 말라고."

만나고 일주일 만에 이 거리감. 앞으로가 걱정되었다.

"왜 그렇게 내 조수가 되는 걸 싫어하는 거야?"

그러고 있으니 시에스타가 얇은 문 너머에서 새삼 그런 질문을 했다. 이거 참. 역시 아직 포기해 주지는 않는 건가.

"나는 평범하게 살고 싶다고."

좁은 욕조 안에서 나는 얼굴에 목욕물을 끼얹으며 말했다.

"전에도 말했잖아. 나는 이 《연루 체질》 탓에 옛날부터 손해만 봤어. 그래서 내 꿈은 그저 평화롭게 일상에 안주하는 생활을 보내는 거라고."

"나와 함께 있으면 그런 생활은 보낼 수 없다는 거야?"

"그야 그런 모습을 보게 되면 말이지."

나는 상공 1만 미터에서 벌어진 《인조인간》과의 전투를 떠올렸다.

평범한 하이재킹이라면 그나마 괜찮다. 아니, 결코 괜찮지는 않지만 이 상황에서 불평은 하지 않는다. 하지만 그건 안 된다. 그런 거에 관여한다면 분명 목숨이 몇 개가 있어도 부족할 것이다.

"하지만 이 일은 나밖에 못 하는 일이야."

내 대답에 시에스타는 여느 때보다도 날카롭게 딱 잘라 말했다.

"그 너밖에 못 하는 일에 나를 끌어들이는 이유는?"

"그건…… 아, 맞다."

"방금 떠오른 걸 말하려는 거 아니야?"

"실은 너를 보고 한눈에 반해서."

"전에 한 번 약속 잡았을 때 내 얼굴 보고 갸우뚱거렸던 적 있었지?"

"너는 이틀 못 만나면 까먹을 용모니까. 은밀 행동에는 제격이야."

"칭찬하는 척하면서 깎아내리지 말라고. 그리고 조수가 된 것처럼 바로 일을 맡기려고 하지 마."

"······정말로 조수 안 해 줄 거야?"

시에스타의 목소리가 갑자기 낮아졌다.

그러니까 아까부터 그렇게 말하고 있잖아. 어째서 좀 시무룩해지는 거냐고.

참 나, 여전히 말이 통하지 않았다. 이것도 전부 시에스타가 본심을 말하지 않는 게 원인이었다. 자신의 요구를 받아들이라고 하면서도 그 요구에 설득력을 담지 않아서 언제나 대화가 수포로 돌아갔다.

그 하이재킹 사건도 일단은 해결되었지만 결국 시에스타의 압도적인 무력과 행동력으로 막무가내로 제압한 것에 지나지 않았다. 이래서는 앞날이 걱정되기만 할 뿐이었다.

"교섭을 할 거라면 우선은 메리트를 제시해."

그래서 나는 그런 지당한 조언을 시에스타에게 해 줬다.

······하지만 착각은 하지 말도록. 이건 어디까지나 제대로 된 조건으로 교섭한 뒤에 거절하기 위한 거니까. 언제까지고 질질 끌리는 건 참을 수 없었다.

"후후, 의외로 상냥하구나."

"멋대로 과대평가하지 마. 행간을 읽지 마."

"그러고 보니 조금 전에 피자 주문했는데 괜찮지?"

"바로 타인의 상냥함을 이용하지 마! 지금 당장 전화해서 취소해!"

"이건 내 예상인데, 아마 1년 후에도 우리는 이런 느낌으로 잘 지내고 있을 것 같아."

"절찬리 잘 지내고 있지 않거든! 내 속만 계속 타들어 가고 있거든!"

지친다. 시에스타를 상대하는 건 진심으로 지친다…… 역시 어떠한 메리트를 제시하든 이 녀석의 조수가 되는 것만큼은 무리일 것 같았다.

"그러니까 말을 해봐."

"아니, 내가 아니라. 네가 나에게 메리트를 제시하라는 이야기였잖아."

그러나 시에스타는 여전히 모든 것을 내다보고 있다는 듯한 태도로.

"뭔가 고민거리가 있잖아."

욕실 문 너머로 그렇게 물어보았다.

"그걸 해결해주는 게 내가 너에게 제공할 수 있는 메리트야."

"내가 가진 문제를 해결해주는 대신에 자신의 조수가 되라는 말이야?"

"그럴지도?"

여기서 내 고민을 어떻게 알았냐고 물어보아도 아마 시에스타는 대답해 주지 않을 것이다. 그녀는 언제나 결과에만 관심이 있는 명탐정이었으니까.

"……실은 내가 다니는 중학교에 지금 문제가 좀 있어."

그래서 나는 욕조에서 나온 뒤.

"우리 학교에 화장실의 하나코 씨가 대량 발생한 모양이야."

몸을 수건으로 닦으며 그런 기묘한 7대 불가사의를 명탐정에게 들려주었다.

"그렇구나. 그건 피자를 먹으며 차근차근 이야기를 들어 볼 필요가 있겠어."

"……그래. 피자는 먹어도 되니까 그 열어젖힌 문을 당장 달아 줘."

◆ 피자와 콜라와 해외 드라마, 때때로 화장실의 하나코 씨

누구나가 한 번쯤은 들어 봤을 학교의 7대 불가사의 화장실의 하나코 씨.

말하길── 오전 세 시에 구교사 3층 화장실의 앞에서 세 번째 칸을 세 번 노크하면 안에서 붉은 멜빵 스커트의 소녀가 나타나서 변기 안으로 끌고 들어간다고 한다. 원래라면 이제 와서 주목할 가치도 없는 한물간 흔해 빠진 도시 전설이었다. 하지만 ──.

"너희 학교에서는 사정이 좀 다르다는 거야?"

욕실에서 나와 거실로 향하니 좁은 단칸방에서 시에스타가 볼이 미어지게 피자를 먹고 있었다. 그러나 나에게 질문을 던지면서도 그 시선은 작은 텔레비전에서 나오고 있는 해외 드라마를 향해있었다. 어느 사이엔가 내 실내복 티셔츠로 갈아입고 완전히 자기 집처럼 굴고 있었다.

"만나고 얼마 되지도 않는 남자의 집에서 만나고 얼마 되지도 않는 남자의 실내복을 빌려 입고 피자를 먹으며 해외 드라마를 보지 마. 네가 동거 중인 여자친구냐고."

"응? 아닌데?"

"아니니까 불평하는 거잖아."

나는 수건을 머리 위에 올린 채 시에스타 옆에 앉아 피자로 손을 뻗었다.

"아, 치즈 토핑은 내 거니까 먹으면 안 돼."

"멋대로 주문해놓고 그런 불합리한 말이 어딨어."

"그쪽에 있는 피클 on 피클이라면 괜찮아."

"안 먹는 걸 나에게 처리시키지 마. 전국의 피클 애호가에게 사과해."

"그렇게 말하면서 먹어주는 부분이 참 괜찮다고 생각해. 그걸 살려 나가자."

"뭘 살려 나가라는 거야. 내 정신적 성장을 촉구하지 마. 학교 선생님이냐."

안 되겠다. 대화를 제대로 할 수가 없었다. 애초에 무슨 이야기더라.

"하나코 이야기잖아."

"아, 그랬지…… 그런데 '씨'를 붙이라고. 하나코 씨를 친구처럼 부르지 마."

"그래서? 너희 중학교에서는 그 하나코 씨가 증식하고 있다는 거야?"

시에스타가 새로운 피자로 손을 뻗으며 물어보았다.

"맞아. 듣자 하니 우리 중학교에서는 하나코 씨와 만난 학생 본인이 이번에는 하나코 씨가 되어 버리는 모양이야."

"그렇구나, 좀비에게 물린 인간이 좀비가 되는 것처럼."

"그래, 마치 B급 영화 같은 소문이지."

"하지만 그게 단순한 소문이 아니니까 이렇게 나에게 상담하는 거지?"

……뭐, 그렇게 되겠지. 그다지 인정하고 싶지 않은 사실이지만.

"지금 우리 중학교에서는 육상부를 중심으로 등교 거부 학생이 급증하고 있어. 교사는 자세한 이야기를 하지 않지만…… 일부에서는 등교 거부 이전에 가출한 학생도 있는 모양이야."

우리 반에서도 한 명, 전교에서는 적어도 스무 명에 가까운 학생이 학교를 쉬고 있었다. 그중 몇 명은 미성년자가 가출한 탓에 경찰도 이미 움직이기 시작한 모양이었다.

"육상부 내부에서 뭔가 불화가 있다거나?"

"글쎄다. 소문에 따르면 인간관계에 문제는 없는 모양이던데."

"그렇구나…… 그러면 뭔가 외부적인 요인일지도 모르겠네. 하나의 집단에 연쇄적으로 커다란 영향을 끼칠 만한."

시에스타는 지극히 진지한 얼굴로 피자를 입안에 집어넣었다.

"그런데 너희 학교에서는 그 원인이 하나코 씨라는 소문이 돈다는 거지. 사라진 학생은 다들 하나코 씨에 의해 여자 화장실로 끌려 들어간 것이 아닌가 하고."

"그래. 게다가 가출해서 행방불명이 된 학생이 급증하고 있으니 하나코 씨의 숫자 자체도 증가한 것이 아닌가 생각하고 있어."

그것이 '하나코 씨 대량 발생'이라는 헛웃음 나오는 문구의 소문이 교내에 만연하는 이유였다.

"너도 그걸 믿는 거야?"

"그럴 리가."

나는 피클로 범벅된 피자를 콜라로 흘려넘기며 코웃음을 쳤다.

"그 자신이 세상의 모든 걸 안다는 듯한 태도가 딱 중학생답네."

"정확하게 이쪽이 부끄러워지는 소리를 하지 말라고."

이 탐정을 상대로는 평생 말싸움에서 이길 수 있을 것 같지가 않았다.

"……그나저나 등교 거부에 행방불명이라."

시에스타가 불현듯 텔레비전에 시선을 향한 채 말했다. 화면에서 나오고 있는 건 학교를 무대로 한 해외 드라마. 등교 거부 학생을 동급생 전원이 집까지 데리러 오는 장면이었다. 이거 등교 거부하는 애한테는 역효과 아닌가?

"너는 상냥하구나."

시에스타가 돌아보며 나에게 말했다.

"피자값은 나중에 받을 건데?"

"그쪽 말고."

뭐, 피자값은 안낼 거지만, 하고 시에스타가 덧붙였다. 아니, 내라고.

"학교에서 사라졌다는 학생은 당연히 네 친구가 아니잖아. 그런데 걱정하며 이렇게 해결하려고 하고 있으니까."

"마치 나에게 친구가 없는 것이 당연하다는 듯이 말하지 마."

"네가 말하는 《연루 체질》이라는 것 때문일까? 동시에 너에게는 《남을 돕는 체질》도 배어든 거야."

……거 되게 쓸데없는 DNA로구만. 그래도 뭐.

"자신의 눈이 닿는 범위 정도는 평화로운 일상을 지키고 싶어지잖아."

평소의 삶이 이러니까, 하고 방을 둘러보며 나는 쓴웃음을 지었다.

"철들기 전에 부모가 증발, 이 집 저 집 시설을 전전하다가 지금은 이 나이에 혼자 살고 있어. 그야 평화롭고 평범하며 안정된 환경을 바라게 되는 법이지."

뭐, 이 저주받은 체질이 있는 이상은 그렇게 간단히 풀리지 않을 거라는 건 알고 있었다. 하지만 자신의 손으로 어떻게 할 수 있는 문제라면 되도록 해결하며 평범하고 흔해 빠진 일상을 추구해도 벌을 받지는 않을 것이다.

"그렇구나, 그게 너의──."

시에스타가 뭔가 생각에 잠기는 것처럼 턱에 손가락을 댔다.

"응, 전부 알았어."

"방금 대화로 전부 알아낸다는 게 소름 돋는데."

"그래, 가족도 친구도 없으면 외롭겠지."

"그러니까 내가 친구 없다고 한 번이라도 말했어? 멋대로 추측하는 건 참아줄래?"

확실히 많다고는 못하지만. 마지막으로 같은 반 애와 대화를 나눈 것이 언제인지 기억나지는 않지만.

"그러면 주말에 함께 저기에 가자."

시에스타가 가리키는 곳. 텔레비전 화면에서 나오고 있는 건 등교 거부 소년이 히로인으로 보이는 소녀에게 이끌려 학교 축제에 가는 장면이었다.

"……아니, 하나코 씨 이야기는 어디로 간 건데."

◆개막, 청춘 러브 코미디편

"아직 호러 미스터리 전개를 포기한 건 아니니까."

수상쩍은 혼잣말을 중얼거리는 남중생을 피하는 듯한 움직임으로 몇 명의 학생과 방문객이 교문을 통과했다.

그로부터 며칠이 지난 토요일. 나는 다니는 중학교의 교문에서 사람을 기다리고 있었다. 휴일 오전 중임에도 불구하고 이렇게 많은 인파로 북적이는 이유는 오늘이 이 학교의 축제이기 때문……인 모양이었다.

그나저나 이상한걸. 축제 준비에 관여한 기억이 전혀 없는데.

축제라면 좀 더 사전에 학급이 일치단결해서 전시물 준비를 하는 법 아닌가? 계속되는 트러블로 학교에 가지 못한 사이에 전부 끝난 건가? 어째서 그런 걸 아무도 알려주지 않은 거지?

"하아."

그렇게 미묘하게 잿빛인 학창 생활에 홀로 한숨을 내쉬고 있으니.

"기다렸지?"

등 뒤에서 소녀의 목소리가 들려왔다. 아무래도 기다리고 있던 인물이 온 모양이었다. 나는 왜 이렇게 늦냐며 불평하면서 돌아보았다.

"불러낸 쪽이 늦게 오는 경우가……."

자신도 모르게 굳어 버리고 말았다.

아니, 예상 밖의 인물이 나타난 건 전혀 아니었다. 그곳에 서 있는 사람은 틀림없이 내가 약속을 잡았던 소녀로 그 부분에 관해서는 아무런 의문도 없었다. 다만 문제였던 건——.

"시에스타, 너 그 복장은……."

눈에 들어온 건 눈부신 하얀색 세일러복이었다. 기장을 줄였는지 무릎 조금 위 부근까지 다리가 드러나 있었다. 어깨에 학생 가방을 멘 그 모습은 척 보아도 우리 학교에 다니는 학생 그 자체였고…… 평소의 시크한 원피스 차림과의 격차와 지나치게 잘 어울리는 교복 차림에 나는——.

"응? 왜 갑자기 뒤를 보는 거야?"

시에스타가 내 얼굴을 들여다보려고 했다.

"……아니, 아무것도 아니야. 잠깐 호흡이 좀."

"숨쉬기 힘들어? 괜찮아?"

괜찮아. 괜찮으니까 얼굴을 너무 가까이 들이대지 말아줘. 등을 쓰다듬지 말아줘.

"……왜 우리 학교 교복을 입고 있는 건데."

이윽고 조금 진정하고 나서 나는 눈을 가늘게 뜨며 시에스타에게 물어보았다.

잘 보니 은백색 숏컷 머리카락에는 패션인지 붉은 리본을 카추샤처럼 매고 있었다. 과연, 이건 어지간히 조심하지 않으면 나도 모르게 귀엽다고 중얼거리고 말 가능성이…… 귀여워…….

"뭔가 평소 이상으로 눈매가 험상궂은걸."

신경 쓰지 마. 아직 네 세일러복 차림을 시야 전체에 담는 데 용기가 필요한 것뿐이니까.

요컨대 아직 전혀 진정되지 않았다.

하지만 실제로도 내 반응이 거창한 것이 아닌 게, 지나가는 사람들의 걸음 속도가 하나같이 시에스타에게 홀린 것처럼 느려져 있었다.

은백색 머리카락에 푸른 눈의 미소녀가 세일러복을 입은 모습. 무심코 휴대전화를 들고 싶은 심정은 이해한다. 하지만 촬영료로 2억 엔부터 내라.

"평소와는 다른 복장이어서 하는 김에 리본도 매어 봤어. 어때?"

"감상이라면 이미 원고지 한 장 정도는 떠들었어."

"응? 어느 틈에? 난 못 들었는데?"

"……그런 것보다도."

"아, 교복을 입은 이유?"

그렇게 말한 시에스타가 발끝으로 서며 한 바퀴 빙글 돌았다. 치마가 바람에 펄럭이며 한순간 허벅지가 드러났다. 그 광경에 저도 모르게 시선을 빼앗긴 나를 시에스타가 몸을 살짝 앞으로 굽힌 자세로 아래에서부터 올려다보며.

"그게, 학교 축제에서 교복 데이트를 하면 즐거울 것 같잖아."

1억 점짜리 미소를 나에게 보냈다.

"……그러고 보니 조수가 되는 데 계약서 같은 게 필요하던가? 아, 도장도 필요한가……."

"너무 빨라 너무 빨라. 내가 말하는 것도 그렇지만 절차라는 게 있잖아. 내가 너를 설득하는 내용이 이 뒤에도 아직 남아 있으니까 좀 기다려."

교내는 우리 학교의 학생에 더해 보호자와 다른 학교 학생으로 북적였고 각 교실에서는 크레이프나 타코야키를 파는 일일 매점을 열고 있었다.

"그럼 어디서부터 돌아볼래?"

복도에 있던 토끼 탈 인형에게 받은 전단지로 시선을 내리며 시에스타에게 물어보았다.

전단지에 따르면 축제 노점 같은 것만이 아니라 플라네타리움이나 유령의 집 같은 기획도 있는 듯했다. 게다가 유령의 집은 평소에는 사용되지 않는 구교사의 한 층을 이용한 대규모 전시물이어서 상당히 기대할만해 보였다.

"여기는 꼭 들려봐야겠네."

"그래야겠지. 그렇지만 스케줄을 보고 행동해야 해."

전단지의 내용을 보니 유령의 집은 한 시간마다 15분의 간격이 있는 모양이었다. 아마 스태프의 휴식시간을 확보하기 위해서겠지.

"이건 시간 외에는 접수 안 받아?"

그때 시에스타가 토끼 탈 인형에게 그런 뻔한 질문을 했다. 토끼 탈도 이제 와서 그런 걸 물어보냐는 것처럼 고개를 크게 옆으로 기울였다. 캐릭터를 지키기 위해서인지 한마디도 안 하는 부분에서 프로 정신이 느껴졌다. 뭐, 편한 움직임을 중시해서인지 운동화를 신은 시점에서 꿈이고 나발이고 없지만…….

"거기 적혀 있잖아. 15분 간격으로 휴식이라고."

"하지만 내가 머릿속으로 그린 최적의 경로에 따르면."

"그 한순간에?"

"이 전단지에 적혀 있는 시간대에는 구교사에 가지 못할 것 같아."

그렇군, 시에스타의 스케줄에는 우선해서 돌고 싶은 장소가 달리 있는 모양이었다.

"우선은 배부터 채우고 싶지 않아?"

"그게 목적이었냐."

"한 시간 특대 사이즈 도전 메뉴라든가."

"중학생이 학교 축제에서 할 만한 기획이 아니란 말이지……."

그러니까, 하고. 시에스타는 사교적인 미소를 지으며.

"시간 외지만 부탁할게."

토끼 탈 학생에게 그렇게 막무가내로 부탁을 했다.

"아, 크레이프 가게가 있어."

그러고 나서 시에스타는 이제 용건은 끝났다는 것처럼 전방에 있는 가게를 가리키며 걸어나갔다.

"야야, 나 말고 다른 사람에게 그런 불합리한 부탁을 하는 건 좋지 않다고."

한숨을 내쉬면서도 따라붙은 나는 그 자리에서 바나나 크레이프를 샀다.

"……? 아무 말도 안 했는데 사 주네?"

시에스타는 어째서인지 당혹스러운 기색을 보였지만 내가 크레이프를 내밀자 작은 입으로 덥석 물었다.

"저번에 내가 피자 주문했을 때는 화냈으면서 어쩐 일이야?"

"사태는 시시각각 변하는 법이니까."

"응? 반대로 이 단시간에 뭐가 변했다는 거야?"

이거 참, 말로 안 하면 전해지지 않나. 하는 수 없지.

이해가 되지 않는다는 표정을 짓는 시에스타를 향해서 나는

——.

"있지도 않은 화장실의 하나코 씨보다 눈앞의 축제가 중요하거든."

호러 미스터리? 그런 건 한물갔다고. 시대는—— 청춘 러브 코미디다.

나는 평생 단 한 번 지을까 싶은 끝내주는 표정으로 그렇게 말했다.

"그래? 뭐, 나와 네가 사귀는 일은 절대로 없으니까 러브 코미디라고 할 수 있는가는 미묘하지만."

그러나 정작 시에스타의 반응은 내 고양된 기분과는 상당히 동떨어져 있었다.

"응?"

"응?"

북적이고 있을 터인 교내에 갑자기 침묵이 내려앉은 느낌이 들었다. 그대로 우리는 한동안 서로의 얼굴을 바라보다가 고개를 갸웃거렸다.

아하~ 그렇구만. 과연 그렇군.

"응? 뭐야? 너 설마 데이트=나와 사귄다는 이야기로 받아들인 거야?"

아니? 전혀? 1밀리도? 손톱만치도? 생각, 안 했는데…….

"너는 바보야?"

"……조금 전 대화 통째로 없었던 일로 하면 안 될까?"

만약 몇 년 후의 내가 이 광경을 보게 된다면 이불을 걷어 찰만

한 일이었지만 지금의 나는 중학교 2학년생이니까 그 부분은 너그러이 봐줬으면 한다…… 아니, 아무리 그래도 그런 걱정은 기우인가.

"뭐, 네가 그런 쪽인 편이 수월하니까 상관없지만."

시에스타는 내 손에 남아있던 크레이프를 날름 먹어치우고는.

"다음은 타코야키 사러 가자."

내 오른손을 잡고 인파 속으로 걸어나가기 시작했다.

"……이 거리감이 여러 가지로 착각하게 한단 말이지."

"무슨 말 했어?"

"멋대로 남의 집 욕실에 들어오지 말라고 했어."

"내가 멋대로 침입하는 건 너희 집 욕실뿐이야."

"이런 얼굴을 보여주는 건 너뿐이야, 같은 문맥으로 얼버무리지 마."

◆무신론자도 이때만큼은 신에게 기도한다

"불합리해."

나는 어두운 화장실에서 홀로 머리를…… 아니, 배를 부여잡고 있었다. 되풀이되는 고통의 파도. 벌써 10분 이상 이어지는 치열한 싸움에 나는 이마의 땀을 닦아냈다.

"젠장, 이렇게 된 것도 전부 네 탓이라고—— 시에스타."

나는 지금쯤 어딘가에서 타코야키라도 입안 가득 먹고 있을 소녀를 원망했다.

——단적으로 지금 상황을 표현하자면 나는 화장실에서 복통과 싸우고 있었다.

원인은 명백하게 과식이었는데, 그것도 전부 시에스타의 어처구니없는 폭식에 끌려다녔기 때문이었다. 게다가 시에스타는 조금만 쉬게 해달라는 내 요구를 무시하고 구교사에 있는 유령의 집에까지 나를 데리고 갔고, 그때 이 복통을 맞이하게 된것이다.

하지만 내가 지금 이렇게 쩔쩔매는 데는 그 밖에도 이유가 있었다. 그건 이곳이 바로 그 유령의 집 안에 있는 화장실이자——내가 들어와 있는 곳이 그 소문의 구교사 3층 여자 화장실의 앞에서 세 번째 칸이었다.

……아니, 속단하지 말길. 그런 게 아니니까. 남녀공용으로 스태프에게 개방된 곳이 이곳뿐이었기 때문이다. 나는 그걸 긴급사태라서 빌려 썼을 뿐이지 결단코 여자 화장실에 숨어든 것이 아니었다.

그러나 당연히 화장실 내부는 어두컴컴했고 아까부터 음산한 배경음악도 들려오고 있었다. 솔직히 빨리 탈출하고 싶었지만…… 내 배는 아직 변기에 앉아 있으라는 것처럼 꾸르륵거리며 경고음을 내고 있었다. 요컨대 간단하게 말해서.

"죽고 싶다."

그런 상황이었다.

더욱이 부근의 어두운 분위기도 있어서 자연스럽게 그 소문이 머리를 스치고 지나갔다.

"아니, 설마 중학생이나 되어서 귀신이 무섭지는 않지만 말이지."

"누구에게 변명하는 거야?"

"……!"

자신 것이 아닌 목소리가 위에서 들려와서 전신이 경직되었지만…… 그건 어디선가 들은 적이 있는 소녀의 목소리였고.

"욕실로는 만족 못 하고 화장실까지 훔쳐보는 거냐── 시에스타."

고개를 들자 그곳에는 화장실 칸의 문을 타고 올라가서 나를 내려다보는 시에스타가 있었다. 혼자서 출구로 갔을 텐데 다시 돌아온 건가. 나는 한숨을 내쉬며 일단 바지를 올렸다. 어두웠던 덕택에 아슬아슬하게 보이지는 않은 모양이었다.

"너무 늦길래 걱정되어서…… 여차."

"여차는 무슨 여차. 뭘 내려오는 거야."

"계속 위에 있으라고?"

"바깥쪽으로 내려가라는 말이거든."

어째서 일부러 화장실 칸의 안쪽에 내려서는 거냐고.

"살펴볼 게 좀 있어서 말이지…… 응, 여기 있네."

내려온 시에스타는 몸을 수그리고 변기 뒤에서 무언가를 주워 들었다. 그건 비닐봉지의 쪼가리처럼 보였다.

"뭐 같아 보여?"

"글쎄…… 감기약 봉지인가? 여기서 밥을 먹은 뒤에 먹었다거나."

"가장 먼저 그런 생각부터 떠올리는 너에게 동정을 금치 못하겠는데. 네가 지키고 싶은 평화로운 일상이란 설마 점심시간에 화장실에서 홀로 도시락을 먹는 거였어?"

"말했다시피 부모는 현재진행형으로 행방불명 중이라서 도시락을 만들어줄 사람이 없거든. 변소에서 먹는 점심은 당연히 빵이지."

"점점 네가 불쌍해 보이는데. 가끔 도시락 만들어줄까?"

시에스타는 지나가듯이 말하고는.

"여차."

자신의 치마 속으로 손을 넣어서 손가락 끝에 무언가를 걸고는 내리려고 했다.

"시에스타 잠깐! 나 보이잖아!? 내가 보이는데 그런 행동을 하려는 거야!?"

"응? 여자에게 볼일을 참으라는 성벽은 아무리 그래도 좀 그렇다 싶은데."

"안 했거든…… 그런 말 한마디도 안 했거든…….

"그럼 나는 여기서 실례 좀 할 테니까 네가 나가 있어."

"뭐? 나를 이런 무서운 환경에서 혼자 밖에 내보내려는 거야?"

"'설마 중학생이나 되어서 귀신이 무섭지는 않지만 말이지' 하고 자문자답하고 있던 건 누구였더라? 하반신을 드러낸 채."

"봤으면 봤다고 처음부터 반응 좀 해!"

이상한데. 학교 축제에서 청춘 러브 코미디를 찍고 있었을 텐데 지금은 어째서 유령의 집 안에 있는 화장실에서 만담을 주고받는 거지……. 아니, 유령의 집이나 만담이라는 단어만 떼놓고 보면 축제를 만끽하는 것처럼 느껴지기는 하는데…….

그리고 그렇게 한숨을 내쉬었을 때였다.

"조용히."

시에스타가 내 입을 손으로 막았다.

무슨 일인가 싶어서 귀를 기울여보니—— 똑똑똑, 하고.

누군가가 우리가 들어와 있는 화장실 칸의 문을 두드렸다.

설마라고 생각했다. 우리가 지금 있는 곳은 구교사 3층 여자 화장실의 앞에서 세 번째에 있는 화장실 칸이었다. 시각이 오전 세 시인 것은 아니었지만 그 소문을 연상케 하는 충분한 조건이 갖춰져 있었다.

그리고 다시—— 똑똑똑, 하고.

또다시 문을 두드리는 소리가 들렸다. 그리고 나와 시에스타가 서로 마주 보고 고개를 끄덕이며 천천히 걸쇠를 열고 문을 바깥쪽으로 연 다음 순간.

"……! ……응?"

열어젖힌 문밖에 있던 건 붉은색 멜빵 치마의 여자아이가 아니라—— 핑크색 토끼 탈이었다.

"넌 교내에서 전단지를 나눠주고 있던……."

아니, 그건 판다였던가? 하지만 비슷하게 전단지를 나눠주거나 안내판을 들고 있거나 하던 인형 탈의 학생을 교내에서 몇 명인가 본적이 있었다.

그나저나 이 토끼 탈은 왜 이런 곳에 있는 거지?

아, 혹시 이 유령의 집에서 일하는 스태프인가? 시간이 지나도 나오지 않는 우리가 걱정되어서 와 봤다거나.

그렇다면 괜찮은 변명거리를 생각할 필요가 있었다. 화장실 개별 칸에 남녀가 단둘이 있었다는 이 상황을 얼버무릴 수 있는 방편은——.

"놓치지 않아."

하지만 아무래도 그런 거짓말을 생각할 여유도, 의미도 없었다는 것을 금방 알게 되었다.

깨닫고 보니 토끼 탈 인형이 등을 돌리고 달려나가고 있었고 —— 시에스타가 그 등을 향해 총을 겨누고 있었다.

"시에스타……?"

그렇게 영문을 알 수 없어서 멀뚱히 서 있는 나에게 시에스타가 순식간에 달려나가며 이렇게 말했다.

"저 토끼가 바로 화장실의 하나코 씨야."

◆순백의 의상과 하늘을 나는 신부

"서두르자."

시에스타의 재촉에 나는 이해를 하지 못한 채 토끼 탈 인형을 뒤쫓았다. 아직 거리도 그렇게 멀어지지 않았다. 그래서 금방 붙잡을 수 있을 거라고 생각했는데.

"설마 이렇게 빠를 줄이야……."

그러고 보니 저 토끼 탈이 움직이기 편해 보이는 신발을 신고 있었던 것이 떠올랐다. 설마 이런 도주극이 일어날 것도 예상했던 걸까.

"으악."

달리다가 다리에 무언가가 걸려서 넘어졌다. 스마트폰의 빛으로 확인해보니…… 그건 모조 사람 머리였다. 생각해 보니 우리가 있는 층 전체는 지금 유령의 집이 되어 있었다. 불빛도 적고 미로처럼 뒤얽힌 구조에 생각 이상으로 나아가기가 힘들었다.

"이런 애들 장난 같은 트릭을."

후우, 하고 나는 한숨을 내쉬며 일어났다.

"그래서 저 토끼 탈이 하나코 씨라는 건 무슨 말이야?"

"사정 설명은 나중에. 지금은 조금이라도 빠르게 다리를 움직이자."

"이유도 몰라서는 뒤쫓는 모티베이션이 생기지 않잖아."

"그럴 시간이 없다는 말이야. 그나저나 내 왼손을 단단히 붙잡은 이 오른손은 뭐야?"

이런, 들켰나. 은근슬쩍 잡고 있으면 괜찮을 거라고 생각했는데.

"뭐야? 너 나를 좋아하는 거야?"

"너는 바보냐."

"우와, 욱할 뻔했어."

"떨어져 있던 머리가 너무 무서워서 그만 손을 잡았을 뿐이거든?"

"왜 의기양양한 거야? 지금의 너는 확실하게 나보다도 불합리한 거 알아?"

"하하하, 이겼구만."

우리는 바보 같은 소리를 주고받으며 유령의 집을 빠져나왔다. 그리고 구교사와 신교사를 잇는 긴 복도를 건너 또다시 일일매점 등이 늘어선 구역으로 돌아왔는데…….

"이건……."

우리의 시야에 들어온 건 떠들썩한 복도에서 전단지나 풍선을 나눠주는 몇 명이나 되는 토끼 탈 인형의 모습이었다. 이래서는 언뜻 봐서 누가 뒤쫓던 진짜인지 알 수 없었다.

"나무를 숨기려면 숲속이라는 거구나…… 우물우물."

"그래, 완전히 따돌려졌어. 그리고 말과 어울리지 않는 의성어가 들려왔다만."

옆을 보니 시에스타가 버터 감자를 베어 먹고 있었다.

"뭐 사 먹고 있을 때야? 이 추격극을 시작한 장본인이니까 긴장감을 유지하라고."

"에너지 보충을 하지 않으면 움직이지 못하거든. 삼백 엔이래."

"아까 배 터지게 먹었잖아. 그리고 당연하다는 것처럼 나에게 계산을 바라지 마."

"그럼 너도 한 입 먹어도 되니까 더치페이하자."

"더치페이가 뭔지 사전 한 번 찾아보는 게 어때. 아, 저거 아니야?"

ㄷ자형 교사의 반대쪽, 창문 너머로 이쪽을 멀리서 바라보는 토끼 탈 인형이 보였다. 이어서 우리가 눈치챈 것을 깨달은 것처럼 황급히 달려나갔다.

"당당히 있었으면 안 들켰을 것을. 잡으러 가자."

"마지막에는 분위기에 따라 의욕을 내주는 모습이 아주 좋네. 그걸 살려 나가자."

"그러니까 그거 열 받으니까 하지 마. 멋대로 조수 육성 프로젝트를 시작하지 말라고."

농담을 주고받으며 우리는 또다시 달려나갔다. 그리고 그때.

"의상부입니다! 코스튬을 무료로 입어보는 체험회를 열고 있어요!"

불현듯 그런 여학생의 호객이 들려왔다.

시간이 있다면 시에스타의 고양이 귀 메이드 차림을 감상하고 싶지만 아쉽게도 그럴 여유는 없었다.

"두 사람 부탁할게요."

있었다.

"아니, 역시 없지! 또 놓칠 거라고!"

나는 빨려 들어가듯이 교실에 들어가려고 하는 시에스타의 소매를 잡았다.

"뭘, 이것도 작전이야. 상대가 인형 탈 무리 안에 숨어들 심산이라면 우리도 코스튬 플레이로 변장하자는 작전이지."

"그렇게 잘 풀릴까? 고양이 귀 메이드는 괜히 더 눈에 띌 것 같은데."

"괜찮아, 괜찮아. ……그보다 어째서 나는 고양이 귀 메이드 전제인 거야? 안 입을 건데?"

이윽고 교실에 들어간 우리는 갈아입을 옷이 든 봉투를 건네받고 칸막이가 된 간이 탈의실로 들어갔다. 나는 커튼 안쪽에서 홀로 봉투에 들어 있던 코스튬을 꺼냈다.

"……이건."

하지만 안에 들어 있던 건 솔직히 말해서 적극적으로 입고 싶은 생각이 들지 않는다고 할까, 중학생이 입기에는 다소 낯부끄러운 의상이었다. 하지만 그래도 변장이 목적이라면 이것도 어쩔 수 없는 일이었다. 나는 잠시 망설인 뒤에 그 옷을 입고 나서 각오를 하고 커튼을 열었다.

"아무도 안 보는군."

모처럼 각오하고 나왔더니. 젠장.

그래서 의상부 녀석들은 뭘 하고 있었는가 하면 다들 탈의실 한곳에 모여서 뭔가 새된 환호를 내지르고 있었다. 그곳에 있는 건 당연히 나와 함께 들어온 인물일 터였고.

"기다렸지?"

이윽고 커튼이 열리며 순백의 웨딩드레스를 입은 시에스타가 나타났다.

"어때?"

미소를 지은 시에스타가 고개를 살짝 갸웃거렸다.

나는 그 물음에.

"으, 응. 뭐…… 어울리네."

고개를 돌리며 겨우겨우 그 말만을 내뱉었다.

"……솔직하게 말할 줄은 몰랐어."

"……뭐, 거짓말해도 소용없는 일이니까."

"하지만 너도 어울려…… 그 턱시도 차림."

시에스타가 내가 입은 턱시도를 가리켰다.

"그, 그래?"

"응…….."

뭐라 할 수 없는 근질근질한 느낌에 우리는 동시에 서로 고개를 돌렸다.

"괜찮으시면 사진 찍어드릴게요!"

그때 의상부의 여학생이 카메라를 들었다.

"그럼 이왕?"

"모처럼이니?"

우리는 또다시 동시에 얼굴을 마주 보며 그 제안을 받아들였다.

"그럼 찍겠습니다! 자, 웃으세요!"

찰칵.

이런 차림인 것도 있어서 V자를 그리는 일도 없이 나와 시에스타는 나란히 서서 사진을 찍었다. 그리고 사진 데이터를 각각 스마트폰에 전송받았다.

"좋은 추억이 생겼네."

시에스타가 미소 지었고 나도 옅게 웃었다.

그래, 정말로 좋은 추억이──.

"──아니라!!"

나도 모르게 소리쳤다.

"토끼를! 쫓는다며!"

대체 뭐하러 우리는 코스튬 플레이로 들떠 있는 거냐. 처음 목적을 완전히 잊고 있었다…….

"그만 러브 코미디에 시간을 너무 할애해 버렸네. 서두르자."

이윽고 완전히 평소 모습으로 돌아간 시에스타가 웨딩드레스 차림 그대로 교실을 뛰쳐나갔다.

"야! ……아, 젠장. 옷은 나중에 돌려주러 올게!"

그리고 나도 멍하게 보고 있던 의상부원들에게 말을 남기고는 간신히 시에스타에게 따라붙었다.

"이거 달리기 불편한걸."

"그 차림으로 신나서 술래잡기하는 건 틀림없이 전 세계에 너 혼자뿐일 거야."

웨딩드레스와 턱시도를 입은 남녀가 기다란 복도를 내달렸다. 학생들이 하나같이 스마트폰을 들었다. 코스튬 플레이 이

벤트라고 생각하는 걸까. SNS에 올라가면 흑역사 확정이군.

"조수."

하지만 시에스타는 그런 우울함을 날려 보내는 듯한 환한 얼굴로.

"즐겁지?"

마치 지금 우리가 청춘의 한가운데에 있는 것처럼 나에게 웃어 보였다.

"누가 조수야."

"아, 들켰네."

들켰네, 는 무슨. 갑자기 정색하지 말라고. 참 나.

"조수, 저거."

그때 시에스타가 갑자기 창 쪽을 가리켰다. 그 너머에 보인 것은.

"저기까지 도망친 건가."

토끼 탈 인형이 인파로 들끓는 교정의 정중앙을 횡단하는 모습이었다.

"여전히 인형 탈을 입고 있다니 성실한 도주범이구만."

"저거 혼자서는 벗지 못하는 타입이거든."

"그거 참 불쌍하네."

이 시기에 저런 차림으로 전력 질주를 하고 있으니 땀이 비 오듯이 흐르고 있겠지.

"그러니까 빨리 붙잡아 줘야지."

시에스타가 그렇게 말하며 창문을 열어젖혔다.

"……잠깐 기다려. 불길한 예감이 드는데? 설마라고 생각하지만 너 여기서 뛰어내릴 생각은 아니지?"

"응, 아니야."

그렇군, 아무리 그래도 그런 건 아니었나. 다행이다.

"나 혼자가 아니라 너도 함께야."

"뭐?"

"걱정 마. 지금 내 신발은 저번에 말한 《일곱 도구》 중 하나인데――."

시에스타는 그렇게 말하자마자 나를 안아 들더니 창틀에 발을 올렸고.

"――하늘을 날 수 있어."

그날. 턱시도를 걸친 소년이 웨딩드레스를 입은 소녀에게 껴안긴 채 하늘을 향해 도약하는 모습의 영상이 SNS에서 크게 화제가 되었다.

◆그렇게 그 눈부신 모험담이 시작되었다

"그래서 결국 정말로 그 《토끼》가 《화장실의 하나코 씨》 중 하나였던 건가."

다음 날, 어느 카페에서.

나는 시에스타와 이번에 일어난 사건의 진상에 대해서 새롭게 이야기를 나누고 있었다.

　"맞아, 이게 지금 등교 거부 중인 학생들이 섭취하던 약 봉지야."

　시에스타가 홍차를 한 입 마신 뒤에 옷자락에서 투명한 봉지를 꺼내 테이블 위에 올렸다. 그건 어제 그 구교사 3층의 여자 화장실에서 주운 것이었다.

　"일종의 각성제 같은 건데, 섭취하면 일시적으로 기분이 고양되거나 집중력이 는다는 것으로 이 학교에서는 우선 육상부원들을 중심으로 퍼진 모양이야."

　"전혀 몰랐어…… 그럼 지금 학교를 쉬고 있는 학생들은 그 약을 썼다는 거야?"

　"응, 그 효과만큼이나 부작용도 엄청난 듯하니까. 특히 기억 장애가 발생한 케이스가 많은 모양이야. 완치에는 시간이 오래 걸리겠지."

　"그렇군……."

　하지만 반대로 말하자면 계속해서 주의 깊게 치료를 받으면 낫는다는 말이기도 했다. 그건 그나마 다행이라고 할 수 있을까.

　"그럼 《하나코 씨》가 증식했다는 건 요컨대……."

　"약의 강한 의존성이 원인이겠지. 약을 살 돈을 모으기 위해 이번에는 자신이 파는 쪽으로 돌아서는 거야…… 그렇게 점차 《하나코 씨》가 늘어난 거라고 생각해."

구교사 3층 여자 화장실의 앞에서 세 번째 칸에서만 살 수 있는 위법 약물. 그 암거래를 은어처럼 표현한 것이 《화장실의 하나코 씨》의 소문이었다. 물론 그 진정한 의미를 아는 학생은 한정되어 있었겠지만 일부에서는 그런 학교의 도시 전설 뒤에 숨어서 범죄행위가 이루어지고 있었다.

"실제로 그 위법 약물은 어떤 식물에서 나오는 《꽃가루》 같은 것을 베이스로 만들어진 모양이야."

"그래서 《하나코(花子) 씨》인가. 시시한 농담이구만."

하지만 그런 웃을 수 없는 농담 뒤에서 피해자가 몇 명이나 나왔다.

그리고 나는 그 사태를 전혀 깨닫지 못하고 있었다. 평범한 일상만 있으면 된다고 떠들어댔었지만 그런 평화로운 일상은 이미 꽃의 독에 침식되어 있었다.

"그런데 애초에 《하나코 씨》는 오전 세 시에만 나타나는 거 아니었어? 어째서 학교 축제 중인 대낮에."

"그만큼 그 애들도 절박했다는 말이야. 라이벌을 제치고 약을 포교할 기회를 엿본 거지."

"그렇군, 그 《토끼》는 그중 한 사람이었다는 건가."

《하나코 씨》들은 다들 위법 약물에 손을 댔다는 죄의식 때문에 다른 사람 앞에 얼굴을 드러내기가 힘들어져 있었다. 하지만 인파 속에 숨을 수 있는 학교 축제라면…… 게다가 인형 탈로 정체를 숨길 수 있다면 들키지 않는다고 판단한 것이겠지.

"시에스타 너는 처음부터 그 《토끼》가 이상하다는 것을 깨달고 있었지?"

"응. 구태여 운동화를 신은 인형 탈이란 스스로 정체를 밝히는 꼴이나 마찬가지니까."

그렇군. 대다수의 《하나코 씨》는 육상부라고 했었다. 역시 시에스타는 그 《토끼》와 만난 순간부터 그 정체가 판매책인 육상부원이라는 것을 알았던 건가. 만에 하나를 대비해서 도주용으로 신었던 운동화에 도리어 덜미를 잡힌 것이다.

"그리고 몰래 암호를 써서 《토끼》와 접촉하여 고객인 척을 한 건가."

지금 생각해보면 시에스타는 처음에 《토끼》에게 전단지를 받았을 때 이상하게 시간 외에 집착하고 있었다. 그건 유령의 집의 휴식시간을 가리킨 것이 아니라 오전 세 시 이외의 시간대에서 이루어지는 약물 거래라는 의미였다. 그리고 감쪽같이 속아서 현장에 찾아온 《토끼》는 총을 든 시에스타를 보고 함정이라는 것을 깨닫고 도망친 거겠지.

"일류 탐정이란 사건이 일어나기 전에 사건을 해결하는 법이니까."

언젠가 들었던 그 말.

시에스타는 우아하게 한쪽 눈을 감으며 홍차를 마셨다.

"뭐, 너에게는 딱히 어려운 사건도 아니었나."

당연한 것이 시에스타는 《인조인간》을 상대로 활극을 펼치는 명탐정이었다. 마약 밀매 같은 건 시에스타에게 있어서는 식은 죽을 먹는 것보다…… 아니, 낮잠을 자는 것보다 쉬운 일이었겠지.

"그런데 이번 《꽃》에는 아무래도 그 조직이 얽혀있다는 이야기도 있어서 말이지."

"그 조직이라니, 설마?"

시에스타가 말없이 고개를 끄덕여 보였다.

비밀결사 《SPES》—— 그렇지, 약이라고 한다면 공급원이…… 흑막이 반드시 있다. 그 녀석들은 내가 모르는 사이에 이미 바로 주변에까지 그 그림자를 드리우고 있었다.

"그래서?"

이어서 컵받침에 컵을 놓은 시에스타가 나에게 시선을 보냈다.

"너는 앞으로 어떻게 할 거야?"

푸른 시선이 나를 붙들고 놓치지 않았다.

그 말의 의미는 이제 와서 되물어볼 것도 없이 뻔했다.

나에게 각오는 되었냐고. 어느 사이엔가 안주할 수 없게 된 이 현실에서 벗어나 투쟁의 일상에 몸을 던질 생각은 있느냐고. 그렇게 나에게 물어보는 시선이었다.

그렇다면.

"시에스타."

나는 마지막으로 이 질문을 했다.

"네 조수가 되면 나에게 어떠한 이점이 있지? 너는 어떠한 메리트를 줄 수 있는데?"

그것이 내가 제시한 이 대화의 원점이었다.

하지만 사실은 그런 걸 물어봐도 무의미하다는 것을 나는 알고 있었다.

그래, 실은 깨닫고 있었다.

왜 네가 나에게 얽매이는 건지. 어째서 내가 조수여야만 하는 건지. 그건 전적으로 내 이 《연루 체질》이 원인이었다. 이것만 있으면 사건도 트러블도 스스로 걸어서 이쪽으로 찾아올 테니까.

사건을…… 《SPES》를 뒤쫓는 시에스타에게는 안성맞춤인 인재였다. 명탐정은 조수가 아니라 사건을 원하고 있었다.

그러므로 시에스타는 나 같은 건 보고 있지 않았다. 나에게 제시할 수 있는 메리트는 적당히 급조한 것밖에 없을 것이다. 그걸 알면서도…… 거절하겠노라고 결심했으면서도 나는 그런 심술궂은 질문을 했다.

그러자 시에스타는 눈을 한번 굳게 감은 뒤에.

"내가 너를 지켜줄게."

눈을 뜨고 부드러운 미소를 지으며 말했다.

"네가 그 체질 때문에 어떠한 사건이나 트러블에 말려들더라도 내가 이 몸을 바쳐서 너를 지켜 주겠어."

그러니까, 하고.

"너, 내 조수가 되어줘."

시에스타가 테이블 맞은편에서 왼손을 내밀며 말했다.

"……뭘 교묘하게 구슬리려는 거야."

나는 물론 그런 겉바른 제안 따위를 받아들일 것 같냐고 생각했지만——.

"뭐, 그렇게까지 말한다면 어울려주지 못할 것도 없지만."

깨닫고 보니 그 손을 잡고 있었다.

왜냐고? 알게 뭐야. 내가 묻고 싶을 정도다.

하지만 어째서일까. 내 뇌리에는 그 광경이…… 열 살은 더 먹어야 입을 만한 그 차림새로 하늘을 향해 뛰어오른 그 광경이, 아무리 해도 머리에서 떨어지지 않았다.

"이렇게 대놓고 남자가 새침데기처럼 구는 건 처음 봤어."

"조수를 맘대로 새침데기 취급하지 말라고."

"벌써 스스로 조수라고 하네."

"아니, 방금 그건 말이 그렇다는 거고."

"그보다 이 자리에 나온 시점에서 이미 대답은 나왔던 거지?"

시에스타가 두 장의 비행기표를 팔락팔락 흔들었다.

시에스타의 말대로 우리가 지금 있는 카페가 들어선 곳이 바로 공항의 라운지였다.

"……애초에 한마디로 조수라고 해도 정의가 애매하단 말이지."

"음…… 예를 들면 매일 아침에 나를 깨워서 이를 닦아주고 옷을 입혀주거나?"

"…………. ……그런 건 사양하지."

"엄청나게 고심하던 건 뭐야? 그 생활이 좀 괜찮아 보인다고 생각하지 않았어?"

"아, 시끄럽고! 알았어! 바라는 대로 네 조수가 되어줄게!"

나는 그렇게 테이블을 두드리며 일어서서는.

"그러니까 평생 함께 있어 줘!"

흥분한 채로 자신의 마음을 눈앞의 소녀에게 말했다.

"응? 그거 프러포⋯⋯."

"방금 한 말 취소!"

【Interlude 1】

"……어, 뭐야 방금 그건."

잠깐만. 특히 마지막의 저 대화는 뭐냐.

상당히 오래전 일에서부터 시작된다 싶더니 뭔가 느닷없이 내 부끄러운 에피소드가 공개되었는데? 이거 시에스타의 죽음에 얽힌 진상을 밝히기 위한 영상 아니었나? 나를 욕보이기 위한 함정이었잖아…….

"아, 틀어야 하는 영상을 잘못 골랐어."

"일부러 그랬지!?"

또다시 스크린에 비친 시에스타가 무표정으로 고개를 살짝 갸우뚱거렸다.

참 나, 1년 후의 나를 놀리려고 이런 트릭을…….

……하지만 떠올려보면 이렇게 이해가 일치한 나와 시에스타는 이윽고 함께 여행을 떠나게 되었다.

"큭, 어째서 마담은 내가 아니라 키미즈카처럼 음험한 남자를……."

"진정해, 샤르. 4년 전의 나에게 질투해서 뭐 할래. 그리고 덧붙여서 매도도 하지 마."

"큭, 어째서 두 사람은 4년 전에 이미 결혼 약속 같은 걸 하는 거야……."

"진정해, 나츠나기. 거기서 너까지 질투하는 듯이 말하는 이유가 뭐야."

"하아, 키미즈카 씨는 어린애네요. 여자 마음을 전혀 몰라요."

"이 안에서 가장 어린애인 네가 할 말이냐, 사이카와."

잠깐, 한 사람이 엉뚱한 소리를 하면 모두가 연쇄적으로 한마디씩 하는 이 시스템 슬슬 그만 좀 하지……? 태클 거느라 체력이 버티지 못한다고…….

"자, 그럼 이번에야말로 내 죽음의 진상으로 이어지는 중요한 에피소드를 보여줄 건데── 모처럼이니 먼저 네 사람에게는 힌트를 주도록 할까."

시에스타는 앞서 그렇게 서두를 끊으며

"정보 하나하나를 제대로 판단할 것. 지금 누가 무슨 말을 하는지 정확하게 파악해둘 것. 그리고 언제나 눈앞의 현상을 의심할 것."

이걸 앞으로도 계속해서 기억하고 있어 줘, 하고 우리 네 사람에게 말했다.

"눈앞의 현상을 의심할 것……."

나츠나기가 작게 중얼거리며 나에게 시선을 보냈다.

"어? 혹시 너 키미즈카가 아니야……?"

"이틀 못 만나면 까먹을 용모라는 설정을 일부러 시에스타에게서 물려받지 마. 그런 것까지 탐정의 유지를 이어받지 않아도 된다고."

방금 그 말 절대로 그런 의미가 아니니까.

"이 세 가지를 염두에 두고 다음 영상을 보도록 해."

화면 속의 시에스타가 그렇게 말하자 장면이 전환되었다.

"이곳은 아직 조수도 기억하고 있을 거야."

화면 속에 비친 것은 런던의 정경이었다.

그리고 어떤 벽돌 빌딩으로 들어가는 두 인물―― 나와 시에스타였다.

"여기는 분명······."

1년 하고도 조금 더 전에 우리가 주거 겸 사무소로 쓰고 있던 빌딩이 틀림없었다. 그리고 이 도시에서 일어난 일이라고 한다면――.

"그럼 시작할게."

시에스타가 이야기를 시작할 준비를 하였다.

"여기서부터 내 죽음의 진상을 해명해봐."

【제2장】

◆ 죽은 자는 이리하여 되살아났다

"되살아난 잭 더 리퍼를 붙잡는 걸 도와줬으면 해."

영국, 런던.

나와 시에스타가 거주하는 사무소에 찾아온 후우비 씨는 맞은편 소파에 앉아서 담뱃불을 붙이며 그렇게 말했다.

"⋯⋯후우비 씨, 왜 영국에 있는 거예요?"

"너희에게는 말 안 했지만 파견이었어. 뭐, 그것도 어제까지고 나는 다음 항공편으로 귀국하지만."

"그런 인사이동은 금시초문인데요⋯⋯."

카세 후우비—— 일본에서 알고 지내던 붉은 머리칼의 여형사였다. 하지만 이렇게 만나는 건 내가 시에스타와 함께 일본을 떠난 뒤로 약 3년 만이었다.

그리고 약속도 없이 찾아온 게 불과 몇 분 전 일로, 오랜만의 재회를 기뻐하는 일도 없이 방금 말한 의뢰를 들이댄 것이다.

"여기 금연인데요."

"시끄럽고."

불합리해.

"그렇게 되었으니 너희에게 이 사건을 맡기겠어—— 잭 더 리퍼를 붙잡아줘."

"그 잭 더 리퍼 말이에요?"

잭 더 리퍼, 다른 이름은 살인마 잭. 1888년에 영국에서 발생한 연속살인사건의 범인을 이르는 통칭이었다. 아직 범인을 특정하는 데는 이르지 못했고 백 년 이상이 지난 현재도 그 사건의 특이성은 많은 사람의 관심을 끌고 있었다.

"그래, 그 녀석이 맞아. 최근 이곳 런던에서 또다시 그 녀석과 비슷한 수법의 사건이 빈발한 모양이야. 오늘도 시신 한 구가 발견되었어."

비슷한 수법이란 말이지. 살인마 잭은 피해자의 몸을 토막내거나 장기를 적출하는 등의 엽기적인 방법으로 사람들에게 마수를 뻗쳤던 것으로 기억한다. ——하지만.

"벌써 백 년 이상 전의 사건이잖아요. 당연히 범인은 죽었을 텐데요."

"그렇겠지, 그래서 말했잖아. 되살아났다고."

"그게 말이 돼요?"

죽은 인간은 결코 되살아나지 않는다. 그런 건 초등학생이라도 아는 일이었다.

그리고 그렇다면.

"요컨대 현대판 잭 더 리퍼의 모방범이라는 거죠?"

나는 여전히 붉은 립스틱 사이로 연기를 뿜어내고 있는 후우비 씨에게 물었다.

"더럽게 성실해 빠진 반응이구만. 뭐, 그렇게 되겠지."

"그런 거라면 처음부터 그렇게 말해달라고요."

"이렇게라도 말하지 않으면 거기 있는 아가씨가 관심을 갖지 않잖아."

후우비 씨는 눈을 가늘게 뜨며 테이블에 앉아서 곯아떨어져 있는 명탐정에게 시선을 보냈다.

"네 이야기 하잖아── 시에스타."

나는 테이블에 이마를 얹고 있는 시에스타의 몸을 몇 번이나 흔들었지만…… 꿈쩍도 하지 않았다. 뭐, 일단 낮잠에 든 그녀가 이 정도로는 눈을 뜨지 않는다는 건 예상한 범위였다. 그렇다면──.

"안 피하면 죽을 거야."

자리에서 일어난 나는 등 뒤의 부엌에서 꺼낸 부엌칼을 시에스타에게 집어던졌다.

"……위험하잖아."

그러자 테이블에 엎드린 채 칼날을 손가락으로 잡아 붙잡은 시에스타가 크게 하품을 하며 일어났다.

"목숨이 위험하지 않으면 눈을 뜨면 안 된다는 법이라도 있냐."

나는 소파에 앉으며 어이없다는 듯이 물어보았다.

"내내 낮잠을 잘 틈을 준 사람이 잘못이지."

"틈이고 뭐고 때때로 밥 먹으면서도 자잖아. 갓난아기냐."

"옹? 갓난아기는 너잖아. 때때로 하잖아, 그 놀이."

"손님 앞이거든. 지금 당장 그 입을 다물어."

알겠지. 방금 이야기는 즉시 잊도록. 반드시.

"그래서 뭐더라? 현대에 되살아난 잭 더 리퍼랬나?"

시에스타가 고양이처럼 작게 하품을 하며 나에게 물었다.

"왜 자고 있었으면서 이야기는 제대로 들은 거냐. 그리고 이마에 자국 남았다."

"자고 있어도 청각 세포는 언제나 깨워두고 있으니까. 정말? 어디? 빨개졌어?"

"너까지 《박쥐》 같은 소리를 하지 마. 거기, 손거울 보라고."

"나는 그런 소름 끼치는 《촉수》 같은 건 자라지 않았거든. 와, 문양처럼 남았어."

"하하, 그렇게 머리카락을 올리고 있으니 뭔가 어린애처럼 보이네. 의외로 이마도 넓고."

"참 말 많네. 너야말로 그거지, 분명 나중에 벗겨질 거야. 머리카락이 엄청 가느니까."

"아, 만지지 말라고. 성가시게…… 이거나 받아라."

"아얏. 흐음, 배짱 좋으신데. 나에게 꿀밤을 먹이다니."

시에스타가 호전적인 웃음을 지으며 기세 좋게 나에게 덤벼들었고——.

"너희 언제부터 그런 관계가 된 거야?"

후우비 씨가 어처구니없어하는 표정으로 나와 내 무릎 위에 앉은 시에스타를 보면서 담배 연기를 내뿜었다.

"그런 관계라고 하셔도 말이죠."

"그냥 평범한."

나는 무릎 위의 시에스타와 마주 보며.

""비즈니스 파트너.""

한목소리로 당연한 사실을 말했다.

그도 그럴 게 나와 시에스타라고. 그거 말고는 없잖아.

"뭐, 딱히 뭐든 상관없지만."

이윽고 후우비 씨는 스스로 물어봐 놓고 흥미가 사라진 것처럼 일어서고는 담뱃불을 끄며 이렇게 말했다.

"그럼 바로 살인마 잭의 피해자를 만나러 가자고."

◆미스터리라면 역시 시신을 등장시켜라

"이건 《케르베로스》의 짓이야."

그 자리에 웅크리고 앉아서 피투성이 남성의 시신을 바라보며 시에스타가 말했다.

바로크 양식의 교회 내부——이곳이야말로 현대에 되살아난 잭 더 리퍼의 살인 현장이었다. 후우비 씨와는 이곳에 오기 전에 헤어졌는데 특별히 출입금지선 안쪽으로 들어갈 수 있게 해줘서 현장검증을 하고 있었다. 그런데——.

"케르베로스라고?"

시에스타가 말한 장소와 어울리지 않는 단어에 나는 고개를 갸웃거렸다.

"목소리 이상하네."

"피 냄새는 별로 안 좋아하거든."

"고개를 젖히든 코를 막든 하나만 하지그래?"

봐봐, 하고 시에스타가 허리 부근에 매달아둔 《일곱 도구》 중 하나── 작은 손거울을 나에게 보여주었다.

과연. 확실히 거기에는 기묘한 포즈의 남자가 떠올라 있었다.

조언에 따라 나는 코만 막은 채 시에스타 옆에 앉았다.

예배당 안쪽. 커다란 십자가 바로 아래에 성직자로 보이는 남성의 시신이 쓰러져 있었다.

"만지면 안 돼."

"알아. 지문은 안 남길 테니까."

"범인 같은 말을 하네."

"그랬다면 순식간에 사건 해결이군."

농담을 주고받으며 나는 손을 모았다.

몇 초 동안 묵도한 뒤에 눈을 떴다. 죽은 사람을 보는 건 몇 번을 경험해도 익숙해지지 않았다. 지난 17년 동안 천성적인 연루 체질 때문에 죽은 사람을 맞닥트린 적은 몇 번이나 있었지만…… 맴도는 피 냄새와 죽음을 맞이한 인간의 탁한 눈동자는 언제나 내 머릿속을 엉망진창으로 어지럽혔다.

"그래서 그 케르베로스란 녀석이 최근에 나타난 살인마 잭의 정체라는 거야?"

처참한 현장에 나는 눈을 가늘게 뜨며 물었다.

새삼 확인한 그 현장에는 왼쪽 가슴에 구멍이 뚫린 신부의 시신이 있었다.

"맞아, 코드네임 《케르베로스》. 지옥의 파수견은 사람의 심장을 먹어치운다고 하지."

시에스타는 여전히 쿨한 표정으로 머리카락을 귀 뒤로 넘기며 말했다.

"그 녀석들의 짓이라고?"

"아직 단언은 할 수 없지만."

시에스타는 턱에 손가락을 대며 말을 이었다.

"그런데 백 년 전이라면 몰라도── 이 정도의 사건이 잇달아 일어나는데 여태 경찰이 단서를 전혀 찾아내지 못하다니."

"뭐, 이해는 되지만."

적은 역시 《SPES》── 코드네임이 있다는 건 용의자는 《인조인간》인가.

"적의 목적은? 어째서 케르베로스는 사람의 심장을 빼앗으며 돌아다니는 거야?"

설마 정말로 단순히 살인마 잭을 모방하고만 있는 것은 아닐 테니까.

"독단적인 판단으로 이런 짓을 이어나갈 것 같지는 않아. 분명 상부의 지시에 따른 범행일 거라고 생각하는데."

상부의 지시…… 3년 전에 나와 시에스타가 만나는 계기가 되었던 하이재킹 사건도 박쥐가 조직의 명령으로 행한 테러였던 것으로 기억한다.

"뭐, 적의 목적은 붙잡은 뒤에 불게 하면 돼."

"시에스타도 무표정으로 고문 같은 걸 할 것 같단 말이지."

"사람을 뭐로 보고. 아, 방금 그건 자신에게 해줬으면 한다는 의사 표명이야?"

"그럴 리가 있냐. 나에게 얼마나 특수 성벽을 심어놓고 싶은 건데."

애초에 이거 살인 현장에서 할만한 대화가 아니잖아.

"그런데 시에스타. 붙잡은 뒤에 불게 하면 된다고는 하지만…… 애초에 계획은 있어?"

이미 많은 희생자가 나왔고 경찰도 속수무책인 상대를 어떻게 붙잡을 생각인 건지.

"……너 그건 뭐야?"

하지만 시에스타는 질문에는 대답하지 않고 내 손에 시선을 보냈다.

"아, 이거? 아까 헤어질 때 후우비 씨가 줬어."

나는 심심풀이로 주머니에서 꺼낸 지포라이터의 뚜껑을 열었다 닫으며 소리를 내고 있었다.

"역시 금연할 거니까 나한테 주겠다던데."

무슨 심경의 변화인지는 모르겠지만 집에 담배 냄새가 밸 걱정을 할 필요가 없어지니 다행이었다.

"과연. 오랜만에 재회한 남자에게 자신의 가장 소중한 물건을 맡긴 건가."

"뭔 감정이야, 그게."

그 사람은 나를 빈번하게 살인 현장에서 맞닥트리는 수상쩍은 꼬맹이로밖에 생각하지 않는다고.

아니, 그런 아무래도 좋은 이야기를 하고 있을 때가 아니었다.

"케르베로스를 붙잡을 방법 말이야. 뭔가 생각은 있어?"

그저 손을 놓고만 있으면 희생자는 계속해서 늘어나기만 할 것이다. 한시라도 빨리 손을 써둘 필요가 있었다.

"실은 나도 이 케르베로스에 의한 피해는 전부터 파악하고 있었어."

또다시 그 자리에 앉은 시에스타는 심장이 뽑힌 시신을 보며 말했다.

"뭐, 네가 그렇게 호락호락하게 이 정도의 사건을 놓칠 리가 없겠지."

설령 의뢰가 없더라도 시에스타는 자신의 사명에 따라 《세계의 적》과 싸운다── 그런 소녀였다. 그러므로 시에스타가 아직 케르베로스를 붙잡지 못한 데는 그에 상응하는 이유가 있을 터였다.

"적은 《코》가 좋은 모양이라서 내가 아무리 접근하려고 해도 계속 도망치고 있어."

"그렇군, 역시 멍멍이구만."

박쥐도 《귀》가 발달해 있었던 것처럼 《인조인간》은 신체의 특정 부위를 중심으로 강화된 녀석들이 많았다. 이번 케르베로스는 《코》가 자랑인 모양이었다.

"하지만 어째서인지 지금 케르베로스는 우리가 런던에 있음에도 불구하고 이렇게 범행을 일으키고 있어."

"……함정인가?"

"기회라고 할 생각이었는데?"

여전히 강경한 명탐정이었다.

"확실히 무언가를 꾸미고 있을 가능성은 있어. 그렇지만 동시에 지금을 놓치면 다음에 적을 붙잡을 기회는 영원히 찾아오지 않을지도 몰라."

"그렇게는 말해도 구체적으로 어떻게 뒤쫓을 건데."

"반대야, 반대."

내가 그렇게 말하자 시에스타가 자리에서 일어서며.

"우리가 케르베로스를 뒤쫓는 게 아니라 케르베로스가 우리를 뒤쫓게 하는 거야."

지극히 진지한 얼굴로 잘 이해가 되지 않는 소리를 했다.

"알겠어? 반대로 말하자면 지금은 적에게도 우리를 쓰러트릴 기회야."

"하지만 케르베로스는 너에게 겁을 집어먹고 도망치고 있다며. 그런데——."

거기까지 말하다가 불길한 예감이 들었다.

"시에스타 너 설마……."

"너도 괜찮은 추리를 하게 되었네."

시에스타는 씨익, 하고 입꼬리를 올리며.

"케르베로스가 무서워하는 건 나야. 요컨대 너 혼자라면 적은 기꺼이 습격해 온다는 말이지.”

“역시 나를 미끼로 쓸 생각이냐!”

이 명탐정이 나를 미끼로 지옥의 파수견을 유인하려 하고 있어!

“이 일을 시작했을 때부터 언젠가는 이런 날이 올 거란 건 알고 있었잖아.”

“그런 거창한 각오를 다진 적은 없거든!?”

젠장, 조수 일을 해주는 대신에 내 목숨을 지켜준다는 거래는 어디 간 거냐고!

“너에게도 마침내 강대한 적과 싸우는 날이 찾아왔네.”

“멋대로 나를 전설의 용사처럼 내세우지 마.”

“아니, 전설의 용사는 나지. 너는 기껏해 봐야 적을 베는 나의 검……을 만든 대장간 주인……의 뒤를 잇지 못한 농부 정도?”

“불합리해.”

지금부터 거대한 악과 홀로 맞서려 하는 조수에게 너무 심한 처사였다.

“그럼 슬슬 가자. 현장은 충분히 확인했으니까.”

시에스타는 내 불만스러운 얼굴에는 시선도 주지 않고 출구 쪽으로 몸을 돌렸다.

“……다음은 어디 갈 생각인데.”

“음…… 계획도 짤 겸 애프터눈 티는 어때?”

“살인 현장에서 애프터눈 티로 직행할 수 있는 인간은 전 세계에 너뿐일 거야.”

그리고 이 명탐정, 호리호리한 몸으로 여전히 대식가였다. 런던에 와서도 매일 같이 레스토랑에서 선데이 로스트를 먹어치우고 있었다. 그 식비 탓에 죽을 정도로 일하지 않으면 생활을 할 수 없는 수준이었다.

"……나는 평소에도 뇌를 혹사하고 있어서 다른 사람보다 3대 욕구가 좀 강한 편이야."

그러자 시에스타가 돌아보며 드물게 속사포처럼 말했다.

이런 모습은 드물었다.

아무래도 시에스타도 평범한 여자애 같은 감각은 있는 모양이었다.

"그래서 시간만 나면 낮잠 자는 거냐."

"아침에 늦게 일어나는 너에게 듣고 싶지는 않거든."

우리는 실없는 소리를 주고받으며 그 자리를 뒤로했다.

"3대 욕구가 다른 사람보다 강한 편."

"…………식욕과 수면욕을 잘못 말했어."

◆ 명탐정은 뒤늦게 등장하지 않는다

『그런고로 너는 방에서 느긋하게 피자라도 먹으며 여생……이 아니라 여가를 즐겨줘.』

"구하러 와줄 거지? 내가 살해당하기 전에 구해주러 오는 거 맞지?"

시에스타가 준비했다는 호텔의 한 방. 그로부터 애프터눈 티를 마시며 계획을 짠 뒤에 저녁까지 먹고 나서 시에스타와 헤어진 나는 홀로 침대에 누워 그녀와 전화로 이야기를 나누고 있었다. 내가 미끼가 되어 케르베로스를 유인한다는 작전의 최종 확인이었다.

　『너와 세상을 여행하게 되어 이제 곧 3년…… 뭔가 눈 깜짝할 사이였어.』

　"느닷없이 과거를 추억하지 말라고. 회상에 들어가는 건 서로 좀 더 연로해진 다음에 해."

　『처음에는 싸움만 했었지…… 아니, 지금도 그런가. 하지만 덕분에 매일 따분하지는 않았어.』

　"그러니까 멋대로 내 죽음을 각오하지 마!"

　아무리 조수라고 해도 목숨까지 바칠 생각은 없다고.

　"……그래서? 정말로 이 방에 케르베로스가 오는 거겠지?"

　그러나 일단 작전에 참여하기로 했으면 관두는 건 용납되지 않는다. 그렇다면 지금부터는 미션이 순조롭게 풀리도록 준비를 해두는 방향으로 생각을 고쳐야겠지.

　『문제없어. 내 예상대로라면 오늘 밤 24시 정각에 너는 케르베로스에게 잡아먹힐 거야.』

　"내가 죽잖아."

　구하러 오라고. 사전에 구하러 와달라고.

　"내 수명이 앞으로 세 시간밖에 안 남았다만."

　방의 창문을 들여다보니 밖은 이미 완전히 해가 져 있었다.

『솔직하게 말하자면 시간 같은 건 모르고 오늘이 그날일지도 알 수 없어.』

……그것도 그런가. 케르베로스가 시에스타와 떨어진 나를 노릴 가능성이 클 뿐이지 그 일시까지 알아냈을 리도 없었다. 그저 그날이 올 때까지 나는 이 호텔에서 대기하게 되는 거겠지.

"시에스타는 옆 방에라도 있는 거야?"

『너는 바보야?』

또 느닷없이 매도당했다. 불합리해.

『내가 근처에 있으면 적이 경계해서 안 나타나잖아.』

……아, 그러고 보니 그랬지.

"잠깐만. 그럼 진짜로 나 혼자야? 나 정말로 오늘 죽는 거 아니야?"

자랑은 아니지만 나는 혼자서 《인조인간》을 이길 수 있을 정도로 강하지 않다고.

『걱정 마. 일단 대책은 세워놨으니까 만에 하나로 살 수 있어.』

"만에 하나로밖에 살지 못하는 거냐고."

『농담이야, 농담.』

네 말은 농담으로 들리지 않으니까 문제라고.

"하아, 네가 같은 방에 있어 줬으면……."

나는 최악의 사태를 상정하고 그만 그런 말과 함께 한숨을 내쉬었다. 그러자──.

『……흐응.』

이어서 수화기를 통해 들려온 건 어째서인지 나를 놀리는 듯한 말투였다.

『나와 같은 방에서 묵고 싶었구나?』

"아니, 그런 의미가 아니라 어디까지나 몸의 안전을 위해서."

『같은 침대에서 자고 싶었구나?』

"그러니까 아니라고. 거기에 너 잠버릇 나쁘잖아. 주먹으로 몇 번이나 맞았는지는 알아?"

『그럼 함께 목욕하러 들어가고 싶었구나?』

"네 긴 목욕 시간을 어떻게 기다리라고."

『솔직하지 못하긴.』

안됐지만 솔직한 마음이라고.

"이제 됐으니까…… 그럼 슬슬."

바보 같은 대화를 나누는 사이에 뭔가 맥이 빠지고 말았다. 뒷일은 시에스타가 준비했다는 대책에 걸기로 하자. 그렇게 생각하고 전화를 끊으려고 했을 때였다.

"시에스타, 너 밖이야?"

수화기를 통해 차의 경적이 멀리서 들려온 듯한 기분이 들었다.

『응? 뭐, 그런데.』

"너무 늦기 전에 방으로 돌아가. 케르베로스가 아니더라도 위험한 녀석은 있으니까."

『………….』

그리고 어째서인지 말없이 시간이 흘러갔다.

"시에스타?"

『⋯⋯아니야, 미안. 네가 나를 여자애 취급해주는 게 뭔가 신선해서──.』

"놀랐어?"

『웃었어.』

"아니, 웃긴 왜 웃어."

웃지 말라고. 이 자식이.

모처럼 사람이 조금 상냥하게 대하자마자 이런다.

"그럼 끊는다."

『가까이에는 가지 못하지만 적어도 외롭지 않게 통화 상태로 해놓을게.』

"딱히 안 외롭거든. ⋯⋯그래도 네가 무슨 일이 있어도 통화 상태로 두고 싶다면 뭐──."

『알았어, 알았어. 끝까지 말 안 해도 알겠으니까.』

그로부터 몇 시간 뒤. 적중하지 않아도 괜찮은 감이나 예측일수록 적중하는 법이었고, 그럼 대체 뭐가 적중했냐고 한다면 케르베로스의 습격 일시였다.

──인기척이 느껴졌다.

현재 시각은 체감으로 24시를 조금 지났을 무렵.

나 혼자만 있을 터인 방⋯⋯ 그러나 지금 분명히 근처에서 무언가가 움직인 기척이 있었다.

아까 통화로부터 몇 시간 동안 나는 룸서비스를 부탁하거나 텔레비전을 보거나 하며 적당히 시간을 보낸 뒤에 옷도 갈아입지 않고 일찍 불을 끄고 침대에 들어갔다. 그리고 만에 하나를 대비해서 자는 척을 하며 그때를 기다리고 있었는데…… 바로 그 만에 하나가 맞이한 모양이었다.

적은 아마도 한 사람.

모든 조명을 끈 암흑 속. 에어컨 소리도 들리지 않는 조용한 공간 안에서 권총의 안전장치를 푸는 소리가 방금 내 귀에 분명히 들렸다. 누군가가 내 목숨을 노리고 있었다. 하지만——.

"안됐지만 살해당할 위기에는 익숙하거든."

기척으로 상대가 어디 있는지는 어느 정도 알 수 있었다. 나는 불의를 찌르는 모양새로 침대에서 벌떡 일어나며 권총을 든 적의 팔을 두 다리 사이에 끼워서 단숨에 십자 굳히기를 먹였다.

"……!"

자신의 몸은 스스로 지켜야 하는 법이다.

시에스타를 믿고는 있지만 스스로 대처할 수 있는 일은 스스로 한다. 예전부터 이 체질 탓에 연루된 트러블에 맞서기 위해 어느 정도의 무술은 익혀뒀는데 최근에는 시에스타를 통해 더욱 단련받았다.

"뼈 한두 개 정도는 각오하라고."

미안하지만 《인조인간》을 봐줄 생각은 없으니까.

"……!"

적의 손에서 권총이 떨어졌다. 하지만 좀 더 붙들어두기로 했다. 지금은 떨어진 장소에 있을 터인 시에스타가 이곳에 오기까지의 시간을 벌어야 했으니까.

"움직이지 마. 움직이면 더…… 어?"

상완부를 죄고 있던 감각이 그 순간 사라졌다고 생각했을 때
── .

"크윽……!"

안면에 날카로운 통증이 내달렸다. 혀가 찢어지며 입안에 쇠비린 맛이 단숨에 퍼졌다.

"……스스로 어깨를 탈골시킨 건가."

어두워서 모습은 보이지 않았지만 아마 틀림없을 것이다. 스스로 오른쪽 어깨에서 팔을 뽑아 몸 전체로 회전하는 요령으로 내 안면을 걷어찬 것이다. 평범한 인간이 할만한 행동이 아니었다.

"하하, 그야 그런가."

뭐가 평범한 인간이냐. 이 녀석은 사람의 심장을 먹어치우는 지옥의 파수견, 케르베로스── 현대에 되살아난 살인마 잭이다.

"시에스타, 벌어 봤자 삼십 초라고."

어디에 있는지도 알 수 없는 파트너에게 빈 나는 스텝을 밟으며 오른쪽 다리를 내뻗었다. 목표는 적이 떨어트린 한정의 권총. 하지만 다리가 바로 직전에 허공을 갈랐다.

"젠장……."

적이 먼저 주웠다. 그리고 총성. 탄환이 얼굴 바로 옆을 통과

하는 것이 느껴졌다.

"죽일 수만 있으면 뭐든 상관없다는 건가."

그다음에 내 왼쪽 가슴을 가르고 심장을 빼앗을 셈인가.

나는 되도록 자세를 낮추며 엄폐물 뒤로 숨었다. 무기도 적이 유리하고 시야도 빼앗긴 환경 아래서는 이 이상 다른 수가 없었다. 뭔가 이 상황을 타파할 수 있는 건——.

아, 그렇지. 이게 있었나.

"역시 경찰관. 끝내주는 선견지명이야."

나는 바지 오른쪽 주머니에 넣어둔 채였던 지포라이터를 꺼내서 불을 켜고 침대를 향해 던졌다.

"……!"

그러자 불이 눈 깜짝할 사이에 번지려다가…… 그 직전에 방의 천장에 설치된 스프링클러가 작동했다.

"빈틈 발견."

"……!"

쏟아지는 물줄기 속에서 주춤거린 적을 침대 위에 밀어 넘어트렸다.

"이걸로 게임 끝이야."

시에스타, 안 됐지만 이번에는 네 차례가 없을 것 같은데.

"자, 정체를 밝혀주실까."

내가 침대 옆의 조명 스위치로 손을 뻗자…… 그곳에는 흠뻑 젖은 블론드 헤어가 뺨에 들러붙은 위장복 차림의 소녀가 누워 있었다.

사냥감에게 반대로 제압당한 소녀의 얼굴은 수치 혹은 공포로 물들어 있었고── 그 일본인과는 다른 보석 같은 눈이 살짝 젖은 채 흔들렸다.

"너……."

　그리고 소녀가 스스로 자신의 이름을 말했다.

"내 이름은── 샬럿 아리사카 앤더슨."

◆그 우쭐거리는 표정만큼은 용서 못 해

"샤르?"

　나는 그 소녀를 알고 있었다.

　샬럿 아리사카 앤더슨.

　국적은 미국이지만 일본인의 피도 이어받은 16세의 소녀였다. 소속된 조직의 명령으로 전 세계를 돌아다니는 에이전트로, 시에스타의 요청으로 함께 행동한 적도 있었다── 요컨대 나도 잘 아는 인물이라는 말이다.

"괜찮아……?"

　나는 머뭇머뭇 샤르에게 말을 걸었다.

"……응, 그럭저럭."

　그러자 샤르가 부상당한 오른쪽 어깨를 누르며 천천히 침대 위에서 일어났다. 나도 거기에 맞춰서 일어서며 침대에서 거리를 벌렸다.

　그나저나 왜 샤르가 여기 있는 거지? 어째서 무장을 하고 내 방에…….

　"아, 그런 거였나. 시에스타에게 부탁받은 거지?"

　이게 시에스타가 말했던 대책이었나. 그렇군, 확실히 샤르의 전투 기술이라면 적과도 충분히 싸울 수 있다. 아무래도 나는 성급하게 과잉방어를 해버린 모양이었다.

　"……맞아. 참 나, 느닷없이 공격해 오기는."

　"미안하다니까. 네가 총 같은 걸 들고 들어오니까 그렇지."

　"이미 케르베로스가 선수를 쳤을 가능성도 있었으니까."

　그렇군, 그것도 그런가. 나도 경계심이 조금 지나쳤을지도 모른다. 너무 겁을 집어먹는다고 시에스타에게도 웃음을 살 뻔했군.

　"음, 뭔가 냄새나는데."

　이어서 샤르가 코를 킁킁거렸다.

　"그런가? 방귀라도 뀌었어?"

　"섬세함이라는 말 알아?"

　"섬세함이라는 개념이 없는 명탐정이 파트너라서 말이지."

　나는 일단 샤르의 말대로 환기를 위해 창문을 열러 갔다.

　"그런데 키미즈카도 의외로 잘 싸우네. 완패야."

　등 뒤에서 샤르가 말했다.

　"기책도 있었다고는 해도 내가 제압당하다니."

　"뭐, 확실히 내가 샤르와 1대1로 싸워서 이긴 건 처음인가."

평소에 시에스타에게 단련을 받은 보람이 있었는걸. 그렇게 생각하며 나는 커튼에 손을 뻗어 창문을 열려다가——.

"아니, 내가 정말로 샤르를 이길 수 있나?"

그건 너무나도 한심한 자기 분석이고 자존심이라고는 찾아볼 수 없는 추측이었다.

하지만 나는 알고 있었다.

샬럿 아리사카 앤더슨이라는 소녀의 강함을. 그리고 그 강함을 누구보다도 시에스타가 인정하고 있다는 것을 알고 있었다. 샬럿은 결코 나 따위에게 지지 않는다.

"……아니, 그보다도."

이건 좀 더 간단한 논리였다.

"그 자존심 강한 신경질쟁이가 그렇게 간단히 패배를 인정할 리가 없어."

그것도 불구대천의 적인 나를 상대로 말이다. 그러므로——.

"너는 누구지?"

나는 돌아보며 샤르를…… 샬럿 아리사카 앤더슨이라고 이름을 댄 그 녀석에게 물었다.

"그렇군. 간파당했나."

목소리가 샤르와는 다른 굵은 남성의 목소리로 변했다. 그리고 다음 순간, 그 얼굴과 몸도 일그러지듯이 변화하였고——
나타난 건 검은색 로브를 걸친 건장한 중년 남성이었다.

"뭐, 상관없겠지. 뭐가 되었든 그 심장은 받아갈 거니까."

"……역시 네가 케르베로스였나."

코드네임의 유래는 그 변신 능력…… 지옥의 파수견이 세 개
의 머리를 가진 것처럼 다른 인물의 얼굴을 모방해서 변신할 수
있었다. 거기에 더해 《코》도 좋으니 경찰이 속수무책인 것도 당
연했다. 이때까지 붙잡히지 않은 것도 납득이 되었다.

"안 됐지만 네 살인마 잭의 모방 범죄는 오늘로 마지막이다."

나는 조금 전 전투에서 회수한 매그넘을 들어 적의 이마에 조
준했다.

"너도 확실히 꽤 싸우더군. 그 명탐정의 허드레꾼이라고 생각
했는데 인식을 바꿔야겠어."

케르베로스가 그렇게 말하며 조용히 눈을 감고 가슴 앞에 손
바닥을 마주 대었다. 거만한 말투와 덩치와는 다르게 마치 성직
자 같은 행동이었다. 그러나 그렇게 보인 것도 한순간으로.

"오늘 밤은 만월, 피가 울부짖는군."

그 순간 케르베로스의 모든 근육이 부풀어 오르기 시작하더니
이윽고 몸 전체를 털이 수북하게 뒤덮었다. 그 모습은 마치.

"늑대인간이냐고……."

케르베로스 설정이랑 뒤죽박죽된 거 아니야? 하고 농담을 할
분위기도 아니었다.

"맞아도 불평하지 말라고."

나는 방아쇠를 당겨서 납탄을 발사했지만——.

"맞히고 나서 말하도록."

케르베로스가 그야말로 짐승 같은 민첩한 움직임으로 총탄을 피했다.

"큭……!" 그리고 모든 공격을 피한 뒤에 그 거구의 몸으로 덤벼들었다.

눈앞에는 예리한 손톱, 이쪽은 무기가 없었다.

다음에 이어질 한순간의 참극을 깨달은 나는 눈을 감았고——.

『숙여.』

그 수화기에서 나온 목소리를 듣고 아슬아슬하게 몸을 수그렸다.

"——커헉!"

이어서 들려온 건 총탄과 굵은 신음이었다. 눈을 떠보니 그곳에는 어깨에서 검붉은 피를 흘리는 늑대 인간이 쓰러져 있었다.

"……창문을 열어둬서 결과적으로 살았다는 건가."

나는 통화 상태로 해둔 채였던 휴대전화에 귀를 대며 그 녀석에게 말했다.

"근데 너 어째서 지금까지 조용했던 거야. 설마 자고 있었던 건 아니겠지?"

그러자.

『제때 구해줬으니까 상관없잖아.』

수화기의 목소리가 이윽고 바로 뒤에서도 들려왔다.

내가 최대한 불만스러운 얼굴로 등 뒤를 돌아보자—— 득의양양한 표정의 백발 소녀가 커다란 창틀 위에 서서 나를 향해 그렇게 말하고 있었다.

"외로웠어?"

◆홍련의 악마, 얼음의 여왕

"자, 그러면."

그렇게 입을 뗀 시에스타는 머스킷 총을 든 채 쓰러진 케르베로스를 향해 뛰어들어 그 몸 위에 올라타며 총구를 들이대었다.

"어디선가 봤던 광경이군."

3년 전의 그 비행기 사건이 뇌리를 스치고 지나갔다. 그때도 시에스타는 박쥐의 머리에 총을 들이대며 멋지게 하이재킹범을 제압해 보였다.

"……어느 틈에 접근한 거지?"

밑에 깔린 케르베로스가 고통스러운 표정으로 신음했다.

"이 《코》로 관측한 바로는 네 존재는 느껴지지 않았는데 어째서…….'

확실히 그 말대로였다. 나를 미끼로 삼고 자신은 케르베로스의 《코》가 맡지 못하는 장소에 숨는다는 것이 시에스타의 작전이었을 터…… 하지만 시에스타는 들키는 일 없이 전장에 발을 들였다.

"아직 미묘하게 냄새가 남아있는 모양이네."

그러자 시에스타가 크게 냄새를 맡았다.

"냄새가 남아있다고?"

"어라, 너는 깨닫지 못했어? 창문을 열기 전의 이 방에는 조금 전까지 특수한 가스가 가득 차 있었을 텐데."

"가스……? 아, 그러고 보니."

케르베로스가 아직 샤르의 모습으로 변해있었을 때 방 안의 냄새를 신경 쓰는 모습을 보였었다. 설마…… 하지만 어느 틈에?

"저거야."

그렇게 말하며 시에스타가 가리킨 곳에는 천장이—— 아니.

"스프링클러인가."

저 스프링클러가 시에스타가 준비해놨다는 대책이었겠지. 내가 지포라이터를 가진 것을 보고 이후의 전투에서 스프링클러가 작동하는 사태가 될 가능성을 예측해 물 말고도 별개로 가스를 설치한 것이다. 그리고 코가 지나치게 좋은 케르베로스는 그 가스에 후각이 마비되어 시에스타가 다가오는 것을 깨닫지 못했다는 말이다.

"……여전히 준비성이 너무 좋잖아."

그건 마치 모든 전개를 시에스타가 처음부터 내다보고 있었던 것만 같았다.

"그런고로 내 승리니까 그만 포기해."

시에스타가 케르베로스를 향해 총구를 더욱 가까이 들이대었다. 그리고 내가 그사이에 후우비 씨에게 연락을 취하려고 스마트폰을 꺼낸 그 순간.

　"아직 붙잡힐 수는 없다."

　그렇게 말하자마자 케르베로스의 몸이 급속하게 줄어들었다.

　"……! 변신 능력!"

　케르베로스가 한순간에 어린애처럼 작은 몸이 되더니 시에스타의 구속에서 벗어났다.

　"조수! 창문을 닫아!"

　그래, 놓칠 것 같냐……!

　나는 황급히 등 뒤의 창문으로 가서 케르베로스의 도주로를 막으려고 했지만…….

　"늦다."

　그때는 이미 늑대 인간의 모습으로 돌아간 녀석이 내 머리를 가볍게 뛰어넘고 있었다.

　"나에게는 사명이 있다. 앞으로 하나. 싱싱한 심장을 하나 더 손에 넣기까지는."

　그렇게 케르베로스가 창밖으로 몸을 내밀었고——.

　"그렇다면 네가 두고 가면 되겠지."

　피가 뿜어졌다.

　그리고 케르베로스의 목이. 목만이 창밖으로 떨어져 내렸다.

이윽고 머리가 잘린 동체가 천천히 뒤로 쓰러졌다.

"……뭐?"

눈앞의 광경에 이해력이 따라가지 못했다. 어째서 케르베로스가 죽은 거지?

누구지? 대체 누가 이런 거야?

"조수!"

시에스타였다. 조바심을 내는 듯한 이때까지 들어본 적이 없는 긴박한 목소리였다.

"조심해."

그리고 시에스타가 머스킷 총을 창밖으로 겨누었다. 하지만 머스킷의 총구가 살짝 흔들리는 것처럼 보였다.

"이렇게 실제로 얼굴을 마주하는 건 처음이지? 명탐정님."

냉랭한 목소리. 창틀에 앉아 있던 그 녀석은 케르베로스를 처리하는 데 썼을 사브르를 휘둘러서 묻어있던 혈액을 털어냈다.

"너는……."

흑발 숏컷에 붉은 눈동자의 소녀. 연지색 군복을 걸치고 허리에는 몇 자루나 되는 사브르를 차고 있었다. 시에스타와 비슷한 연배일까. 군모와 스탠딩 칼라 때문에 얼굴은 제대로 보이지 않았다.

그나저나 저 완전무결한 명탐정이 경계하는 상대는 대체——.

"내 이름은 헬. 코드네임—— 헬."

창틀에 앉은 그녀가 피로 더러워진 검을 천으로 닦으며 담담하게 말했다.

"코드네임…… 그럼 이 녀석도?"

"《SPES》의 최고 간부야."

그러자 옆으로 다가온 시에스타가 험악한 얼굴로 중얼거렸다.

"헬—— 북유럽 신화에서 얼음의 나라 니플헤임을 지배하는 여왕의 이름이기도 해."

"코드네임에 규칙성은 없다는 건가."

하지만 적어도 박쥐나 케르베로스와는 격이 다르다는 건 명백했다.

"자, 그럼."

그러나 헬은 창틀에서 내려오더니 우리를 보지도 않고 케르베로스의 시신에 다가갔다. 그리고 그 자리에 웅크리고 앉더니—— 케르베로스의 왼쪽 가슴에 들고 있던 검을 세차게 박아넣었다.

"……윽."

그 처참한 광경에 무의식적으로 구역질이 올라왔다. 그러나 헬은 아무런 감정도 없는 얼굴로 팔을 케르베로스의 왼쪽 가슴에 집어넣었고…… 이윽고 그 피 웅덩이 속에서 무언가를 끄집어내었다.

"이걸로 최후의 파츠가 갖춰졌어."

피투성이가 된 헬의 오른손에는 작고 검은 광물 같은 것이 쥐어져 있었다.

"그럼 뒷일은 이걸 가지고 돌아가서 작전을 실행에……."

"옮길 수 있을 것 같아?"

시에스타가 날카로운 눈으로 헬을 노려보았다. 그렇게 말하며 겨눈 장총은 더 이상 조금도 흔들리지 않았다.

"흐음. 하지만."

헬이 시에스타를 마주 보았다.

"너는 쏘치 못해."

"무슨 말을……. ……!?"

불현듯 무언가를 깨달은 것처럼 시에스타가 눈썹을 치켜떴다.

"그뿐 아니라 너는 그 자리에서 한 발짝도 움직이지 못하고 목소리도 내지 못해."

헬의 피와 같은 붉은 눈이 요사스럽게 빛났다. 그러자 시에스타가 눈을 크게 뜬 채 마치 먹이를 찾아 수면 위로 머리를 내민 물고기처럼 입을 뻐끔거리기만 할 뿐 목소리를 한 마디도 내지 못했다.

"설마 《인조인간》의 능력……."

헬도 《SPES》의 일원이라면 특수한 힘을 가지고 있을 가능성이 컸다. 지금 이 상황을 보아 사람의 행동을 조작하는 부류의 능력인가……?

하지만 냉정하게 그런 생각을 할 여유가 있을 리 없었다. 시에스타의 움직임이 봉쇄되었다. 그렇다면 적이 다음에 해올 행동은 단 한 가지뿐── 붉은 군복이 나를 향해 질주해왔다.

"자아, 함께 지옥을 보러 가자."

그 순간, 내 의식이 이 세상과 단절되었다.

◆그건 1년 뒤의 미래에 대한

"이곳은……."

눈을 떠보니 그곳은 낯선 어두컴컴한 공간이었다.

"……!"

손목에는 수갑, 다리에는 사슬. 앉아 있는 의자 다리는 콘크리트 바닥에 고정되어있는 듯했다. 거기에 곰팡내가 코를 찔렀다. 중얼거린 목소리가 울리는 것을 보니…… 이곳은 지하인가?

"깨어난 모양이네."

불현듯 어둠 속에서 사람 그림자가 나타났다.

깊숙하게 눌러쓴 군모, 스탠딩 칼라의 붉은 군복. 표정은 거의 보이지 않았지만 틀림없었다. 나를 납치해서 이곳까지 데리고 온 이 녀석은——.

"헬……!"

그래. 나는 그 호텔에서 이 녀석과 맞닥뜨렸고 그다음에.

"여긴 어디지? 나를…… 죽일 생각인가?"

자연스럽게 목울대가 울렸다. 구태여 시에스타와 나를 떨어트려서 이런 장소까지 끌고 온 의미란 대체——.

"너, 우리의 동료가 되지 않을래?"

그 전혀 예상하지 못했던 대답에 내 사고가 한순간 정지되었다.

"너, 무슨 말을……."

헬은 어느 틈엔가 내 등 뒤에 서 있었다.

"아, 조금 어폐가 있었네—— 네가 내 파트너가 되어줬으면 해."

귓가를 구석구석 핥는 듯한 목소리. 전신에 닭살이 돋았다.

"……이해가 안 되는데. 나를 파트너로 삼는 것에 무슨 메리트가 있지?"

"자기평가가 낮구나."

"겸허하다고 해줘."

이런 상황에서도 자연스럽게 농담이 나왔다.

아니, 이런 상황이라서 그런가. 농담이라도 하지 않으면 제정신을 유지하지 못할 것 같았다. 그 정도로 이 녀석은…… 헬은 몸이 떨릴 정도로 위협적이었다.

"아니야, 이건 고양감으로 떨리는 거야."

"나는 아무 말도 안 했는데?"

"지렸다고 생각한다면 확인해 봐도 상관없어."

"그렇군, 너희는 언제나 그러고 노는구나."

옅게 웃은 헬이 겨우 내 등 뒤에서 떨어졌다.

"……너도 웃을 줄 아는구나."

"아하하, 너무한걸. 나를 뭐라고 생각하는 거야?"

또각또각 구두 소리를 내며 헬이 내가 앉은 의자 주위를 크게 돌았다.

"감정이 없는 악마? 말이 통하지 않는 괴물? 결코 이해할 수 없는 빌런?"

너무한걸, 하고 헬은 다시금 쓴웃음을 지었다.

"평범한 여자애에게 말이야."

그렇게 말하며 내 앞을 가로지른 헬은 어디선가 가져온 두꺼운 책을 펼치고 페이지를 내려다보았다.

"평범한 여자애가 그런 식으로 동료를 죽일 수 있을 것 같지는 않은데."

나는 그 호텔에서 케르베로스를 죽인 헬의 행동을 떠올리며 그렇게 비난했다.

"동료? 아하하, 아니야. 그건 계획을 완수하기 위한 파츠에 지나지 않아."

헬이 우습다는 듯이 크게 웃었다. 낙천적이고 태평하며 순진 무구한── 흉악. 그게 헬이라는 소녀를 표현하는 기호처럼 느껴졌다.

"그렇게 나도 쓰고 버릴 셈인가? 애초에 나를 파트너로 두는 메리트가 없어."

나를 파트너로 삼고 싶다는 것이 본심일 리가 없었다. 대체 무엇을 꾸미는 건지.

"너를 파트너로 삼는 데 나에게 어떠한 메리트가 있느냐 말이지."

헬이 손에 든 책을 보면서 말을 이었다.

"하지만 메리트와 디메리트 이전에 《성전(聖典)》에 적혀 있는 건 절대적이니까."

"성전?"

그건 헬이 손에 든 책을 말하는 것일까.

"내가 가지고 있는 건 《성전》의 일부지만 말이지. 그리고 《성전》에는 너에게 일어날 몇 가지 미래가 적혀 있어."

"그런 말도 안 되는 일이──."

"──있을 리가 없다고? 하지만 진실이야. 예를 들면 케르베로스가 그 장소에서 죽고 네가 이곳에 오는 미래도 이 《성전》에 분명히 적혀 있었어."

그런 말은 방편일 뿐이다. 이미 일어난 일을 마치 예전부터 예언되었던 일인 것처럼 말하고 있을 뿐이었다.

"전혀 믿지 못한다는 눈이네."

"맞아, 하지만 신경 쓰이기는 해. 나는 자기 자신밖에 신용하지 않는 타입이거든."

"우연인걸. 나도 마찬가지야."

그러냐. 그거 사이좋게 지낼 수 있을지도 모르겠네. 그러고 싶지 않지만.

"그럼 《아가스티아의 잎》이라는 말을 들어본 적은 있어?"

헬이 책을 펼친 채 물었다.

"아가스티아의 잎…… 기원전에 인도의 성자가 남긴 예언서로 아는데……."

시에스타가 평소에 곧잘 나에게 들려줬던 잡학과 토막 지식중에 그런 정보가 있었던 것 같았다. 아주 먼 옛날 인도의 성자 아가스티아가 신의 계시를 고대 타밀어로 야자나무 잎에 적었다고 했던가. 그리고 그 예언서에는 미래를 살아가는 모든 사람에 대해서 자세하게 적혀 있다고 한다.

"이 《성전》은 그 《아가스티아의 잎》을 바탕으로 만들어진 거라서 네 미래도 여기에 적혀 있어."

헬은 여전히 펼친 책에 시선을 내린 채 넓은 방을 돌고 있었다.

"예시를 들자면 지금으로부터 약 1개월 뒤에 너는 줄곧 동경하던 일상을 되찾고 평범한 고등학교 생활을 보내게 될 거야."

"말도 안 돼. 그 명탐정이 그렇게 간단히 나를 놔줄 리가 없잖아."

물론 1개월 만에 《SPES》를 완전히 괴멸시키고 후련하게 해피엔딩 뒤의 일상으로 돌아간다는 전개라면 환영이지만.

"그로부터 1년 뒤에 너는 조수라기보다도 이번에는 탐정의 입장이 되어서 수많은 문제를 해결로 이끌게 돼."

"그것도 말도 안 돼. 나는 언제나 시에스타의 조수에 지나지 않으니까."

그도 그럴 게 그 녀석이 탐정역이라는 근사한 포지션을 나에게 양보할 리가 없잖아.

"잊힌 심장의 기억, 시가 삼십억 엔짜리 기적의 사파이어, 그리고 명탐정이 남긴 유산—— 만약 네가 1년 후에도 이 말들을 기억하고 있다면 정답을 알 수 있을 텐데 말이지."

"그러니까 아까부터 무슨 이야기를 하는 거야? 무슨 말이 하고 싶은 거지?"

"《연루 체질》이라고 했던가."

헬이 책을 덮으면서 말했다. 내가 그 체질을 헬에게 말한 적은 없었다. 설마 그것도 《아가스티아의 잎》에 적혀 있었다는 것일까.

"하지만 나는 네 그 체질을 조금 다르게 생각해."

"……무슨 말이야?"

"연루되는 게 아니야. 네가 연루시킨 거지."

세상을, 하고 헬이 보란 듯이 양팔을 크게 펼쳤다.

"네 그것은 모든 것을 변화시키고 사건을 일으키는 힘── 네가, 너야말로 세상의 중심이야."

그러므로, 하고 헬이 말을 이었다.

"너는 내 파트너가 되어 줘야겠어. 나와 함께 세상을 구하기 위해서 말이지."

나를 바라보는 붉은 눈이 요사스럽게 빛났다.

"세상을 파괴한다는 것을 잘못 말한 거겠지."

"나에게는 그게 구원이 되거든."

"세상을 파괴해 네가 원하는 무언가가 손에 들어온다는 거야?"

"그럴지도?"

"거절하겠다고 한다면?"

"그래도 괜찮아."

헬은 그렇게 말하며 몸을 빙글 돌리며 어딘가로 걸어나갔다.

"애초에 《성전》에 의하면 네가 내 것이 되는 건 아직 훗날의 일인 듯하니까. 단지 빠르게 일을 진행하는 편이 아버님의——."

거기까지 말한 헬이 입을 다물었다.

아버님? 누굴 말하는 거지?

"하지만 유감인걸. 내 파트너가 되어 준다면 여러 가지로 특전이 있는데."

그러나 헬은 조금 전 발언을 없었던 것으로 하듯이 장난스러운 말투로 말을 이었다.

"우선 무엇보다도 너는 불로소득을 얻게 돼."

"느닷없이 파격적인 조건이 나왔는데."

나를 마구 부려먹는 어딘가의 명탐정에게 들려주고 싶다.

"온종일 대형 텔레비전으로 게임을 해도 돼."

"천사냐."

"과자도 아이스크림도 컵라면도 원하는 시간에 자유롭게 먹어도 돼."

"신인가."

거기 백발 명탐정, 들었냐. 뭔가 나를 엄청나게 애지중지해주는 빌런이 나타났다만. 변심하기까지 앞으로 2초 남았다.

"그러니까 어때?"

그리고 군복의 소녀는 의자에 앉은 나를 향해 오른손을 내밀며.

"너, 내 파트너가 되어 줘."

천진난만하게 웃으며 그런 매력적인 제안을 해 왔다.

그리고 그 제안에 나의 대답은.

"그래, 물론—— 거절하지."

미안한걸. 나는 옛날부터 겁이 많아서 무언가를 결단할 땐 메리트보다도 디메리트 쪽을 판단 기준으로 두거든.

"너보다도 시에스타를 적으로 돌렸을 때가 무서울 것 같으니까."

나는 그런 자신에게 주어진 아이러니한 선택지에 입꼬리를 올리며 헬의 제안을 정면에서 거절했다.

"그보다 너도 내가 그 손을 잡을 거라고는 생각 안 했잖아."

"아하하, 눈치챘어?"

헬은 장난을 들킨 어린애처럼 웃고는 몸을 빙글 돌리며 어딘가로 걸어나갔다. 그리고 나는 헬이 뒤를 보는 사이에 수갑을 풀 방법을 찾았다.

……참 나, 이런 걸 채워놓고 잘도 당당히 손을 내미는군. 내가 거절한다는 걸 처음부터 예상하였다는 말이다.

"그럼 그 대신이라고 하기는 뭐하지만 잠깐 봐 줬으면 하는 게 있어."

그리고 다음 순간. 주위 일대가 은은한 빛으로 채워졌다. 헬이 전기 스위치라도 켠 건가 싶어서 주변을 둘러보자——.

"저건 뭐야……."

내 시야가 닿는 범위. 그 어둠 속에 숨은 무언가가 있었다.

쇠창살 안에 있는 그것은 거대한 파충류처럼도 보였지만……

실제로 이런 생물을 본 적은 없었다. 만약 개념적으로 가까운 것이 있다고 한다면 예전에 영화 같은 데서 보았던 에이리언이라 불리는 괴물이 떠오른다.

전체 길이는 눈대중으로 약 4미터. 머리에 눈 같은 건 보이지 않았고 커다란 턱에는 엄니가 자라나 있었다. 입에서는 점액 같은 것이 정기적으로 떨어져 내렸고 최소한의 생존 반응은 보였지만 그 자리에 가만히 멈춘 채 움직이려는 기색은 없었다. 지금은 잠들어 있는 걸까.

"《생물병기》야."

헬이 담담하게 말했다.

"이 아이가 토해내는 숨결에는 대기 중의 산소와 결합하기 쉬운 독소가 포함되어 있어."

"……이 녀석으로 테러라도 일으키겠다는 거야? 이곳 런던에서."

"맞아. 그것이 《성전》에 적혀 있는 미래의 역사이자 신의 구제거든."

"사이비 종교냐고……."

큭, 《인조인간》만으로 만족하지 못하고 이런 것까지. 이런 괴물이 거리에 풀려나기라도 한다면…… 거기에 여긴 대체 어디지? 저 녀석은 이 괴물을 어디에 풀어놓으려는 거지? 런던에서 벗어나지는 않은 듯한데…….

"아, 그러고 보니 여기가 어디냐는 네 질문에 대답하지 않았었네."

헬은 쇠창살에 손을 집어넣어 《생물병기》의 머리를 사랑스럽게 쓰다듬으며 말했다.

"영국 국회 의사당, 웨스트민스터 궁전에 있는 지하 시설이야."

◆ 이제 와서 쿨한 척해 봤자

"……나라의 중심부 바로 아래에 이런 장소를 갖추고 있다는 건 그에 걸맞은 협력자가 있다고 생각해도 되겠지?"

지난 3년간 시에스타와 함께 《SPES》와 싸워왔지만…… 그들의 공격을 완벽하게 막을 수는 없었다. 적은 이미 우리가 생각한 이상의 위치까지 침공해 있었다.

"맞아. 네 말대로 우리 동료는 전 세계 곳곳에 흩어져 있어. 정치가, 재벌, 경찰관, 종교인…… 어쩌면 네 옆의 누군가도 실은 『SPES』의 일원일지도 몰라."

"거참 지옥 같은 진상인걸."

나는 내뱉듯이 말하면서…… 헬이 《생물병기》를 쓰다듬는 사이에 가슴주머니에 언제나 넣어두는 철사를 입에 물었다. 그리고 손목에 채워진 수갑의 열쇠 구멍에 집어넣고…… 이어서 오랜 경험과 감으로 적당히 돌려 나갔다. 장난으로 연루 체질을 자처하는 게 아니다. 유괴와 감금에는 익숙했다.

"그런데 어째서 그 테러 계획을 나에게 말하는 거지?"

나는 부자연스럽게 생각하지 않을 정도로 대화를 이어나갔다.

"그런 괴물을 나에게 보여줘서 어쩌려는 거야. 나를 첫 먹이로 삼을 건가?"

"먹이라."

그러자 어깨너머로 보이는 헬의 움직임이 멈췄다.

"……예를 들자면 그렇다는 거고."

쓸데없는 소리를 해 버렸다. 저런 소름 끼치는 괴물에게 먹히는 것만큼은 사양하고 싶었다.

"괜찮은 추측을 하는걸. 뭐, 틀렸지만."

……위험해라. 죽을 뻔했다.

하지만 동시에 헬이 말한 '괜찮은 추측' 이라는 말이 신경 쓰였다. 설마——.

"그 녀석을 거리에 풀어서 사람을 잡아먹게 할 셈이야?"

"아, 그런 거 아니야. 먹이라면 이미 충분히 줬거든."

"먹이를 줬다고? ……!"

그런 거였다. 최근에 런던을 중심으로 발생했던 케르베로스의 심장 사냥. 그 사건을 일으킨 진의란——.

"그 괴물은 인간의 심장을 먹는 건가."

그것이 먹이 혹은 동력원. 《생물병기》는 사람의 피와 살로 작동하는 것이다.

"흐음, 너는 정말로 감이 좋구나. 역시 내 파트너에 걸맞아."

"그러니까 파트너는 사양한다고 했잖아."

겨우 손목의 수갑이 풀려서 나는 해방된 양손으로 다리의 구속도 재빠르게 풀었다. 그리고 이어서 바람 소리가 들려오는 방향으로 몸을 돌리려 했고——.

"어디 가려는 거야?"

순식간에 들켰다. 뭐, 어차피 이렇게 도망가 봤자 붙잡힐 뿐인가.

"언젠가 내 파트너가 될 네가 앞으로 일어날 일을 봐 줬으면 하거든. 일어나렴, 《베텔기우스》."

헬이 《생물병기》를 향해 이름 같은 것을 부르며 군복 소맷부리에서 무언가를 꺼냈다.

"저 검은 광물 같은 건……."

분명히 헬이 케르베로스의 왼쪽 가슴에서 뽑아낸 것이다. 사람의 심장이 에너지원이라고 한다면 저건 아마도 《생물병기》를 움직이게 하는 마지막 열쇠——.

"베텔기우스, 일할 시간이란다."

그리고 이어서 헬이 그 작은 돌을 《생물병기》의 왼쪽 가슴에 박아넣었다. 그 순간.

"——그르르, ——그르, ——크, ————크아아아아아!"

포효가 지하도에 울려 퍼졌다. 《생물병기》가 눈을 뜬 신호였다.

거구의 괴물이 지금까지 옭아매고 있던 족쇄가 터져 나간 것처럼 전신으로 쇠창살에 강하게 부딪히며 내면의 흥분을 폭발

시켰다. 그리고.

"아아아아아아아아아아아아!"

격렬한 격돌음과 함께 눈 깜짝할 사이에 강철의 우리가 안쪽에서부터 터져 나갔다. 자제심이라고는 찾아볼 수 없는 괴물은 그대로 눈앞에 있던 헬을 머리에서부터 잡아먹으려고 덤벼들었다.

"소란스럽긴."

헬의 붉은 눈이 괴물을 꿰뚫어 보았다.

"──! 그어어어어어어어."

그리고 그다음 순간에는 눈으로 볼 수 없는 속도로 헬이 발도한 몇 자루의 사브르가 베텔기우스의 전신에 박혀 있었다.

"조금은 얌전하게 있으렴."

그러자 베텔기우스가 갑자기 얌전해지더니 마치 거대한 애완동물처럼 그 자리에 배를 깔고 앉았다.

"이런 괴물을 밖에 풀어놓겠다는 거야? ⋯⋯제정신이 아니군."

"그게 운명이고 내 사명인걸."

"그렇다면 지금 이 자리에서 막아 주겠어."

"흐음, 너 혼자서?"

헬이 립스틱을 바른 입술을 일그러트렸다.

"좋은 미소인걸."

"어라, 지금 날 꼬시는 거야?"

"예의상 해본 말이야. 미안하지만 내가 네 파트너가 되는 일은 절대로 없어."

우리는 마지막으로 그런 농담을 주고받으며 결별을 확신했다.

"그래? 아쉽네. 그럼 지금은 가만히 이 도시가 파괴되는 모습을 보고 있도록 해."

그렇게 말한 헬은 베텔기우스에 올라타며 목에 걸터앉았다. 이대로 지상으로 나가서 우선은 나라의 중심부를 공격할 셈이겠지.

하지만 조금 전에도 말했다시피.

"너는 지금 여기서 막을 거야."

"그러니까 어떻게? 무기도 없는 네가 대체."

"그쪽이야말로 뭔가 착각하고 있지 않아? 언제 내가 너를 막는다고 했지?"

그런 근사한 역할을 내가 차지하는 걸 그 녀석이 용납할 리가 없잖아.

"──조수!"

암흑 속에 비쳐드는 한 줄기 빛처럼 다정한 목소리가 어딘가에서 들려왔다.

"조수…… 어딨어!?"

그 목소리가 점점 가까워지더니 왼쪽 벽에서 크게 들려왔다.

"조수……! 조수 어디 있는 거야!? 조수!"

……음, 그렇게까지 연호하지 않아도 되는데. 나는 여기 있으니까 진정 좀 하라고.

"조수! 조수…… 조수가 없으면…… 어디야! 조수는! 조수…… 없어, 조수……!"

저기…… 아니. 그렇게까지는 좀. 괜찮아?

그리고 만나면 어색해지지 않냐.

"……윽, 벽이 방해돼. 필요 없어. 부술 거야. 전부 부숴 버리겠어."

그리고 다음 순간. 귀청을 찌르는 듯한 굉음과 함께.

"조수!"

거대한 로봇에 탄 시에스타가 요란하게 벽을 부수며 안으로 들어왔다. 일부가 투명한 조종석에 앉은 시에스타는 이제까지 본 적도 없는 초조한 표정이었고 자랑하는 은백색 머리카락도 흐트러져 있었다.

그러나 크게 어깨를 들썩이며 숨을 몰아쉬던 시에스타도 이윽고 상처 하나 없는 내 모습을 확인하였고, 서로 넉넉히 십 초 정도 바라본 뒤에——.

"후우, 손이 많이 가는 조수라니까."

"이제 와서 쿨한 척해도 안 넘어가거든."

◆ 너는 천사, 나는 괴물

나는 새삼 시에스타가 타고 온 《인간형 전투 병기》를 보았다.

흰색을 바탕으로 한 장갑으로 뒤덮인 형태로 크기는 헬이 조종하는 《생물병기》보다도 조금 더 큰 5미터 정도였다. 기체의 머리에 가까운 일부분이 유리로 되어 있어서 안에 시에스타가 앉아 있는 모습이 보였다. 아마 그곳이 조종석이겠지.

그야말로 로봇 애니메이션에 나올 법한 기체였다. 육중한 팔과 다리가 특징적인데 관절에 해당하는 부분에는 미사일과 총탄의 발사구도 보여서 말 그대로 전투 병기라 부르기에 걸맞은 로봇이었다.

……다만 그렇기에 한 가지 의문이 떠올랐다.

"시에스타, 너 이런 걸 어디서 조달한 거야……?"

내가 유괴되고 아마 아직 몇 시간 정도밖에 지나지 않았을 것이다. 그 짧은 시간 동안 어떻게 이런 기동 병기를 마련한 것일까. 그런 나의 지당한 의문에 시에스타는.

"……아니, 그게 뭔가 길바닥에 있길래?"

부자연스럽게 시선을 피하며 대답했다.

"말이 되는 소릴 해야지! 이런 게 길바닥에 있을 리가 있냐!"

"……정말이라니까. 네가 유괴되어 당황한 나머지 그 기세로 영국 정부와 교섭하여 군에서 비밀리에 개발하고 있던 인형 전투 병기 《시리우스》를 빌리거나 한 건 아니야."

"생각 이상으로 사정이 복잡했어……!"

전부 스스로 폭로해버렸잖아. 거짓말을 너무 못한다.

"시에스타, 너 나를 구하는 데 지나치게 필사적인 거 아니야?"

"……! ……그러니까 그런 게 아니래도."

그렇게 중얼거린 시에스타의 표정은 아쉽게도 고개를 돌리고 있어서 잘 보이지 않았다.

"참 나. 내 미래의 파트너와 그렇게 정열적으로 이야기를 나누고 있으니 질투 나는데."

그리고 그런 말을 내용과는 다르게 냉담한 목소리로 입에 담는 이가 있었다.

"헬."

기체의 조종석에서 시에스타가 푸른 눈으로 헬을 노려보았다. 그 시선에 헬도 몸을 앞으로 기울이는 베텔기우스의 목에 걸터앉은 채 전투 준비에 들어갔다.

"이 이상 런던을 네 맘대로 하게 두지 않겠어."

"진심으로 막을 수 있다고 생각하는 거야? 나를—— 운명을."

그것이 개전의 신호였다.

"——크아아아아아아!"

괴물이 울부짖으며 네 다리로 이쪽을 향해 달려왔다.

"조수!"

해치가 열리며 조종석에서 상체를 내민 시에스타가 오른팔을 뻗었다. 나는 그 손을 잡고 올라가서 기체 안으로 미끄러져 들어갔다.

"……좁은데."

"1인승이니까."

나와 시에스타는 좁은 콕피트 안에서 몸을 밀착시키며 괴물과의 전투에 임했다.

"내가 오른쪽을 담당할 테니까 너는 왼쪽을 움직여."

"느닷없이 조종시키지 마. 자동차 면허도 없다고."

"어쩔 수 없잖아. 이 상황에서는 그쪽까지 손이 닿지 않으니까. 자, 적이 왔어."

헬이 올라탄 베텔기우스가 바로 왼쪽에서부터 덤벼들었다.

"……큭, 알았다고!"

망설이고 있을 여유도 없었다. 나는 직감으로 레버를 쥐고 기체를 조작해보았지만…….

"우오오오!?"

우리가 탄 시리우스가 바로 균형을 잃고 쓰러졌다.

"아파 죽겠네…… 이거 다리 레버였냐고."

젠장, 멋들어지게 로켓 펀치를 날릴 예정이었는데.

하지만 결과적으로는 좋은 행동이었다. 급작스럽게 대상을 잃은 베텔기우스도 속도를 주체하지 못하고 후방으로 굴러간 모양이었다. 적은 이제 갓 깨어난 괴물. 파워는 있지만 제어를 하지 못하고 있었다. 조건은 같을 터였다.

"……냉정하게 분석하고 있을 여유가 있으면 빨리 비켜주지 않을래?"

"응?……아."

깨닫고 보니 쓰러진 내 바로 아래에서 시에스타가 불만스럽게 나를 째려보고 있었다. 아무래도 우연히 좋지 않은 위치에 내 손이 닿은 모양이어서 황급히 몸을 뗐다. 그렇지만 좁은 조종석이라서 떨어질 공간도 거의 없었다.

"하는 수 없으니 역시 내가 조종하겠어."

"하지만 둘이 나란히 앉아 있으면 레버에 손이 안 닿잖아."

"나란히 앉아 있으면 그렇지."

……그런 생각이었나. 뭐, 그 방법밖에 없군.

"──크아아아아아아!"

등 뒤에서 《생물병기》가 울부짖었다. 우리는 서둘러 자세를 바로 하며 레버를 조종해서 쓰러진 기체를 원상 복귀시켰다.

"이 틈을 타서 이상한 곳 만지면 경멸할 테니까."

"조수에 대한 신뢰도는 어디 갔냐."

나는 좌석 벨트를 조이며 한숨을 내쉬었다.

"농담이라니까. 그럼 이번에야말로 가자── 시리우스 발진."

그렇게 말하며 내 무릎 위에 앉은 시에스타가 조종간을 강하게 쥐었다.

"움직일게."

"우오……!"

엔진이 세차게 회전하며 기체가 급발진했다. 목표는 사족보행 그로테스크 괴물. 추진력으로 단숨에 간격을 좁혔다.

"정면 승부야."

눈앞에는 베텔기우스의 목에 탄 헬. 격렬한 충돌음과 함께

《인간형 병기》와 《생물병기》가 맞붙었다.

"설마 이런 괴물까지 만들어냈을 줄이야."

시에스타는 조종 레버를 앞으로 기울이며 유리 너머로 보이는 괴물의 위에 탄 헬을 노려보았다.

"너야말로 괜한 방해를 하는걸."

그 시선에 헬도 붉고 차가운 눈으로 시에스타를 보았다. 나와 대화하고 있을 때처럼 이완된 분위기가 없이 명확한 적의가 느껴졌다.

"그게 내 사명이니까."

시에스타가 그렇게 말하며 어떤 버튼에 손가락을 올렸다. 직후에 시리우스의 손목 부근에서 총탄이 연사되었다.

"──!"

그 모습을 본 헬은 베텔기우스의 등을 얕게 찔러서 통증으로 행동을 유도해 이쪽의 공격을 피했다. 마치 말에게 채찍질하는 기수 같은 움직임이었다.

이어서 물리 공격으로는 불리하다고 판단했는지 헬은 베텔기우스를 움직여서 우리를 무시하고 지하도를 사족보행으로 내달리게 했다.

"시에스타, 놓치지 마! 녀석의 목적은 어디까지나 이 도시에 저 괴물을 풀어놓는 거니까!"

헬은 반드시 우리를 상대할 필요가 없었다. 이 지하도의 바로 위에는 영국 국회 의사당이 있었다. 그곳을 공격당하면 피해 규모를 짐작할 수 없게 된다.

"알고 있어. 할 일 없다고 갑자기 해설 캐릭터처럼 굴지 않아도 돼."

"그런 불합리한 말을……."

시에스타는 조종간을 힘주어 앞으로 눕히며 헬과 베텔기우스의 뒤를 쫓았다.

"끈질기네."

이윽고 따라잡은 우리를 보고 헬이 허리에 몇 자루나 차고 있는 사브르를 뽑아 우리에게 투척했다.

"……!"

시에스타도 이에 질세라 시리우스에 탑재되어있는 기관총으로 요격을 시도했다. 그러나 파워는 틀림없이 우리가 위였지만 기동력은 저 괴물이 웃돌고 있었다. 시리우스가 쏟아낸 총탄이 전부 빗나가며 헛되이 허공을 갈랐다.

"헬…… 당신은 어째서 이런 테러를 하는 거지?"

시에스타는 기회를 노리며 터널 같은 지하도에서 적과 나란히 달렸다.

"어째서냐고? 그게 운명이니까."

베텔기우스에 걸터앉은 헬도 옆을 달리는 우리에게 한 번 시선을 주며 말했다.

"거기에 내 의사는 없어. 나는 그저 《성전》을 따를 뿐이야."

"아까부터 그 소리뿐이냐고."

너무 말이 안 통해서 짜증이 치밀어 올랐다.

그리고 그건 시에스타도 마찬가지였는지.

"아니야, 내가 묻는 건 당신의 의사야. 대체 당신은 무슨 생각으로 이런 테러를 일으키려는 거야?"

시리우스의 오른팔이 베텔기우스를 공격했다. 하지만 역시나 날렵한 몸놀림으로 피해버렸다.

"내 의사? 그러니까 그게 바로 이 《성전》에 적힌 미래를 실행하는 거야. 그것만이 내 존재의의로 나는 그것만을 위해서 태어났어."

헬이 베텔기우스의 등에 검을 찔러넣었다. 괴물이 작게 울며 더욱 속도를 높여 벽을 타고 도망쳤다.

"시에스타!"

"괜찮아, 놓치지 않을 테니까. 단단히 잡고 있어."

"알았어, 부탁할게!"

"단단히 잡으라고는 말했지만 그렇게 뒤에서 허리를 꽉 껴안을 줄을 몰랐어."

달리 잡을 곳이 마땅치 않았으니 어쩔 수 없었다.

시리우스의 다리 부근에서 엔진의 불길이 소리와 함께 방출되며 다시 단숨에 베텔기우스와의 거리를 좁혔다.

"너는 아까 우리를 방해하는 게 사명이라고 했었지?"

헬이 쫓아온 우리를 곁눈질로 보며 말했다.

"그럼 너는 어째서 탐정을 하는 거지? 어째서 사람을 지키는 거지? 그건 네가 그런 존재로 태어났기 때문일 뿐이야. 마찬가지. 나도 마찬가지야. 네가 세상을 지키기 위해 태어난 것처럼 나는 세상을 파괴하기 위해 태어났어. 그런 역할을 짊어지고 탄생했어. 지배욕? 파괴 충동? 그런 게 아니야. 나는 단지 태어났을 때부터 지닌 본능을 따르고 있을 뿐이야."

다음 순간, 베텔기우스가 돌연히 방향전환을 하더니 우리가 탄 시리우스의 목 부분을 깨물었다. 장갑에 엄니가 박히며 불쾌한 금속음이 울려 퍼졌다.

"⋯⋯! 그럼 우리는 본질적으로 같다는 거야? 거기에 선악의 차이도 없다고?"

시에스타가 시리우스를 조작해서 달라붙은 베텔기우스를 반대로 몇 번이나 벽과 지면에 처박았다. 《인간형 병기》와 《생물 병기》가 서로 물리 공격을 주고받아서 너덜너덜해지며 지하도의 출구로 향했다.

"선악의 차이? 있건 없건 딱히 상관없어."

헬이 시리우스의 양다리 관절부에 사브르를 찔러넣었다. 기체가 휘청이자 그 한순간의 틈을 노려서 베텔기우스가 이번에는 위로 올라가기 시작했다. 지상으로 이어지는 출구가 가깝다는 증거였다. 그리고 그 너머에 있는 건 국회 의사당. 지하통로의 계단에서 막아내는 건 이제 어렵나⋯⋯.

"시에스타!"

"엔진 전개."

나는 뒤에서 손을 뻗어서 시에스타와 손을 모아 조종간을 앞으로 눕혔다. 시리우스의 등 부분에서 커다란 날개가 펼쳐지며 울려 퍼진 엔진 소리와 함께 기체가 떠오르기 시작했다.

그러나 그때는 이미 지하 시설의 천장이 열리며 그 너머에 펼쳐진 검은 하늘이 보였다.

"네가 선이고 내가 악. 그거면 돼."

헬이 베텔기우스와 함께 바깥세상으로 뛰쳐나갔다.

"멈춰……!"

우리도 시리우스를 비행시키며 그 뒤를 쫓았다.

달과 무수한 별이 반짝이는 밤하늘. 베텔기우스는 국회 의사당에 병설되어있는 거대한 시계탑── 빅 벤을 달려 올라가고 있었다.

"너는 천사, 나는 괴물. 그거면 돼. 바라던 바야."

이윽고 헬이 베텔기우스와 함께 시계탑의 정상에 섰다.

그리고 《생물병기》의 입이 열렸다. 입에서 방출되는 건 독의 숨결── 생물을 죽음에 이르게 하는 재앙이었다. 이로써 《SPES》의 테러가 완성된다.

하지만 아직 따라잡을 수 있었다.

조금만 더. 앞으로 한 발짝.

이 손만 닿으면.

"조수."

시에스타가 나를 불렀다. 그리고 돌아보지도 않고 말했다.

"지금부터 무슨 일이 있더라도 곧장 이 자리에서 벗어나."

……무슨 말을 하는 거야?

하지만 그 말의 진의를 되물으려고 했을 때는 이미 나는 홀로 기체의 해치에서 허공으로 내던져지고 있었다.

세계가 반전되었다. 자신이 도는 건지, 주위 풍경이 도는 건지. 반고리관이 엉망진창으로 어지럽혀졌다. ……하지만 이윽고 등이 강하게 당겨지는 느낌이 들었고 깨닫고 보니 나는 낙하산으로 밤하늘을 활공하고 있었다.

"시에스타, 어째서……."

다음 순간, 내 눈에 비친 것은.

밤하늘에 우뚝 솟은 시계탑의 정상에서 괴물과 로봇이 뒤엉키며 나란히 지상으로 떨어져 내리는 광경이었다.

◆ 화내 줘서 고마워

"시에스타!"

밤의 거리에 커다란 불기둥이 치솟아 있었다.

그건 시리우스와 베텔기우스의 낙하지점으로 조종수 또한 그곳에 내던져졌을 터였다. 멀리서 사이렌이 울려 퍼지는 가운데 나는 한발 먼저 그 폭심지에 도착했다.

"시에스타…… 시에스타, 대답해! …… 어디야, 어디 있는 거야…… 시에스타!"

연기와 열풍에 눈을 뜨고 있을 수가 없었다. 타는 듯한 악취에 머리가 어질어질했고 전신이 뜨거워서 당장에라도 무릎이 꺾일 것만 같았다. 나는 그런 불길 속을 팔로 얼굴을 가리며 걸어나갔고 마침내——.

"······너는 바보야?"

이런 환경 속에서도 결코 잘못 들을 리가 없는 다정한 목소리가 귀에 들렸다.
"아까는 그런 소리를 하더니. 그렇게 몇 번이나 부르지 않아도 들려."
바람이 불며 연기가 살짝 개었다.
그곳에는 자랑하는 하얀 피부가 그을음으로 더러워진 채 애처롭게 피를 흘리는 시에스타가 서 있었다.
"네가 바보지."
나는 달려가서 자신도 모르게 그 작은 몸을 끌어안았다.
"어째서 이런 무모한 짓을 한 거야······ 어째서 나 혼자 도망치게 한 거야."
시에스타는 아마 처음부터 나 혼자만 탈출시킬 심산이었을 것이다. 애초에 그 기체는 1인승이었으니 탈출 장치는 하나밖에 없었다. 그 조종석에 나를 앉힌 시점에서 이런 생각이었겠지.
"······아니, 어디까지나 최종 수단이었어. 나도 여기서 죽을 생각은 없었으니까. 하지만 만약 우리 중 누군가밖에 살아남지 못한다고 한다면 나는——."

"웃기지 마!"

배에서부터 치밀어오른 고함에 시에스타의 푸른 눈이 크게 열렸다.

그래, 마침 좋은 기회니까 귓구멍 열고 잘 들어.

"멋대로 세상 다 산 것처럼 말하지 말라고. 알겠어? 3년 전 그 비행기 안에서, 1만 미터의 하늘 위에서, 너는 나에게 손을 내밀었어. 그러니까 마지막까지…… 마지막의 마지막 순간까지 나를 돌보라고. 미안하지만 나는 너 없이 《SPES》에게서 도망칠 자신이 없단 말이야…… 네가 없으면 나는 살아갈 수 없다고! 알았으면 마지막까지 책임지고 나를 지켜!"

몸이 뜨거웠다.

옆에서 불기둥이 치솟아서?

아니면 전력으로 소리쳤기 때문에?

아니, 나를 지키기 위해 너도 죽지 말라는, 세상에서 가장 구린 이유로 화를 냈기 때문이다. 내쉬는 숨결은 거칠었고 전신에서는 땀이 뿜어져 나오며 멈추질 않았다.

"……지금까지 살면서 이 정도로 다른 사람에게 혼난 적은 처음이야."

시에스타가 멍하니 나를 올려다보았다.

"너는 그런 식으로 화내기도 하는구나. 뭐라고 할까——."

"놀랐어?"

"웃었어."

"아니, 웃긴 왜 웃어."

그러니까 웃지 말라고.

"후후."

말한 대로 시에스타가 웃었다.

"네가 없으면 살아갈 수 없다라……."

"야, 이상한 부분만 잘라서 말하지 마."

"이거 참, 또 열렬한 프러포즈를 받고 말았는걸."

"프러포즈 아니거든!"

"뭐, 열여덟 살이 되고 나서 다시 오렴."

"그러니까! 하아, 마음대로 말해……."

"후후."

평소에는 무표정으로 쿨한 척하는 주제에 이럴 때만 순진무구
하게 웃어 보인다.

이 명탐정은 참…….

"맹세할게."

시에스타가 조용히 시선을 들었다.

"나는 너 몰래 멋대로 죽거나 하지 않아—— 절대로."

화내줘서 고마워.

시에스타가 그렇게 말하며 내 가슴에 이마를 기댔다.

그때였다.

"——윽. 눈이——."

내 왼쪽 눈을 무언가가 스치고 지나갔다. 시야가 붉었다……

피가 눈에 들어간 건가. 뭐야, 뭔가가 날아들었어……!

"조수!"

시에스타가 걱정스럽게 눈을 크게 떴다. 너한테 그런 얼굴은 안 어울린다고.

"괜찮아, 그보다도……."

나는 손가락으로 가리켜서 시에스타가 앞을 보게 했다. 그곳에는.

"하아…… 하아, 아직이야. 나는 아직, 죽을 수 없어…… 이런 곳에서……."

타오르는 불길 너머. 검은 연기를 두른 채 지옥이 공격해왔다.

"헬……."

시에스타 이상으로 너덜너덜해진 몸을 질질 끌며 한 자루 남은 붉은 검을 쥐고 헬이 또다시 우리 앞에 나타났다.

"아직 살아 있었구나."

시에스타가 나를 감싸듯이 한 발짝 앞으로 나갔다.

"당연……하지. 나는, 이곳에서…… 죽을 운명이, 아니야."

그 손은 이제 《성전》을 쥐고 있지 않았다. 그 폭발에 불타버린 것이겠지. 그런데도 헬은 과거에 나누었던 약속을 지키려고 하는 것처럼 오른손으로 보이지 않는 《성전》을 펼쳤다.

"마지막에 이기는 건 나야. 그렇지 않으면 이걸 아버님께 받은 의미가……!"

그때 헬이 처음으로 제대로 된 감정 같은 것을 내비쳤다.

"그렇구나, 너는."

그러자 시에스타가 놀란 것처럼 푸른 눈을 크게 떴다.

"시에스타?"

너는 대체 무엇을 깨달은 거지?

"이걸로…… 끝내겠어."

그러나 내가 의문을 입에 담기 전에 헬이 군도를 들었다.

"너는 그 자리에서 한 발짝도 움직이지 못한 채 내 칼에 찔려……!"

붉은 눈을 더욱 충혈시키며 우두커니 선 시에스타를 향해 돌진한다.

"시에스타, 도망쳐!"

나는 반사적으로 외쳤지만…… 시에스타는 마치 아스팔트에 발이 달라붙은 것처럼 꼼짝도 하지 않았다.

"헬의 능력……!"

그건 마치 마인드 컨트롤과 같았다. 저 《붉은 눈》의 시선을 받으면 어째서인지 헬의 말대로 행동해야만 한다는 듯한 강박관념에 휩싸이게 된다. 그리고 시에스타는 이미 저 《눈》을 보고 이 자리에서 움직이지 못하고 있었다.

"시에스타!"

그렇게 무정하게도 헬이 쥔 사브르의 칼끝이 시에스타에게 육박했고.

"……………뭐?"

그건 헬의 입에서 흘러나온 나온 목소리였다.

붉은 눈이 갈피를 못 잡듯이 흔들리다가 이윽고 시선이 자신의 몸으로 향했다.

헬은 자기 자신의 가슴에 붉은 칼날을 찔러넣고 있었다.

"어째, 서……."

다음으로 헬의 경악한 눈에 비친 건 시에스타의 허리 부근에 사슬로 매달려 있는 손거울이었다.

헬은 바로 자기 자신의 붉은 눈을 보고 말한 것이다―― 너는 내 칼에 찔린다고.

"체크."

시에스타가 말하자 헬이 그녀 앞에서 무너져 내렸다.

"――!"

헬의 심장 위치에서 피가 뚝뚝 떨어졌다.

그 눈은 당혹으로 물들어 있었다.

"어째서, 내가 진 거지……. 이럴, 리가…… 나에게는, 사명이…… 사명이 있어서 싸웠는데……. …………사명? 무엇을 위해…… 무엇을 위해서, 나는, 태어난 거지? 나는, 어째서……."

"그 대답은."

시에스타가 헬의 가슴에 박힌 검을 뽑았다.

짧은 통곡과 함께 피가 세차게 뿜어져 나왔다.

"그 대답은 지옥에서 찾도록 해."

이어서 시에스타가 고개 숙인 헬의 목에 칼을 내리치려고 했다.

그때였다.

"——카멜레온……!"

헬이 하늘을 향해 포효했다.

"큭, 뭔가 공격하라는 신호인가!?"

나는 황급히 주변을 둘러보았지만…… 다음 순간, 내 예상이 틀렸다는 것이 판명되었다.

"……! 몸이……."

나도 시에스타도 아니라—— 헬의 육체가 사라지기 시작하고 있었다.

마치 투명한 망토 같은 것에 가려져서 사라지는 듯한 현상이었다. 어둠에 녹아들 듯이 서서히 헬의 모습이 보이지 않게 되어 가고 있었다.

"……으, 놓치지 않아!"

시에스타가 머스킷 총을 들어 헬이 있던 장소를 향해 발포했지만…… 그때는 이미 적의 모습은 보이지 않았다.

"시에스타, 저것도 헬의 능력이야?"

"아니, 아마 아닐 거야. 동료가 있어."

시에스타가 냉정하게 판단하며 총구를 내렸다.

"카멜레온…… 《SPES》의 코드네임인가."

아마도 그 능력은 자신과 자신이 만진 대상의 모습을 감추는 부류의 것이겠지.

이렇게 되어서는 이제 헬을 뒤쫓을 방법이 없었다.

마무리를 짓기 바로 직전에 최악의 적이 어둠 속으로 되돌아가고 말았다.

"이번에는 무승부인가."

"응. 돌아가면 앞으로의 이야기를 하자."

그래, 헬은 아직 어딘가에서 살아있다. 하지만 치명상을 입힌 지금이 기회라고도 할 수 있었다. 태세를 갖춰서 되도록 빨리 뒤쫓아야 한다. 그렇게 결론을 내리고 우리가 원래 있던 호텔로 향하려고 걸음을 내디딘 순간──.

"──윽."

시에스타가 돌연히 얼굴을 일그러뜨렸다.

"시에스타?"

"……미안."

그렇게 말하며 시에스타가 무릎을 꿇으며 땅바닥에 무너져 내렸다.

◆그 오해만큼은 용서 안 해

"아앙."

먹이를 기다리는 새끼 새처럼 열린 입으로 나는 껍질을 벗긴 사과를 내밀었다.

"……냠. ……우물…… 우물. ……으음. 이 사과 별로 안 달아."

"먹여 주는데 투정하지 말라고."

"어쩔 수 없잖아. 다쳤으니까."

"다리를 말이지! 손은 비었잖아!"

사무소 겸 주거지인 맨션의 한 방.

내 지적에도 아랑곳하지 않고 침대에 누운 시에스타가 크게 하품을 했다. 드물게 후드를 입은 일상적인 복장이었다. 그러나 시에스타가 이 정도로 비전투 스타일인 데는 이유가 있었다.

"내가 다쳤는데 네가 오랫동안 설교한 그날 일을 잊은 거야?"

"……네가 너무 아픈 티를 안 내길래 경상인 줄 알았다고. 미안하다니까."

"뭐, 나도 흥분해서 다친 걸 잊고 있었지만."

"그럼 어째서 나에게만 뭐라고 하는 거냐."

며칠 전의 그 사투. 시에스타는 빅 벤에서 추락한 충격으로 다리가 전치 2주 정도로 다치고 말았다.

원래라면 도망친 헬을 한시라도 빨리 뒤쫓아야 했지만 정작 시에스타가 이래서는 어쩔 수 없었다. 우리는 런던에 거점을 둔 채 몸이 완전히 회복되기를 기다리기로 하였다.

"너는 괜찮아?"

"이렇게 응석받이 파트너의 수발을 들 정도로는 괜찮아."

"그래, 다행이네."

"내 혼신의 비아냥을 무시하지 말라고."

"네 몸에 무슨 일이라도 있으면 나는 살아갈 수 없으니까 말이지."

"……느닷없이 수줍어하며 전부 흐지부지하게 넘기려고 들지 마."

그리고 애초에 그런 기특한 생각은 하지도 않잖아.

"됐으니까 후딱 회복하기나 해. 집안일은 젬병이라고."

3년 가까이 시에스타와 함께 여행하며 이렇게 한 지붕 아래서 오랜 시간을 보내는 일도 간간이 있었지만 가사는 전부 시에스타에 맡기고 있었다. 미안하다고는 생각하지만 이것도 적재적소였다. 평소에 부려 먹히는 만큼 그 정도는 용서해 주길 바란다.

"네가 동경하던 동거 생활이잖아. 조금은 즐기는 게 어때?"

"동거라고 하지 마. 전략적 공동생활이라고."

"그리고 너는 좀 더 생활력을 기르는 편이 좋아. 내가 사라지면 어쩔 거야?"

"……그 말 금지라고."

"……맞다."

또 혼나겠네, 하고 시에스타가 쓴웃음을 지었다.

"하지만 적어도 세탁 정도는 익혀 줬으면 하는데. 청결하지 못한 남자는 인기 없어."

"그러고 싶은 마음은 굴뚝같은데 말이야…… 그 뭐냐. 여러 가지로 좀…….."

"응? 아, 내 속옷?"

얌마, 일부러 말을 흐린 거니까 말하지 말라고.

"뒤집어쓸 거라면 내가 안 보는 데서 해줘."

"그런 생각은 한순간도 든 적 없다고."

"아, 그래도 역시 냄새 맡는 것만큼은 좀."

"그러니까 조수에 대한 신뢰도는 어디 갔냐고."

참 나, 3년 가까이 함께한 세월은 대체 뭐였던 거냐.

"……하아."

이 동행자는 정말이지. 나는 쓴웃음을 지으며 비트적비트적 일어섰다.

"나갈 거야?"

"엉? 슈퍼 가는데."

"응? 오늘 아침에 필요한 건 사 뒀다고 하지 않았어?"

시에스타, 너 말이지…….

"달콤한 사과가 먹고 싶은 거 아니야?"

참 나, 자기 입으로 아까 말해 놓고는 까먹지 말라고.

내가 그렇게 말하자 어째서인지 어리둥절한 표정을 짓는 시에스타.

그러나 그것도 잠시뿐으로 금방 풉, 하고 웃음을 터트렸다.

"뭐, 뭐야. 왜 웃는 건데."

시에스타가 이런 식으로 웃을 때는 반드시 나를 놀리는 상황에서였다. 하지만 짚이는 데가 없는데…… 시에스타는 대체 뭐 때문에 웃는 거지…….

"……너."

웃음을 참는 것처럼 이윽고 쥐어짜는 듯한 목소리로 시에스타가 말했다.

"너, 나를 너무 좋아하는 거 아니야?"

……!? …………!?!?!?!?!?!?

"뭐? 아니, 뭔 소리야 대체. 뭐? 아니, 뭐? 뭐??????"

이 녀석은 무슨 말을 하는 거지. 그건가, 부상의 영향인가. 머리를 다친 건가. 그게 아니라면 이런 황당한 소리를 할 리가 없었다. 그게 그렇잖아? 나는 그저 환자를 간호하고 있을 뿐이었고, 그저 이 녀석이 달콤한 사과를 먹고 싶다고 하니까 사러 나가려 했을 뿐인데…… 아니, 확실히 너무 응석을 받아준다고 할까, 애지중지한 느낌이 조금 드러났을지도 모르지만, 그렇다고 그게 시에스타를 특별하게 생각한다는 것과 같은 의미라는 오해를 받는 건 참으로 어처구니가 없다고 할지, 그래, 요컨대——.

"시끄럽거든, 바보야!?"

뭔가 초등학생 같은 반응을 한 것 같은 기분이 들지만 아무래도 좋았다. 아무튼 머리를 식히러 밖으로 나가자.

음, 이상한데. 어째서인지 문손잡이가 미끄러워서 제대로 열 수가 없었다.

고장 났나? 고장 났군. 나는 문을 걷어차며 방 밖으로 나갔다.

"젠장, 두 번 다시 응석을 받아주나 봐라."

……뭐, 이번이 마지막이다. 상대는 환자니까 말이지. 그래, 이번만이다. 응, 딱 이번만. 나는 그렇게 자기 자신에게 말하며 슈퍼로 향하기 위해 밖으로 나갔다.

그렇게 슈퍼로 향한 나는 베이커가라고 불리는 거리 부근의 뒷골목에서──미아 소녀를 주웠다.

【Interlude 2】

"그럼 여기서 일단 영상을 멈추도록 할까."

화면이 전환되며 또다시 시에스타가 나타났다.

"……아니, 이것도 이것대로 충분히 과시하는 느낌이 장난 아닌데?"

그리고 나츠나기가 옆에서 나를 흘겨보았다. 나는 모르는 일이라고. 내 책임 아니야.

"마담과 키미즈카는 줄곧 이런 느낌이었어. 열불나지? 주로 키미즈카에게."

"열불나네. 조금은 괴롭혀도 괜찮다고 생각해, 키미즈카라면."

"너희 둘은 어째서 그 부분에서 의기투합하는 거냐고. 사이 안 좋았잖아."

내가 기억하기로는 처음 만난 배 위에서 한바탕 했었을 텐데.

"말 그대로 비 온 뒤에 땅이 굳는다네요."

그러자 그 모습을 본 사이카와가 알 수 없는 포지션에 선 채 고개를 주억거렸다. 뭐, 두 사람의 사이를 이어주기 위해서라면 내가 다소 혈뜯기는 건 어쩔 수 없나. ……어쩔 수 없나?

그나저나.

"······헬이라."

맞아, 그 녀석이 3년간의 여행 중에 만났던 적 중에서도 최대의 적이었다. 하지만 영상에서도 나왔다시피 이때 헬은 카멜레온을 불러서 어둠 속으로 모습을 감췄었다.

"설마 내 모습으로 변한 녀석이 있었을 줄은 몰랐어. 불쾌하네."

샤르가 불만스럽다는 듯이 얼굴을 찌푸렸다. 그래, 나도 그때는 하마터면 케르베로스의 능력에 속아 넘어갈 뻔했지.

"그나저나 그렇게 되면 이 네 사람 사이에 늑대가 숨어있을 가능성도 있다는 건가요."

그때 사이카와가 미묘하게 무서운 소리를 했다.

"네 사람으로 늑대인간 게임은 힘들지 않나? 흥이 안 나잖아."

그래서 나는 구태여 농담으로 자리의 분위기를 띄웠다.

"하지만 진짜 늑대가 있다고 한다면······ 한 사람밖에 없네."

그 말은 한 사람은 나츠나기였다. 그리고 어째서인지 나를 흘겨보았다.

"그렇지."

"그렇죠."

"샤르와 사이카와까지 동의하지 말라고. 그리고 명예롭지 못한 칭호를 남에게 씌우지 마."

──그렇게 농담 따먹기를 하면서도. 나는 조금 전 영상에서

나온 부분을 신경 쓰고 있었다. 그건 내가 헬에게 유괴되었을 때 그 녀석이 했던 말이었다.

『예시를 들자면 지금으로부터 약 1개월 뒤에 너는 줄곧 동경하던 일상을 되찾고 평범한 고등학교 생활을 보내게 될 거야.』

『그로부터 1년 뒤에 너는 조수라기보다도 이번에는 탐정의 입장이 되어서 수많은 문제를 해결로 이끌게 돼.』

『잊힌 심장의 기억, 시가 삼십억 엔짜리 기적의 사파이어, 그리고 명탐정이 남긴 유산—— 만약 네가 1년 후에도 이 말들을 기억하고 있다면 정답을 알 수 있을 텐데 말이지.』

1년 전 그때는 마음에 두지 않았던 말. 그도 그럴 것이 미래가 적혀 있는 《성전》 같은 수상쩍은 물건을 믿는 쪽이 이상하잖아. 실제로 나는 이 영상을 보기 전까지 그 일을 까맣게 잊고 있었다.

하지만 지금 새삼 그 말을 들어보니—— 완전히 최근의 내 상황과 딱 맞았다. 그건 1년 전에 이미 예견되었던 미래라는 건가. 그렇다면 헬이 입에 담았던 또 하나의 말—— 내가 언젠가는 헬의 파트너가 된다는 예언. 그것도 앞으로 실현될 가능성이 있다고?

아니, 그럴 리가 없었다. 왜냐하면 아직 영상에는 나오지 않았지만 최종적으로 헬은——.

"자, 그럼 슬슬 다음 영상으로 넘어가 볼까."

시에스타가 그렇게 말하자 다시 화면의 장면이 전환되었다.

런던의 뒷골목. 내가 골판지 상자 안에서 잠든 소녀를 발견하는 부분이었다.

"이제 영상은 멈추지 않을 거야. 그럼 계속해서 봐줘. 내가——
그리고 그녀들이 어떤 결말을 맞이했는지를."

【제3장】

◆여아를 줍다. 그리고 잘리다.

사람의 왕래가 없는 좁은 골목——방치된 골판지 상자 안에서 여자애가 자고 있었다.

새끼 고양이도 강아지도 아니라 여자애. 둘로 묶은 분홍색 머리카락을 손가락으로 넘겨보니 새근거리며 자는 앳된 얼굴이 보였다.

"……이걸 어째야 하나."

솔직히 말해서 트러블의 기척밖에 느껴지지 않았다. 애초에 이런 사람이 전혀 없는 뒷골목에 발을 들인 것도 봉지에 넣어둔 사과가 이쪽으로 굴러가 버렸기 때문이었다. 그런 뻔한 전개가 말이 되냐고 생각할지도 모르지만 이것이 내가 지닌 《연루 체질》의 힘이었다.

"뭐, 어차피 벗어날 수도 없지만."

경험상 일단 엮이고만 트러블은 해결할 때까지 사라져주지 않는다. 그렇다면 될 수 있는 대로 신속하게 처리해 버리는 것이 최선이었다.

거기에 옛날부터 성가신 체질 탓에 해외를 돌아다니는 일이 잦아서 어느 정도의 외국어는 할 줄 알았기에 이럴 때도 망설임

없이 말을 걸 수 있었다.

"꼬마야, 살아있니."

나는 소녀의 볼을 손가락으로 쿡쿡 찔렀다.

떡처럼 말랑말랑한 뺨에 검지가 빨려 들어갔다.

"……음, ……으응."

덮고 있던 신문지를 부스럭거리며 소녀가 몸을 비틀었다. 나는 옆에서 다시 뺨을 손가락으로 찔렀다. 부스럭부스럭. 쿡쿡. 부스럭부스럭. 쿡쿡. 그런 행동을 되풀이하고 있으니——.

"으음, 누구야……?"

이윽고 소녀가 눈을 비비며 느릿느릿 일어났다. 그리고 목이 90도 회전하며 시선이 마주쳤다.

강단 있어 보이는 커다란 눈에 기다란 눈썹. 나이는 열둘, 열셋 정도일까. 지금은 귀여운 소녀라는 느낌이었지만 장래에는 미인이 될 거라는 예감이 들었다.

그렇게 소녀를 지그시 바라보고 있으니.

"——그렇구나."

소녀가 돌연히 무언가를 깨달은 것처럼 눈을 꼬옥 감았다.

"나는 덮쳐지는 중이구나."

어째서인지 맹렬하게 좋지 않은 예감이 들었지만 일단은 물어보기로 했다.

"누구에게?"

"당신에게!"

소녀가 매섭게 나를 쏘아보았다. 눈에는 약간 눈물이 고여있었다.

"아무리 몸을 농락하더라도 내 마음까지 지배할 수 있다고 생각한다면 큰 착각이니까!"

시작부터 말도 안 되는 의심을 받고 말았다…… 불합리해.

"이런 뒷골목에까지 끌고 와서…… 변태! 짐승!"

너 혼자 멋대로 자고 있었잖아. 참 나, 머리가 아팠다.

"야야, 미안하지만 난 꼬맹이한테는 관심 없다고."

"뭐!? 누, 누가 꼬맹이라는 거야!"

"그거 말이야, 그거."

소녀는 내 멱살을 잡으려고 했지만 키 차이가 너무 나서 전혀 위협이 되지 않았다.

"이익, 야앗! 얍!"

이번에는 껑충껑충 뛰면서 검지로 내 얼굴을 찌르려고 했다. 눈이라도 공격할 생각인가. 위험하기 짝이 없는 여아였다.

"여아 아니야! 소녀!"

"그래그래, 알았어. 알았으니까 진정 좀 해."

나는 소녀의 두 손목을 잡아서 허공에 매달았다.

"이럴 때는 우선 자기소개지. 내 이름은 키미즈카 키미히코…… 너는?"

"나는…….."

내 질문에 소녀는 한순간 눈살을 찌푸린 뒤에.

"……알리시아?"

"왜 의문형인데. 이상한 나라에서 왔냐."

"배고파."

"맥락은 어디 갔어."

이래서는 백설 공주라고 생각하면서 나는 조금 전에 산 사과를 건넸다. 그러자 알리시아는 붉은 과실을 사각사각 베어 먹으며 주변을 두리번두리번 둘러보기 시작했다.

"그래서 여긴 어딘데."

"여기가 어디냐니, 네가 직접 잠자리로 정한 거 아니었어?"

"…………."

또다시 좋지 않은 예감이 들었고…… 그 예감은 불과 몇 초 뒤에 역시 적중했다.

"……모르겠어."

역시나. 평범한 부랑아나 미아는 아닌 모양이었다.

"기억상실."

내가 말하자 처음으로 소녀의 시선이 불안스럽게 흔들렸다.

부모의 이름, 출신지, 생일, 친구, 어젯밤에 먹었던 것. 그 밖에도 몇 가지 질문을 했지만 소녀는 모든 질문에 고개를 가로저었다.

"올해로 열일곱이라는 것만큼은 기억하는데."

"착각이 분명하니까 빨리 잊어라."

"……어디 보고 말하는 거야?"

"걱정 마, 시기가 오면 제대로 성장할 테니까."

아니, 그보다 이런 실없는 소리를 주고받을 때가 아니었다. 빨리 문제를 해결하기 위해 움직여야 했다.

"그거 다 먹으면 경찰서 가자."

어지간히 배가 고팠는지 세 개째 사과에 알리시아가 손을 뻗었을 때였다.

"……아니, 운이 없는 것도 정도껏 해야지."

방금까지 화창하던 하늘에서 돌연히 소나기가 내리기 시작했다. 어쩔 수 없지.

"달리자."

"어?"

나는 알리시아의 손을 잡고 시에스타가 기다리는 집으로 향했다.

"알겠지? 조용히 들어와."

나는 문손잡이를 돌리며 알리시아에게 충고했다.

"늑대 말고도 누가 또 있어?"

"언제까지고 사람을 짐승 취급하지 마. 키미즈카라고, 키미즈카 키미히코."

신원미상의 여아를 주워왔다고 하면 시에스타에게 무슨 말을 들을지 알 수 없었다.

우선 샤워를 하고 그사이에 젖은 옷만 말려서 주자. 그다음에 경찰서로 데리고 가면 될 터였다. 나는 복도를 살금살금 걸으며 알리시아를 욕실로 안내했다.

"그나저나 물에 빠진 생쥐 꼴이네."

"응, 정말 싫어."

탈의실에서 나는 셔츠를 벗었고 알리시아도 입고 있던 원피스를 밑에서부터 위로 걷어 올리다가——.

"으, 으응!? 왜 함께 들어가는 전개가 된 거야!?"

"얌마얌마, 큰 소리 내지 말라고 했잖아."

"너무 자연스러운 전개여서 넘어갈 뻔했어!"

"그러니까 너 같은 어린애는 상대 안 한다고."

"뭐……!?"

얼굴이 잘 익은 사과처럼 새빨개지는 알리시아.

"조수, 돌아왔어?"

그때 시에스타의 목소리가 떨어진 거실에서 들려왔다. 어쩔 수 없으니 이 자리는 양보해 줄까.

"알리시아. 다 씻으면 우선 거기에 든 옷으로 갈아입어."

나는 그런 말을 남기고 수건으로 머리를 닦으며 홀로 거실로 향했다.

"어서 와, 비 내렸구나."

"응, 느닷없이 쏟아지더라고…… 근데 뭐 하는 거야?"

거실과 이어져 있는 부엌에서는 시에스타가 휠체어에 앉아서 뭔가 보울로 반죽을 하고 있었다. 집안일을 잘하는 시에스타이기는 했지만 요리하는 모습은 그다지 본 적이 없었다. 앞치마 차림이 신선했다.

"애플파이를 만들까 해서. 모처럼 네가 사다 준댔으니까."

그렇게 말한 시에스타는 기분이 좋은지 경쾌하게 손을 움직였다.

"……아."

까맣게 잊고 있었다. 사과는 전부 알리시아가 먹고 말았는데…….

"저기, 시에스타. 그게 말이지……."

"후후, 뭐. 아무래도 너는 나를 어지간히 좋아하는 모양이니까 말이야. 호의를 받는 사람의 책임이라고 할까, 그런 의미로 이 정도는 해줄까 해서."

큰일 났다. 괜스레 더 말을 꺼내기 어려워졌다. 어째서 하필이면 그렇게 조금 기뻐 보이는 표정인 거냐고. 평소에는 나를 배경 정도로밖에 생각하지 않으면서…….

"그런데 마침 딱 좋게 돌아왔네. 그래서 사과는?"

"그게 실은……."

"키미즈카~."

불현듯 제삼자의 목소리가 들려왔다. 이 집에 있는 다른 인물이라고 한다면 한 사람밖에 떠오르지 않았다.

"작은 수건은 없어?"

목욕 수건을 두른 알리시아가 문에서 불쑥 얼굴을 내밀었다.

그렇군. 그래, 그렇구만.

모든 것을 파악하고 시에스타를 살펴보다가 시선이 마주쳤다. 그리고 영원하게 느껴지는 길고 긴 침묵이 이어진 다음에 이윽고 나는 시에스타에게서 예상하던 대로의 세 글자 단어를 하사받았다.

"―――――로리콤."

오늘로 조수도 잘리겠군?

◆ **수라장에서 시작하는 새로운 사건부**

"사정은 이해했어."

침대에 걸터앉은 시에스타가 입으로는 그렇게 말하면서도 노골적으로 나를 경멸스러운 눈으로 보며 홍차를 마셨다.

"다즐링이지? 향기가 좋네."

"응, 애플파이랑 잘 어울리거든."

기분을 풀어주려다가 무덤을 팠다. 운도 지지리도 없지.

"너는 두 번 다시 내 앞치마 차림을 못 본다고 생각하는 게 좋을 거야."

"농담하는 거지? 그것만을 기대하며 살아왔는데 슬프잖아."

"……방금 그건 열불이 확 오르는걸. 아무래도 인격자인 나도 아직 인간적으로 성장할 여지가 있는 모양이야."

"고용주의 정신적 성장을 촉구하는 것도 조수가 할 일 중 하나지…… 아니, 미안해. 너무 깝죽거렸지? 그러니까 그 머스킷 총을 치워주세요죄송합니다."

나는 침대 아래서 무릎을 꿇고 조만간 벌충할 것을 맹세하면서 겨누어진 총구를 향해 고개를 조아렸다.

"뜻밖인데. 키미즈카, 여자친구 있었구나."

한편 이 트러블을 일으킨 장본인—— 알리시아는 테이블에서 애플이 빠진 애플파이를 우물우물 먹으며 그렇게 적당히 맞장구를 쳤다. 총구를 겨누는 여자친구가 세상에 어디 있냐고.

"그보다 처음부터 순순히 나한테 데리고 왔으면 됐잖아."

이윽고 무기를 치운 시에스타가 나에게 머리를 들도록 손짓했다.

"미아에 기억상실인 여자애니까 그거야말로 탐정이 나설 차례지."

……확실히. 듣고 보니 그 말대로였다.

"알리시아라고 했었지?"

시에스타가 침대에 걸터앉은 채 테이블 쪽에 있는 알리시아에게 말을 걸었다.

"정말로 자신의 본명과 다른 것들도 전부 기억 안 나?"

"……응. 올해로 열일곱 살이라는 것 정도밖에는."

"그렇구나, 일곱 살이라."

"열일곱!"

요란하게 테이블을 내리치며 일어서는 알리시아. 어른 취급을 받고 싶은 나이인 거겠지.

"뭐, 실제로는 열둘, 열셋 정도겠지. 종아리의 성장 상태가 그런 느낌이야."

"조수, 이곳은 너의 특수 성벽을 피로하는 자리가 아니야. 평범한 사람은 종아리의 성장 상태로 다른 사람의 나이를 판별하지 못해."

"뭐!? 그럼 키미즈카는 아까 뒷골목에서 내 가슴이 아니라 종아리를 보고 있었던 거야!?"

"아니, 그때는 제대로 가슴을 보고 '아, 열일곱이라는 건 거짓말이군' 하고 생각했는데."

"뭐, 뭐야~ 깜짝 놀랐잖아. 가슴이구나~ 다행이야…… 다행은 무슨!?"

"조수, 성희롱은 샤르에게만 해둬."

머나먼 외국에서 금발 미소녀가 성화와 같이 태클을 거는 목소리가 들려왔다.

……아니, 그런 이야기를 하고 있을 때가 아니라.

"알리시아, 네 신원은 우리가 책임지고 알아내 줄게."

본론으로 돌아간 시에스타가 알리시아에게 말했다.

"하지만 무료로는 안 돼."

"시에스타, 애한테 돈을 받으려는 거야?"

"나이는 상관없어. 아이라도 한 사람의 인간이니까."

거기에, 하고 시에스타가 말을 이었다.

"무상의 선의만큼 신용할 수 없는 건 없다고 생각하는데."

……그것도 그런가. 확실히 사람과 사람 사이의 관계는 99%의 신뢰와 1%의 타산으로 성립된다. 나와 시에스타도 그렇게 여행해 왔다.

"그럼 나는 뭘 하면 돼?"

아마 알리시아는 돈을 낼 수 없을 것이다. 의식주도 충분치 못한 상황이었다. 그런 의뢰인에게 명탐정은 어떠한 대가를 요구할지.

"내 일을 대행해 줬으면 해. 그렇게 해주면 의식주도 제공하겠다고 약속할게."

"탐정 일을?"

알리시아가 고개를 크게 갸웃거렸다.

"……시에스타, 그건 아무리 그래도 알리시아에게는 짐이 무겁지 않아?"

"그렇지만 봐 봐."

시에스타가 자신의 다친 두 다리를 가리켰다. 그렇군, 명탐정은 휴업 중이라는 건가.

"그거라면 내가 탐정역이고 알리시아가 조수를 해주는 쪽이……."

"아니, 그건 그거지. 뭐라고 할까, 너는 역시 조수의 상이라고 할까."

"그런 불합리한 소리를."

"근데 난 느닷없이 탐정이 될 자신이 없는데……."

"탐정이 되면 조수를 노예처럼 부려먹을 수 있는데."

"얏호! 할래! 나 명탐정역이 하고 싶어!"

"끔찍한 거래 장면이구만."

정정. 나와 시에스타의 관계는 신뢰 1%, 타산 99%로 구성되어 있었다.

"그래서 구체적으로 나는 무슨 일을 하면 돼?"

알리시아가 시에스타에게 질문하는 타이밍을 노린 것처럼.

"잭 더 리퍼가 또다시 되살아난 모양이야."

제삼자의 목소리가 끼어들었다. 한순간 오한이 내달려서 황급히 돌아보니——.

"후우비 씨? 어째서…… 일본으로 돌아가신 거 아니었어요?"

지인인 여형사, 카세 후우비가 소파에 앉아서 담배를 피우고 있었다.

"그게 일이 하나 생각나서. 그보다 너희 어느 틈에 애까지 만들었냐."

후우비 씨가 나와 시에스타를 보고 이어서 알리시아에게 시선을 보냈다.

"안과 가보시죠."

"안과 가야겠네."

나와 시에스타가 동시에 태클을 걸었다. 참 나, 어딜 어떻게 보면 나와 시에스타가 그런 관계로 보이는 건지. ……거기에 결국 금연도 안 하고.

"그래서 무슨 일인데요? 살인마 잭이 되살아났다뇨."

"응. 어제 또 새로운 심장 사냥의 피해자가 나왔어. 저번 사건과 수법도 비슷해."

"그런 말도 안 되는."

아니, 그럴 리가 없잖아. 그럴 것이 살인마 잭—— 케르베로스는 그때 헬의 손에 살해당했었을 텐데.

"헬."

침대에 앉은 시에스타가 눈을 가늘게 떴다.

"그런 거였나……."

헬이 케르베로스 대신 심장 사냥을 계속하고 있었다. 다시 그 《생물병기》를 부활시키려는 목적으로.

"짚이는 데가 있는 듯하군. 그럼 마침 잘됐어. 실은 그 녀석을 추적하는 데 도움이 될지도 모르는 정보가 있어."

그리고 거기 있는 꼬마 아가씨와도 관련이 있는 일이야, 하고 후우비 씨가 말을 이었다. 알리시아에게 일을 맡긴다는 이야기를 듣고 있었던 걸까. 그리고 그 일이 될 수도 있는 안건을 가지고 온 거겠지.

"이건 아직 소문의 단계이기는 한데, 지금 이곳 런던에 《SPES》 타도로 이어지는 물건이 있는 모양이야."

호오, 그런 편리한 아이템이? 시에스타와 시선을 마주하고 나란히 말없이 다음 말을 재촉하자 후우비 씨는 그 비밀 도구의 이름을 이야기했다.

"듣자 하니 사람들은 그걸 사파이어의 눈이라고 부른다더군."

◆탐정 대행 알리시아의 일상

다음 날.

"그럼 가자!"

도심지의 대로를 손가락으로 척 가리키며 걸어나가는 소녀가 있었다.

한편 내키지 않는 마음에 미묘하게 등을 구부린 채 나는 그 새로운 고용주의 뒤를 따랐다.

"자자, 좀 더 빠릿빠릿하게 걸어!"

"넌 지나치게 빠릿빠릿한 거 아니냐."

"어?"

어? 는 무슨. 귀엽게 고개를 갸웃거리지 마.

"그 복장 말이야."

알리시아는 보이는 그대로 말하자면 누가 보아도 명탐정 같은 코스튬을 입고 있었다. 중후한 트렌치코트에 탐정 모자. 그리고 입에는 담뱃대……처럼 보이도록 얇은 막대가 달린 사탕을 물고 있었다.

"너무 겉멋부터 들었잖아."

"하지만 이거 시에스타 씨가 입던 건데?"

시에스타, 너도냐. 명탐정의 역사가 보였다.

"그나저나 정말로 탐정 대행을 할 생각이야?"

"당연하지!"

알리시아가 허리에 손을 얹으며 의기양양한 표정을 지었다.

그랬다. 결국 어제 이야기를 나눠본 결과—— 알리시아의 의식주를 보장하는 대신에 알리시아가 다친 시에스타 대신 탐정 일을 맡게 되었다.

그리고 우선은 후우비 씨가 정보를 제공한 《사파이어의 눈》을 찾기로 했다. 자세한 정보는 하나도 없었지만 우선은 현장 조사로 우리 둘이 두 다리로 뛰게 된 것이다.

"그러니 출발~!"

기세 좋게 선언한 알리시아의 모습이 느닷없이 시야에서 사라졌다.

"엥? ……아니, 잠깐!"

깨닫고 보니 알리시아는 어째서인지 전력 질주로 인도를 달려 나가고 있었다. 황급히 뒤를 쫓은 나는 백 미터 이상을 달린 다음에야 겨우 따라잡을 수 있었다.

"……하아…… 하아, 어째서 전력 질주를…….."

그러나 나의 고생 같은 건 아랑곳하지 않고 알리시아는.

"달리는 건 즐겁네."

그렇게 태어나서 처음으로 해변에서 뛰어논 듯한 분위기로 들떠 있었다. 그 웃는 얼굴은 여름날의 태양처럼 눈부셔서 대단히 보기 좋았지만…… 조금은 뒤따라야 하는 사람의 입장을 생각해 줬으면 했다.

"……너 말이지, 넌 자신이 누구인지도 모르는 이상한 나라의 여자애라고. 호기심이 왕성한 건 좋지만 조금은 내 말도 좀 들어줘."

쓴웃음도 나오지 않은 나는 알리시아의 머리 위에 손을 올렸다.

"거기에 그 붉은 머리 형사도 말했었잖아. 지금 이 부근은 치안이 안 좋다고. 아무튼 혼자서 어슬렁거리며 행동하는 건 금지야."

시에스타의 추론에 따르면 아마 헬은 아직 이곳 런던에서 케르베로스 대신 거리의 사람들을 습격하고 있을 것이다. 특히 나와 시에스타는 또 언제 녀석의 표적이 될지 알 수 없었다. 그러므로 그런 우리와 행동을 함께하는 알리시아는 신중하게 움직여줄 필요가 있었다.

"알았어. 알았으니까 어린애 취급하지 마."

어린애 대표 같은 말이었다.

"좋아, 착하네. 그럼 가자."

"응…… 아니, 그러니까 왜 손을 잡는 건데! 또 자연스러운 행동에 넘어갈 뻔했어!"

"알리시아, 횡단보도에서는 이렇게 손을 드는 거야."

"키미즈카에게는 열세 살이 어떻게 보이는 거야!? 아니, 열일곱이지만! ……아마도."

그 부분은 역시 기억을 잃었기 때문일까. 끝부분에서는 자신 없이 작은 목소리로 중얼거렸다.

"으음, 분명 그 정도의 나이였을 텐데."

신호를 건넌 알리시아가 쇼윈도로 달려가서 창에 비친 자신의 모습을 바라보았다. 그리고 마시멜로 같은 뺨을 잡아당기면서 이상하다는 듯이 고개를 갸웃거렸다.

"자, 가자. 만약 농땡이 피운 걸 들키기라도 하면 나는 또 시에스타에게 엉덩이를………… 아."

"……엉덩이가 뭐? 거기에 '또'라고 했어? 평소에 대체 뭘하고 지내는 거야……."

그렇게 즐거운 대화를 나누며 처음으로 찾아온 곳은 어째서인지 귀금속점이었다.

물론 내가 제안한 건 아니었다. 사파이어라면 이곳밖에 없다는 신입 명탐정의 의견이었다. 실로 단순했다.

그리고 가게에 들어가자마자 달려나가는 알리시아. 빛나는 물건에 달려드는 모습이 고양이 같았다.

"키미즈카! 여기 있어!"

흥분한 기색으로 알리시아가 큰 소리로 나를 불렀다.

"……음, 그렇구만."

바다처럼 푸르게 빛나는 보옥은 상상한 것보다 두 자릿수 정도 차이가 있었다.

"이걸로 해결된 거지!?"

알리시아가 척하고 V자를 그리더니 "현금 일시불로." 하고 직원에게 말을 걸었다.

"잠깐잠깐! 이걸 나보고 사라는 거야!?"

"안 사?"

"못 사!"

"……키미즈카는 빈곤층이야?"

시끄럽거든. 연민의 시선으로 나를 보지 마.

"거기에 이건 평범한 보석이야. 우리가 찾는 건 좀 더 별개의…… 아마도 언더그라운드적인 무언가잖아."

"언더그라운드…… 알겠어!"

그러자 알리시아가 내 손을 잡아끌며 뛰쳐나갔다.

"알긴 뭘 알아! 모르는 게 분명하니까 좀 멈춰봐……."

또다시 전력 질주에 말려든 뒤에 찾아온 곳은 말 그대로 언더
그라운드—— 뒷골목에 세워진 낡은 다목적 빌딩 지하의 가게
였다. 수상쩍은 분위기를 느끼면서도 일단은 무거운 문을 열어
보니 가게 안의 스틸 선반에는 말린 식물이나 형형색색의 향이
진열되어 있었다. 가게 안쪽에서는 얼굴 전체에 피어스 구멍이
뚫려있는 남성 점원이 파이프 담배로 연기를 피워 올렸다.

"여기가 틀림없어!"

"네 머릿속은 다 틀려먹었고."

……그보다 너는 왜 그렇게 기운이 넘치는 거냐. 자신의 처지
는 이해하고 있어?

어제 자신이 기억상실이라는 것을 알았을 때는 동요한 모습을
보였지만 지금은 완전히 명탐정 기분이 되어서 새로운 자기 자
신에 몰입하고 있었다. 뭐, 풀 죽어있는 것보다는 정신 위생상
으로도 좋을지도 모르지만…….

"음, 이거 달콤해 보여."

"야 이 바보야, 너 돌이킬 수 없는 강을 건너게 된다고!"

나는 황급히 알리시아의 손을 잡아끌고 지상으로 나왔다. 아
까부터 손만 잡고 있구만…….

"하아, 피곤해."

현장 조사라고 할까, 이래서는 애 보기였다. 그러나 내 마음

고생 같은 건 알지도 못한 채 알리시아는 앞에서 성큼성큼 걸었다.

"즐거워 보이네."

"응, 즐거워."

만면의 웃음이었다. 이래서는 비꼬는 쪽이 더 바보 같았다.

"오랜만에 밖에 나왔으니까."

"그러냐."

……응? 오랜만에? 무슨 말이지?

"어?"

그러자 알리시아도 자신의 발언에 위화감을 느꼈는지 멈춰 서서 눈살을 찌푸렸다.

"어라, 어째서 오랜만이라고 생각한 거지."

"줄곧 어딘가의 방 안에 있었다거나? 설마 병원인가?"

입원 중에 어떠한 사정으로 병실에서 빠져 나와 거리를 걷던 도중에 쓰러졌다거나……. 그렇게 되면 사정은 조금 달라진다. 역시 한 번쯤 병원에 데리고 가야 하나?

"음…… 모르겠어…… 뭔가 생각하고 있으니 머리가…….""

거짓말을 하는 것처럼은 보이지 않았다. 지금은 일단 지켜보기로 할까.

"억지로 떠올리려고 하지 않아도 돼."

이런 부류의 케이스는 시간이 해결해 주는 경우도 있었다. 거기에 다리가 나으면 시에스타도 여러 가지로 움직여줄 테니까.

"아."

내가 그렇게 말하자 두통이 나았는지 알리시아가 다시 어딘가를 향해 종종걸음으로 달려갔다.

"뭐 보는데."

그건 노점인 듯했다. 길바닥에 돗자리를 깔고 수제 액세서리 등을 진열해놓고 있었다.

"이거."

알리시아가 가리킨 곳에는 사파이어……처럼 보이기도 하는 파란색 돌이 장식된 반지가 있었다.

"비슷하지만 좀 다른 거 같은데."

가게 주인 앞에서 가짜라고 말할 수 있을 리가 없었다. 나는 애매하게 그렇게 말했다.

"아니야? 그렇구나."

알기 쉽게 시무룩해져서 어깨를 떨구는 알리시아. 여전히 희로애락을 전력으로 표현하는 소녀였다.

"뭐, 그렇게 금방 찾을 수 있는 것도 아닐 거야."

나는 그런 흔해 빠진 위로의 말을 알리시아에게 건넸다.

그렇지만 그건 아마도 사실일 것이다. 사파이어의 눈은 찾지 못한다. 아니, 정확하게 말하자면 딱히 찾지 못해도 상관없었다.

그러면 어째서 시에스타가 그런 일을 알리시아에게 시킨 건가 하면은——그건 오로지 1%의 타산 관계를 쌓기 위해서였다. 알리시아가 괜한 사양을 하는 일 없이 우리에게 기댈 수 있도록. 사파이어의 눈을 찾는 대신에 의식주를 제공해준다는 등가

교환을 성립시키기 위해서였다. 그걸 위해서 후우비 씨의 정보를 이용했을 뿐이겠지. 시에스타도 담백하게 보이기는 하지만 타인을 배려하는 부분도 있는 녀석이었다.

"그럼 슬슬 집으로 돌아갈까…… 어라?"

그리고 깨닫고 보니 아까처럼 알리시아가 사라져 있었다.

"사파이어 같은 거보다 그 녀석을 찾는 게 더 힘들어 보이는데……."

가게 주인에게 눈짓으로 물어보니 내 왼편을 가리켰다.

"……젠장, 깜빡했군."

갈수록 태산이었다. 분주한 날은 계속되려는 듯했다.

◆미성년자의 음주와 흡연은 법으로 금지되어 있습니다

"그럼 시에스타의 완치를 기념하여. 건배."

떠들썩한 배경음악이 흐르는 다이닝바의 테이블에서 나와 시에스타, 그리고 알리시아는 잔을 마주 대었다.

시간은 흘러 헬과의 치열했던 싸움으로부터…… 또 알리시아와 만나고 벌써 2주일이 지났다. 시에스타는 다리의 깁스도 풀어서 이제는 걷는 건 지장이 없어졌다. 오늘은 다리 완치 기념을 명목으로 대낮부터 줄곧 뒤풀이를 하고 있었다.

"……뭐, 이미 몇 번이나 건배했는지도 기억이 안 나지만."

기억하기로 가게 자체는 낮부터 세어서 이걸로 네 군데째였다. 내 위장 용량은 이미 예전에 한계치를 맞이했지만 이 명탐정들은 아직 부족한지 메뉴를 뚫어지게 바라보고 있었다. 분명 마무리로 한잔하는 정도의 분위기일 거라고 생각했는데.

"하지만 네가 좋아할 만한 메뉴가 있는데."

"그러냐, 그럼 그거만 주문해 줘."

나는 메뉴도 보지 않고 맞은 편에 앉은 시에스타에게 주문을 맡겼다.

"음, 그나저나 벌써 아홉 시인가…… 시에스타, 매운 음식은 참아줘."

"아, 정말이네. 또 배 아파서 잠들지 못할뻔했어."

"매운 음식 먹으면 꼭 세 시간 후에 설사하니까 말이지."

"네 말을 듣기 전까지 눈치 못 챘어. 이상하네."

"자, 뭐가 되었든 위장약 먹어 둬. 더 먹을 거잖아."

"알았어. 먹어 둘게."

고개를 끄덕이고 약을 꿀꺽 먹는 시에스타. 나는 그사이에 손을 들어서 웨이터를 불러세웠다.

"찰떡궁합이 무서울 정도인데."

그때 어째서인지 맞은 편에 앉은 알리시아가 나를 가는 눈으로 바라보았다.

"아까부터 뭐야? 그 이심전심…… 키미즈카는 시에스타 씨에게 전부 맡기고 있고, 시에스타 씨는 키미즈카의 말에만 무진장 고분고분하고……."

그렇군, 옆에서 본다면 나와 시에스타의 방금 대화는 기묘하게 보이는 모양이었다. 하지만 적어도 3년을 줄곧 함께 있었다. 뭔가 행동을 취할 때의 판단 기준은 자연스럽게 상대에게 맡기게 된다. 그러니까 요컨대——.

"서로 자기 자신보다 상대를 믿고 있으니까 말이지."

나는 무의식중에 그런 말을 중얼거렸다.

"……그 말은 즉 닭살 커——."

"여기 추가 주문할게요."

알리시아가 뭔가 중얼거리려던 순간, 시에스타의 오른손이 그 입을 막았다. 옆에서 우물거리면서 답답해하는 알리시아를 무시하며 시에스타는 쿨한 표정으로 주문을 이어나갔다. 역시 명탐정. 어린애 상대로도 무자비하군…….

"하아, 숨 막혀서 죽는 줄 알았어……."

이윽고 주문을 끝낸 시에스타가 손을 치워주자 알리시아는 크게 어깨를 들썩이며 숨을 몰아쉬었다.

"어른을 놀리는 네 잘못이야."

"어른답지 못한 어른에게 듣고 싶지 않아! ……하아, 목말라."

그렇게 말한 알리시아는 앞에 있던 잔을 한 번에 들이키고는.

"키미즈카, 이 신데렐라란 게 뭐야?"

아직 부족한지 음료 메뉴를 펼치고 나에게 물어보았다.

"응? 아, 칵테일 이름이야. 논 알코올이니까 어린애도 마실 수 있어."

"열일곱이니까 어린애는 아니지만."

"열일곱이라도 알코올은 안 되지."

"그럼 이 신데렐라라는 걸 마실래!"

알리시아가 "여기요!" 하고 크게 손을 들며 또다시 웨이터를 불렀다. ……이거 참, 여전히 감정이 제트코스터 같았다.

——지난 2주 동안 나는 탐정 대행인 알리시아와 함께 런던 시내의 다양한 의뢰에 대응했다. 사건 자체는 하나같이 대단치 않았지만 파트너가 감정으로 행동하는 알리시아다 보니까 시에스타와 일할 때와는 또 다른 고생으로 가득했다. 지난 2주를 돌이켜보면 한 가지 문제를 해결하기 위해 백 가지 트러블을 일으키는 것이 일상이었다.

"왜 그래?"

이윽고 내 시선을 깨달았는지 알리시아가 고개를 갸웃거렸다.

"아니, 일단은 네가 살 곳을 찾은 게 다행이다 싶어서."

고생스럽던 2주 동안 얻은 수확은 한 가지. 알리시아는 나와 시에스타가 사는 맨션이 아니라 어떤 교회에 몸을 의탁하게 되었다. 그곳은 고아 등을 받아들이는 자선사업을 하고 있어서 보호자가 없는 알리시아도 맡아 주게 되었다.

"뭐, 임시방편에 지나지 않지만. 알리시아의 기억과 신원을 알 수 없는 이상은 근본적인 문제 해결에는 이르지 못해."

시에스타가 구운 고기를 자르던 손을 멈추고 말했다. 아직 완벽하게 일을 끝내지 못해 본인도 납득하지 못한 것이겠지. 하지만 줄곧 부상으로 움직이지 못했으니 물밑에서 교회에 교섭해

준 것만으로도 충분했다.

"어제 교회 갔는데 무척 즐거웠어."

그런 사정을 짐작했는지 알리시아가 시에스타를 보았다.

"나 말고도 갈 곳 없는 아이들이 있어서 함께 놀았어. 뭔가 학교 같았어."

알리시아는 그렇게 말하고는 하얀 이를 드러내며 우리에게 V 자를 그려 보였다. 그런 얼굴을 보고 시에스타도 더 말할 수 없었는지 작게 미소 지었다.

"학교라…… 나도 한동안 안 다녔지."

마지막 추억은 중2 때의 그 축제가 되나. 생각해 보면 그때도 시에스타에게 휘둘렸었다.

"왜 나를 보는 거야?"

그러자 시에스타가 불만스럽게 눈을 가늘게 떴다.

"크레이프랑 타코야키도 맛있었잖아."

"배가 아팠던 기억밖에 안 나는데."

"아~ 뭔가 화장실에 틀어박혀 있었지."

"그러고 보니 네가 훔쳐봤었지……."

"유령의 집에서 벌벌 떨기도 했었지."

쓸데없는 건 떠올리지 마. 그다음에는 뭐더라, 어쩌다 보니 결혼식 코스튬 플레이 같은 것도 했었지…… 아니, 이것도 그다지 적극적으로 떠올리고 싶은 이야기는 아니군. 흑역사다, 흑역사.

"뭐, 그래도 그 리본은 어울렸나."

나는 붉은 리본을 카추샤처럼 머리에 매었던 시에스타를 떠올렸다.

"넋 놓고 보고 있었지."

"넋 놓고 본 적 없거든. 잠시 넋 놓고 본 것뿐이야."

"조수, 일본어가 이상해."

시에스타가 입가를 냅킨으로 슥 닦으며 태클을 걸었다.

뭔가 이상한 소리를 했던가?

"좋겠다, 리본."

그때 알리시아가 다리를 앞뒤로 흔들었다. 아무래도 이상한 나라의 소녀도 꾸미고 싶은 연령대인 모양이었다.

"그럼 다음에 줄게."

"정말로!? 신난다!"

시에스타의 말에 알리시아는 가슴이 벅차오른다는 것처럼 다리를 더욱 크게 흔들었지만——.

"나도 리본을 매고……! ……진짜 학교에 다녀보고 싶어."

곧 쓸쓸하게 웃으며 그렇게 중얼거렸다.

예전 기억을 잃었다는 알리시아. 하지만 방금 말투는 마치 한 번도 학교에 다녀본 적이 없다는 것을 무의식중에 자각하고 있는 것처럼 들렸다.

나는 그런 알리시아에게 건넬 위로의 말을 찾을 수 없었고 한편 시에스타는 뭔가를 생각하는 것처럼 푸른 눈을 가늘게 뜨고 있었다.

"그냥 해 본 말이야."

그러나 그런 그림자가 드리웠던 것도 잠시뿐으로 알리시아는 단숨에 잔의 내용물을 비웠다.

"나는 괜찮아. 지금은 달리 할 일이 있으니까."

"탐정 일?"

"응."

그러니 학교에 다닐 여유는 없어, 하고 알리시아는 고개를 주억거렸다.

"그렇게 말하는 것치고는 사파이어의 눈은 아직 못 찾은 모양이지만 말이지."

그렇게 말한 시에스타의 얼굴에는 옅은 호전적인 미소가 걸려 있었다.

시에스타의 말대로 지난 2주 동안 나와 알리시아는 애완동물 찾기 등의 극히 간단한 일들은 해결했지만 정작 사파이어의 눈을 찾는 건 아직 결과를 내지 못하고 있었다.

하지만 아마 시에스타는 진심으로 그 일을 알리시아에게 해결시킬 생각은 아닐 테니 방금 그것도 한순간 어두워질 뻔한 자리의 분위기를 풀어 주려는 발언일 터였다. ——그렇게 생각했는데.

"……아, 알고 있어. 찾아오면 되잖아!"

뺨을 부풀리며 부루퉁해져서 일어서는 알리시아. 너는 급탕기냐.

"야야, 지금부터 찾으러 갈 생각이야?"

"키미즈카는 안 따라와도 돼."

"이미 밖도 어둡다고. 귀신 나온다."

"……일단 돌아가서 내일 아침 일찍 나가볼까."

그 압도적 태세전환 속도가 오히려 귀엽게 보이는걸.

"……흠흠. 아무튼 내일까지 반드시 찾아낼 테니까!"

알리시아는 나와 시에스타를 검지로 척 가리키더니 빙글 돌아서 가고 말았다.

"결국 칵테일 안 마시고 가 버렸네."

뭐, 기회는 언제라도 있나. 나는 자신의 잔에 남아있던 음료를 비우며 한숨 돌렸다.

"만만치 않은 애인걸."

그러자 시에스타가 어느 틈에 주문한 건지 내 쪽으로 새로운 잔을 내밀었다.

"2주 동안 힘들었지?"

"그렇긴 하지. ……뭐, 네가 할 소리냐 싶긴 한데."

시에스타와 알리시아. 성격이나 사고방식은 정반대지만 두 사람 모두 함께 있으면 피곤해지는 타입인 건 틀림없었다.

"……그런데 앞으로 알리시아는 어떻게 할 거야?"

알리시아가 없는 이 타이밍에서 나는 일부러 그런 애매한 말투로 물었다. 그래도 시에스타에게는 그래도 충분히 전해질 터였다.

"나는 일단 시작한 일을 그만둔 적은 한 번도 없어."

"……그러냐."

시에스타의 부상이 완치되었다는 건 다시 한번 헬과 싸울 준비가 갖춰졌다는 것을 뜻한다. 요컨대 필연적으로 알리시아와는 여기서 헤어지게 된다.

하지만 방금 시에스타는 고개를 가로저었다. 거대한 악을 쓰러트리는 것보다도 곤란한 상황에 있는 한 명의 소녀를 구하는 것을 선택했다.

"나이도, 어디에서 왔는지도, 진짜 이름도 알려주지 못한 채 손을 떼는 건 있을 수 없어. 의뢰인이 원하는 건 무슨 일이 있더라도 이뤄줄 거야."

시에스타는 미소와 함께 그렇게 말했다.

어수선하면서도 평화로운 일상은 아무래도 조금 더 이어지는 모양이었다.

"한동안 더 런던에서 지내는 건가."

"그래. 다시 단둘이 지내는 동거 생활이야."

시에스타가 잔에 입을 대고 하얀 목울대를 울렸다. 그 동작이 요염하게 보였다.

"왜?"

"……아니, 뭔가 평화롭다 싶어서."

지금까지 약 3년 동안 나와 시에스타는 《SPES》와 쫓고 쫓기는 파란만장한 일상을 보내왔다. 물도 없이 사막을 걷거나, 허리케인 속에서 노숙하거나, 들판에서 볼일을 본 적은 두 손으로 셀 수 없을 정도였다. 때로는 《인조인간》과 싸우고 때로는 인간의 존엄과도 치고받고 하는 눈부실듯한 3년간이었다. 그런 나날을 나는——.

"감상에 빠졌네."

시에스타가 손가락으로 내 뺨을 찔렀다. 놀리는 보람이 있는 먹잇감을 찾아낸 듯한 표정이었다. ……참 나, 여전히 사람의 마음속이 훤히 보이는 듯한 소리를 하는 녀석이었다. 나는 네 그런 부분이 싫다고.

"그런 거 아니거든."

나는 시에스타가 준 잔의 내용물을 단숨에 들이켰고——.

"푸웁! ……야, 이거 술이잖아!"

아오 써…… 처음으로 술 마셨다…….

"난 미성년자라고!"

"그런 걸 들고 다니는 미성년자가 어디 있어."

시에스타가 내 허리 부근을 힐끗 보았다. 할 말 없어지잖아.

"오늘은 나를 축하하는 날이잖아. 마지막까지 함께해 줘야겠어."

그렇게 말하며 잔을 흔드는 시에스타. 레드와인을 마시는 모습이 그림이 되었다.

"미성년자가 할 말이 아닌데."

"너는? 뭐 마실래?"

"아니, 나는 이제…….'

"벌충해줄 거 아니었어?"

시에스타가 입을 작게 움직였다.

벌충. 저번 애플파이를 말하는 걸까.

"그럼 내 말 들어줄 거지?"

작게 고개를 갸웃거리는 시에스타.

붉은 뺨. 취했기 때문인지 눈이 살짝 젖어 있었다.

그 모습은 뭔가 평소보다도 앳되게 보였다.

"……한 잔만 더 마실 테니까."

그도 그럴 것이 그런 표정을 지으면 거절할 수 없잖아.

◆ 언젠가 이날을 떠올린다

"그래서, 그래서 있지? 그때는 나도 아직 어리다 보니 수박씨를 삼키고 혹시 배 안에서 싹이 트면 어쩌나 해서 불안해졌거든."

바에서 귀가한 뒤.

이제는 하얗던 피부의 흔적도 찾아볼 수 없을 정도로 새빨개진 얼굴이 된 시에스타가 침대에서 바깥다리로 앉은 채 막 회복된 몸으로 방방 뛰고 있었다. 나와 마찬가지로 목욕 가운을 입은 시에스타가 뛸 때마다 여성스러운 부위도 같이 크게 흔들렸다.

아니, 그렇게 흔들리는 것처럼 보이는 건 단순히 내 머리가 어질어질하기 때문일지도 모른다.

……모르겠다. 잘 모르겠다. 나도 취했으니까.

기억으로는 그 야경이 보이는 레스토랑에서 '한 잔만 더' 하고 약속을, 약속을…… 열 번 정도는 약속한 기분이었다. 끝에 가서는 손가락까지 걸고 팔을 엮으며 잔을 들이켠 듯한? 으음, 기억이 애매하다…….

"조수? 내 이야기 듣고 있어?"

"그래, 듣고 있다마다. 수박이 채소인지 과일인지 하는 이야기잖아."

"맞아. 채소가게에서 수박을 주문했는데 수박바가 나왔을 때는 정말 깜짝 놀랐어."

돌아가지 않는 머리를 필사적으로 굴리며 맞은편 의자에 앉아서 시에스타의 이야기에 고개를 주억거렸다.

아까부터 절묘하게 대화가 어긋나 있는 데다가 대단히 시시한 이야기만 듣고 있는 듯한 기분이 들지 않는 것도 아니었지만 설마 그 시에스타가…… 완전무결, 냉정침착, 사상 최강인 명탐정이 그런 무익한 이야기를 떠들 리가 없었다.

분명 고상한 이야기를 하고 계시는 중일 거라고 생각하며 나는 시에스타의 눈을 뚫어지게 응시한 채 이야기를 들었다. 시에스타의 눈은 흐리멍덩하게 풀려 있어서 평소의 쿨한 이미지는 찾아볼 수 없었다.

"저기, 아까부터 왜 그렇게 떨어져 있는 거야?"

시에스타가 토라진 것처럼 입술을 내밀었다.

그런 표정을 지으니 어쩐지 내가 나쁜 짓을 한 듯한 기분이 들었다.

"이쪽으로 와."

"……침대로?"

"응. 이쪽에서 함께 이야기하자."

그래도 되나……?

젊은 남녀가 한 침대에 들어가서 그게 뭐랄까, 여러 가지로 괜찮은 건가?

조금 남아있던 제대로 된 사고력과 이성을 발휘해 보려고 했지만——.

"안 돼?"

"아니, 괜찮아."

도출된 결론이 그렇다면 어쩔 수 없었다. 나는 자신의 사고실험 결과에 따라서 시에스타가 있는 침대에 누웠다.

……누울 필요까지 있나? 하고 잠시 생각했지만 한순간에 잊어버렸다.

"후후, 이렇게 함께 자는 건 처음이지?"

곧 시에스타도 옆에서 몸을 누였다.

어느 사이엔가 한 침대 위에서 하나의 이불을 공유하는 모양새가 되어 있었다.

"바로 옆에 네가 있어."

시에스타가 몸을 옆으로 돌리고 나를 바라보았다.

방의 조명은 어둡게 해놨지만 얼굴을 분명하게 인식할 수 있었다.

"응, 역시 이틀 지나면 까먹을 듯한 얼굴이야."

"취했어도 그건 변함없는 거냐."

"후후, 널 괴롭히는 건 즐겁거든."

"또 나왔네, 가학성 덩어리 아가씨."

"하지만 실은 너도 나를 괴롭히는 걸 좋아하잖아."

"이상한 설정을 날조하지 마!"

"그럼 이제 평생 너를 놀리지 않는 쪽이 좋아?"

"…………."

"너에게 말을 걸지 않는 쪽이 좋아?"

"…………."

"역시 넌 재미있어."

"……시끄럽거든."

"삐진 얼굴은 조금 귀엽고."

"그거 칭찬 아니거든!?"

"뭐, 이틀 지나면 까먹겠지만."

"결국 그렇게 놀리는 것으로 돌아가는 거냐고!"

나도 모르게 시에스타 쪽을 돌아보았다.

"하지만."

그러나 그곳에 있던 건 천장을 바라보는 시에스타의 옆모습이었다.

"너와 지냈던 지난 3년은 절대로 까먹지 않아."

그런 시에스타의 굳센 표정이야말로 나는 평생 잊지 못할 것 같았다.

"후후, 뭔가 성실한 이야기를 해 버린 것 같아."

그러나 곧 시에스타는 다시 만취한 표정으로 돌아와서 내 쪽으로 몸을 돌렸다.

"너에게서 성실함을 빼면 뭐가 남는데."

그리고 나도 자세를 되돌릴 타이밍을 놓쳐서 시에스타와 마주보는 모양새가 되었다.

"너무한걸, 너는 나를 뭐라고 생각하는 거야?"

이성의 체현자?

이지적인 명탐정이라고 해야 할까.

"그럼 가끔은."

시에스타가 조용히 나와의 거리를 좁혔다.

몇 센티미터만 더 오면 코나 입술이 닿을 거리였다. 이미 몸은 대부분 밀착해 있어서 시에스타의 커다란 가슴 봉우리에서는 그녀의 요란한 심장 소리가 전해져 왔다.

"──가끔은 성실하지 못한 짓도 해볼래?"

그 말에 온몸에 열이 올랐다.

그러고 보니 시에스타는 전에 3대 욕구 이야기를 했었다.

"시에스타, 나는……."

깨닫고 보니 나는 시에스타의 위에 올라와 있었다.

"……조수."

그리고 눈을 꼬옥 감는 시에스타.

각오를 다진 나는 자신의 얼굴을, 입술을, 시에스타에게 가까이, 가까이 했고──.

◆ 대체로 심야의 흥분은 다음 날 아침에 떠올리고
죽고 싶어진다

"후우, 죽고 싶군."

다음 날 아침에 눈을 뜨고 한차례 떠올린 뒤에 자연스럽게 나온 한 마디였다.

우선 머리가 아팠다. 아무리 생각해도 어제의 술이 남아 있었다. 그리고 물리적인 통증뿐만이 아니라 정신적으로도 내 머리를 아프게 하는 것이 지금 옆에서 새근거리며 푹 잠든 명탐정의 존재였다.

소문으로는 술을 진탕 마시면 다음 날 아침에는 기억을 잊어버리는 법이라고 했었는데…… 유감스럽게도 내 대뇌는 어제의 추태를 빠짐없이 또렷하게 기억하고 있었다.

"으윽, 죽고 싶다……."

처음 섭취하는 알코올에 심야의 흥분이 더해진 결과, 죽고 싶어질 정도로 부끄러운 대화를 나누고 말았다. 어제의 나는 대체 무슨 생각이었던 거지…… 무슨 생각으로 시에스타가 있는 침대에 누운 거지…… 그리고 그다음은…….

"우우웁."

다양한 감정과 위의 내용물이 역류해서 구역질이 치밀어올랐다. 나는 입을 막으며 침대에서 내려가려고 했다.

"…………."

그리고 그때 눈을 번쩍 뜬 시에스타와 시선이 마주쳤다. 그렇게 한동안 서로 바라보며 눈을 깜빡일 뿐인 시간이 끝없이 이어졌다.

"……좋은 아침."

"…………."

시험 삼아 인사를 해봤지만 대답은 없었다.

대신 시에스타는 일단 이불을 덮어쓰고 무언가를 확인한 뒤에 다시 고개를 내밀었다. 얼굴에 표정이 없었다. 평소대로라고 한다면 평소대로였지만…… 어째서인지 살벌한 느낌이 들었다.

"좋은 아침."

시에스타는 마침내 그렇게 대답하더니 앞을 꼭 싸맨 목욕 가운 차림으로 침대에서 내려와 평소에 사용하는 여행 가방에서 은색의 작은 케이스를 꺼냈다.

뒤를 보고 있어서 잘 보이지 않았지만 케이스 안에서 또 뭔가를 꺼낸 건가? 하고 생각하고 있으니 시에스타가 나를 돌아보며 말했다.

"조수, 잠시 팔 좀 내밀어줘."

"그 굵은 주사기를 치우고 말해!"

시에스타가 오른손으로 쥔 주사기의 바늘 끝에서 액체가 흘러나오고 있었다.

"괜찮아, 아픈 건 한순간이니까."

"됐거든! 확실히 죽고 싶다고는 했지만 진심으로 죽고 싶은 건 아니라고!"

"죽이지는 않아. 그저 이 주사약에는 사람의 기억을 일시적으로 지우는 효능이 있어서 말이지."

"웃기지 마! 그것도 자랑하는 《일곱 도구》냐!?"

"이건 아니야. 그거 기억해? 예전에 학교 축제에서 《화장실의 하나코 씨》를 붙잡았었잖아. 실은 그때의 약과 같은 성분이 약간 포함되어 있거든."

최, 최악이다…… 효과가 보증된 녀석이잖아…….

"걱정 마, 몇 번이나 실험해서 건강에는 해가 없는 개량판을 만들었으니까."

"잠깐만, 피험자는 나야!? 뭔가 최근에 깜빡하는 일이 있다 싶었는데 원인은 그거였냐!?"

만약 그렇다면 웃고 넘길 일이 아니었다. 나는 목욕 가운 차림으로 방에서 뛰쳐나가려고 했지만…….

"못 도망가."

"윽."

덤벼든 시에스타가 내 등에 올라타서 몸의 자유를 빼앗겼다.

"자, 팔 내밀어. 어제 일은…… 어제의 나는 잊어 줘야겠어."

정색한 시에스타를 당해낼 수 있을 리도 없었기에 내 오른팔에 주삿바늘이 서서히 다가왔고——

딩동. 그 직전에 손님의 방문을 알리는 벨소리가 울렸다.

"……누가 온 모양인데."

"…………"

"안 나가봐도 돼?"

"칫."

"혀를 차지 말라고, 혀를."

너는 그런 성격이 아니잖아.

어쩔 수 없다는 듯한 태도로 내 위에서 물러난 시에스타가 방문으로 향했다.

"예."

그리고 열린 문 너머에 서 있던 건.

"소란스럽던데 뭐 하고 있었어?"

탐정 대행 알리시아였다.

이어서 알리시아는 "뭐, 아무래도 좋지만." 하고 허리에 손을 대더니 우리를 향해 이렇게 말했다.

"미션 컴플리트야."

득의양양하게 우리를 둘러보는 알리시아. 그 손에는 작은 봉투가 쥐여 있었다.

미션 컴플리트—— 설마 어제 그 뒤에 정말로 사파이어의 눈을 찾아낸 건가?

시에스타도 진심으로 찾아낼 수 있을 거라고는 생각 안 했던 물건을 저 알리시아가?

"이거야."

그렇게 생각하고 있으니 알리시아가 나에게 봉투를 내밀었다. 봉투 안에 들어 있던 것은——.

"안대?"

특이할 것 하나 없는, 이야기의 맥락과 너무나도 동떨어진 검은 안대였다.

하지만 알리시아는 당당하게.

"정말로 중요한 눈은 그쪽이잖아."

내 왼쪽 눈을 가리키며 말했다.

"제대로 안대를 차고 다니지 않으면 안 나을 거야."

알리시아가 뒤꿈치를 들며 내 왼쪽 눈에 안대를 해 줬다.

"……눈치채고 있었어?"

"그야 2주나 함께 행동하면 말이지."

딱히 알리시아에게 숨긴 것은 아니었지만—— 실은 나도 헬과의 전투에서 왼쪽 눈을 다쳤었다. 일상생활에 큰 지장은 없었지만 그래도 시력이 떨어진 탓에 밖에서 알리시아를 놓치는 일이 종종 있었다.

"있는지 어떤지도 알 수 없는 환상의 렌즈에 기대는 것보다 지금 확실하게 있는 키미즈카의 눈을 소중히 다뤄야지."

아무래도 나는 알리시아라는 아이를 조금 잘못 생각하고 있던 모양이었다. 희로애락을 솔직하게 표현하는 소녀는 그저 표층적인 부분에 지나지 않겠지. 이 애의 본질은 분명——.

"이게 내 대답인데."

불현듯 알리시아가 시에스타에게 시선을 보냈다.

"이걸로 정답 맞아?"

그런 건가? 이건 처음부터 시에스타가 알리시아에게 낸, 존재하지 않는 것을 찾아내라는 난제에 알리시아가 어떠한 대답을

내놓는지를 묻는 과제였나? 그리고 잠시 침묵 뒤에 아리따운 *
카구야 공주는 마침내 해답을 입에 담았다.

"계, 계산대로야."

시에스타의 눈이 잘못 본 건가 싶어질 정도로 흔들리고 있었
다.

"거짓말 못 하면 하지를 말라고."

탐정 대행이 잠시지만 명탐정을 뛰어넘은 순간이었다.

◆ 여기가 모든 것의 전환점

"재치있게 말하는 건 잘못한단 말이야."

드물게 뾰은 표정인 시에스타가 옆에서 걷고 있었다.

그로부터 나는 다리가 나은 시에스타와 함께 슈퍼로 장을 보
러 가고 있었다.

"네 그런 표정 오랜만에 보았어."

완벽 초인으로 보이는 명탐정도 의외로 약점은 많았다.

"……조용히 해."

이렇게 토라진 모습도 드물었다. 가끔은 힘의 관계가 역전되
는 것도 나쁘지 않잖아?

"그렇게 마음에 들었어? 연하의 여자애에게 받은 선물이."

내가 왼쪽 눈에 한 안대를 시에스타가 흘겨보았다. 그 표정에

*카구야 공주 : 일본의 전래동화인 대나무 공주 이야기의 등장인물로 구혼자들에게 난제를 내어 거절함

나는 적당한 반론을 이어가려고 했는데.

"……아니, 미안. 그게 아니라."

시에스타가 왠지 모르게 등을 굽혔다. 어딘가 목소리에도 자신감이 없는 것처럼 들렸다.

"사실은 네 눈을 그렇게 신경 써주지 못했던 자기 자신이 부끄러울 뿐이야."

"그러냐."

나는 무슨 말을 할지 잠시 머뭇거린 뒤에.

"그 뭐냐. 너도 사람이구나."

그런 당연한 말을 입에 담았다.

"네가 사사로운 감정에 휘둘리기도 하는 사람이라서 다행이야."

"……그래?"

시에스타가 옅게 웃으며 고개를 두세 번 조용히 끄덕였다.

그렇게 한동안 걸어가던 가운데 불현듯 시에스타가 걸음을 멈췄다. 시에스타의 시선 앞에는 지하로 이어지는 라이브하우스의 간판이 있었다. 근처 벽에 붙어 있는 출연자의 포스터에는 이름은 공개되어 있지 않았지만 일본에서 초대 손님이 온다는 내용이 적혀 있었다.

"시에스타?"

"……아니야."

시에스타가 고개를 내저으며 다시 걷기 시작했다.

"지금은 아직."

"······?"

그 말의 의도를 물어보려고 했을 때였다.

주머니에 들어 있던 휴대전화가 진동했다. 화면을 보니 국제전화였다. 무슨 일인가 싶어서 통화 버튼을 눌러보니 잘 아는 목소리가 들려왔다.

『잘 있었냐, 망할 꼬마. 살아는 있나 보네.』

중년 아저씨 같은 말투. 생긴 건 괜찮은데 이런 부분이 남자가 안 생기는 원인이겠지. 물론 이런 소리를 하면 능지처참당할 것이 틀림없다.

"후우비 씨, 그건 요전에 만났을 때 해야 할 말이잖아요."

애당초 댁이 가지고 온 살인마 잭 사건 때문에 나도 시에스타도 크게 다쳤다고. 저번에 어느 사이엔가 방에 들어와 있었을 때는 그 화제가 언급도 안 되었지만.

생각해보니 대단히 불합리했기에 나는 두세 마디 정도 불평의 말을 입에 담으려고 했는데——.

『뭐? 우리가 언제 만났다고?』

수화기에서 들려온 목소리에는 나를 놀리는 것도 아닌 순수한 당혹이 담겨 있었다.

"아니, 무슨 말을 하시는 거예요. 2주 전 말이에요. 또 느닷없이 우리 집에 찾아와서 사파이어의 눈이 어떻고 하셨잖아요."

『음? 내가 너희를 찾아간 건 살인마 잭 사건을 상담하러 갔을 때뿐인데? 나와 누구를 착각한 거야?』

그 순간, 전신에 소름이 돋았다.

『나는 그 뒤로 너희가 위험할 뻔했다는 이야기를 최근에 듣고 지금 처음으로 전화한 거다만.』

농담하는 거지? 그럼 그 사람은? 2주일 전에 우리가 두 번째로 만난 후우비 씨처럼 보였던 그 인물은…… 아니, 그래, 잘 생각해보면 이상했다. 그때 나타났던 후우비 씨는 이전에 나에게 건네줬을 터인 지포라이터를 가지고 있었다.

『여보세요? 키미즈카? 듣고 있냐?』

수화기에서 들려오는 목소리가 점점 멀어지는 것처럼 느껴졌다.

불길한 예감이 확신이 되어서 온몸을 기어 다니고 있었다.

"조수."

통화 내용은 이미 파악했겠지. 시에스타가 험악한 얼굴로 조용히 고개를 끄덕였다.

우리가 런던에서 두 번째로 만났던 후우비 씨는 가짜였다.

그런 재주를 부릴 수 있는 존재는 용모를 자유자재로 바꾸는 것이 가능한——케르베로스 말고는 없었다.

◆ 명탐정 VS 명탐정

진짜 후우비 씨와 통화를 나눈 다음 날.

"하지만 케르베로스는 확실히 우리 앞에서 살해당했었잖아."

탐정사무소 겸 주거지로 변한 빌딩의 한 방.

나는 시에스타와 카레를 먹으며 지금 이 도시에서 일어난 사태를 정리해보고 있었다.

"당근이 쇳덩이처럼 딱딱해."

"나한테 요리를 시키니까 그렇지."

"왜 그렇게 의기양양한 거야?"

"아니, 뭔가 평소에 쓰던 부엌칼이 보이지 않아서 말이지."

"……그래서 채소가 이렇게 손으로 찢은 것처럼 들쭉날쭉하구나."

뭐, 어때. 지금은 그런 걸 따지고 있을 때가 아니잖아.

"네 말대로 케르베로스는 죽었어. 그건 틀림없다고 생각해."

"그럼 그 가짜 후우비 씨는? 변신 능력이라고 한다면 역시 케르베로스가……."

"넌 대체 어느 쪽 의견을 지지하는 거야?"

……그렇지만 실제로 어느 쪽으로 생각해봐도 모순이 생기잖아.

확실히 케르베로스는 우리 눈앞에서 죽은 것처럼 보였다. 그러나 그래서는 그다음에 나타난 가짜 후우비의 정체가 설명되지 않는다.

"그렇다면 그건 둘 다 정답이거나 둘 다 오답이라는 거야."

"선문답이야?"

"농담하지 말고."

시에스타가 내 입에 감자가 올려져 있는 수저를 집어넣었다. 과연, 이건 실패작이긴 하군.

"예를 들어 그 가짜 여형사의 정체가 헬이라고 한다면?"

"헬이? 하지만 그 녀석에게 변신 능력 같은 건……."

"《인조인간》은."

시에스타가 끼어들었다.

"《인조인간》은 어떤 것을 핵으로 만들어진 존재야. 그 핵을 이어받아 특수능력도 계승할 수 있어."

"그건 헬이 케르베로스의 왼쪽 가슴에서 뽑아낸 검은 돌 같은 걸 말하는 거야?"

"정답. 헬은 몰래 그걸 회수해서 케르베로스의 능력을 빼앗은 것으로 보여."

"그럼 케르베로스 본인은 이미 죽었고 변신 능력을 이어받은 헬이 후우비 씨로 변해서 우리에게 접촉했다는 말이야?"

만약 그렇다면 케르베로스가 사망했음에도 불구하고 심장 사냥이 계속되는 현 상황도 일단은 설명이 되었다.

하지만 그렇다면 헬은 대체 무슨 이유로 우리를 찾아온 거지?

나와 시에스타, 그리고 알리시아가 있는 자리에 그 녀석은 당당히 모습을 드러냈다. 거기에 일부러 자신이 일으킨 연속 살인 사건의 이야기를 하거나 《사파이어의 눈》의 존재를 전하기도 했다. 도발인 건지…… 아니, 평범하게 생각한다면 함정일 가능성이 클지도 모른다.

"진상은 아직 알 수 없지만…… 할 일 자체는 변하지 않아. 우리가 이 연속 살인 사건을 끝내는 거야."

그래, 시에스타의 말이 맞았다. 이번에야말로 헬을 쓰러트릴 뿐이었다.

"참고로 이번 사건의 피해자에게 공통점은 있어? 케르베로스 때처럼 닥치는 대로인가?"

"응, 무차별 살인처럼 통행인을 습격하는 모양이야."

어젯밤으로 네 사람째였어, 하고 시에스타가 덧붙였다.

"심장을 빼앗고 다니는 목적은 역시 《생물병기》의 부활인가?"

"글쎄. 어쩌면 자신이 쓰려는 것일지도."

"자신이? ……아, 그런가."

그래. 헬의 심장은 마지막에 시에스타와 맞붙었을 때 자신의 칼에 꿰뚫렸다.

"그래서 헬은 자신이 쓸 새로운 심장을 찾으러 돌아다니는 걸 지도 몰라."

"그런 부품 교환 같은 짓이 가능한 거야?"

"가능해."

아무렇지도 않게 시에스타가 말했다.

"적은 《인조인간》이니까."

……그랬지. 우리는 처음부터 괴물을 상대로 싸우고 있었다.

"그나저나 고작 하루 만에 용케 그 정도로 알아냈네."

어제 후우비 씨와 통화를 끝낸 뒤에 홀로 거리로 사라진 시에 스타는 오늘 저녁때가 되어서야 이렇게나 많은 정보를 가지고 돌아온 것이다.

"보도규제가 걸려서 순조롭지는 않았지만. 거기에 2주 전부 터 움직였더라면 좀 더 일찍 깨달은 것이 있었을 거야."

"신경 쓰지 마. 다쳤을 때 정도는 쉬어야지. 그렇게라도 하지 않으면 때때로 네가……."

거기서 말을 끊은 나를 시에스타가 힐끗 보았다.

"아무것도 아니야."

나는 얼버무리듯이 맛없는 카레를 급히 먹었다.

망가져 버리는 것이 아닌가 해서 불안해지니까—— 그런 이기적인 걱정은 이 녀석에게는 민폐일 뿐이겠지.

"내일부터 바빠지겠네."

그래서 나는 우선 그런 무난한 말로 대화를 이어나갔다.

"그렇지. 하지만 그렇게 되면……."

드물게 시에스타가 말을 흐렸다. 하지만 뒷말은 말하지 않아도 알 수 있었다.

"알리시아 말이지?"

일단 알리시아를 보호해 줄 장소는 찾았지만 그건 물론 아직 완벽한 해결이라고는 할 수 없었다. 그러나 이제부터 우리가 헬과의 싸움에 몸을 던지게 되면 알리시아의 문제는 또 뒤로 미뤄지게 된다. 시에스타는 그걸 신경 쓰는 것이겠지.

"나라면 괜찮아."

확실히 본인이 그렇게 말한다면 우선순위는 이대로도 괜찮을지도 모르지만…….

"……! 알리시아, 너 어느 틈에!?"

깨닫고 보니 알리시아가 옆에서 내가 만든 카레를 으적으적 먹고 있었다.

"카레를 먹는 중이라고는 상상하지 못할 효과음인데."

그제야 나는 자신이 왼쪽 눈에 안대를 차고 있었다는 것을 떠올렸다. 의식하지 않으면 시야가 좁아진 것을 깜빡하고 만다.

"손은 제대로 씻었냐."

"어린애 취급하지 마. 지문이 벗겨질 때까지 씻었으니까."

"지명수배범이냐고."

"아무튼."

알리시아가 이야기를 원래 주제로 되돌렸다.

"나는 신경 안 써도 돼. 피해자가 나온 쪽을 우선시해야지."

알리시아는 뜻밖에도 냉정하게(이렇게 말하면 실례인가) 자신의 문제보다도 지금 이 도시에서 일어난 사건을 해결해야 한다고 주장했다.

"알리시아, 너 지금 무슨 생각하고 있어?"

그러나 시에스타는 어딘가 의심스러운 눈초리로 알리시아를 보았다.

"그런 착한 애 같은 말을 하려고 일부러 이곳에 온 건 아닐 거 아냐."

……왠지 모르게 방안의 온도가 2도 정도 떨어진 듯한 기분이 들었다.

그러자 알리시아도 그에 질세라 테이블에 몸을 내밀며 시에스타를 똑바로 바라보았다.

"이 사건, 나도 돕게 해줘."

"그렇게 말할 줄 알았어. 하지만 절대로 안 돼."

"어째서?"

"위험하니까. 사망자도 벌써 네 사람이나 나왔어."

"나도 지난 2주 동안 키미즈카와 사건을 해결했는걸."

"고양이를 찾거나 지갑을 경찰서에 갖다 주거나?"

"크, 크든 작든 사건은 사건이잖아!"

"억지 논리야."

"억지 논리도 논리야!"

논의는 평행선이었지만 두 사람의 얼굴만은 점점 가까워져서 코와 코가 닿을 듯한 거리까지 좁혀져 있었다. 시에스타는 앉은 위치에서 1밀리미터도 움직이지 않았지만.

"좀 진정해."

나는 알리시아의 작은 어깨를 잡고 자리로 돌려보냈다.

"……나도 탐정인걸."

시에스타의 말에 꺾인 알리시아가 알기 쉽게 어깨를 떨구었다.

"알리시아, 너는 어디까지나 탐정 대행이야."

그러나 시에스타는 봐주는 일 없이 담담하게 사실만을 이야기했다.

"내가 부상에서 복귀한 지금 네가 나설 차례는 없어."

"……시에스타. 말이 좀 지나친 거 아니야?"

시에스타의 말은 정론이었다. 하지만 정론이 언제나 최적의 해답이라고는 볼 수 없었다.

"뭐야? 너는 그 애 편이야?"

"그런 말을 한 게 아니잖아."

"그래, 역시 로리콤이었다는 거구나. ……어라, 정말이네. 부엌칼이 없어."

"그러니까 그런 게 아니래도. 그리고 이 타이밍에서 그런 뒤숭숭한 물건을 찾으러 가지 마."

"그럼 뭐야? 3년간 함께 있었던 나보다 고작 2주 동안 탐정 놀이하며 놀았던 그 애를……."

거기까지 말하고 분명 말이 지나쳤다는 것을 이번에야말로 깨달았겠지.

"시에스타, 왜 그래?"

오늘의 시에스타는 어딘가 이상했다.

……아니, 오늘만이 아니었다. 어쩌면 최근 줄곧.

예를 들자면 뭔가 조바심을 내는 듯한. 그런가 싶으면 갑자기 솔직해지거나, 응석을 부리는 듯한 언동을 하기도 했다. 그러고 보니 단독 행동도 늘어서 이전보다도 나 몰래 일을 진행하려는 듯한 경향이 있었다. 시에스타는 나에게 뭔가를 숨기고 있는 건가?

"딱히. 아무것도 아니야."

부엌에 선 시에스타는 이쪽을 보지도 않고 담담하게 말했다. 역시 시에스타는 아무것도 대답해 주지 않는다…… 하지만 그게 우리가 지금까지 쌓아온 관계였다. 몰래 죽는 것만큼은 하지 않는다── 그때 그렇게 약속해 준 것만으로도 충분한 진보일 것이다.

"그럼 좋아."

알리시아가 조용히 일어섰다. 굳센 눈으로 시에스타 쪽을 바라보고 있었다.

"나는 내 방식대로 움직일 테니까."

그건 어떤 의미로는 시에스타와의 결별이었고 진정한 의미로 새로운 탐정이 탄생했다고도 할 수 있었다.

"이 사건은 반드시 내가 해결해 보이겠어. 그러면 나는――."

거기까지 말한 알리시아가 입술을 꽈악 깨물었다.

"알리시아?"

내가 부르자 "아무것도 아니야." 하고 고개를 내저었다. 어째서 이 탐정들은 하나같이 조수의 물음에 대답해 주지 않는 거냐…….

"하여간 그렇게 되었으니까 내일부터 부탁할게, 키미즈카."

그리고 돌연히 무언가를 부탁받게 된 나는 고용주에게 매일같이 엄격한 훈련을 받은 결과.

"알았어알았어."

아무튼 그런 무난한 대답을 조건반사적으로 해버렸다.

"만세! 대답했으니까 앞으로도 키미즈카는 내 조수야!"

"…………어?"

마지막에 입을 연 건 시에스타였다. 반사적으로 나와 알리시아 쪽을 돌아본 듯했다.

아니, 나도 마음속으로는 "어?" 하고 생각했지만 실제로 목소리를 낸 사람은 시에스타였다.

"아니, 조수는 내…… 내…………."

그러나 그 이상 말하지 못하고 입만을 작게 뻐끔거리며 움직이고 있었다.

그리고 그런 타이밍에서.

"사이렌?"

긴박한 상황을 알리는 경보음이 창밖을 질주했다.

그건 다섯 번째 피해자가 헬에게 심장을 빼앗긴 소리였다.

◆사람들은 그자를 잭 더 데빌이라고 부른다

이때까지는 주목을 모음으로써 도리어 범행이 폭발적으로 늘어날 것을 우려하여 보도규제가 걸려 있던 이 엽기 연속 살인 사건도 다섯 번째 피해자가 나옴에 따라 현대에 되살아난 살인마 잭——《잭 더 데빌》로서 마침내 대중에게 알려지게 되었다.

보도규제가 풀린 이유는 네 번째 피해자까지는 심야 시간대에 살해되었던 것이 이번에는 비교적 이른 시간에 사건이 벌어져서 목격자가 다수 있었기 때문이다. 거기에 무엇보다도 그 다섯 번째 피해자가 이 구획에서 유명한 젊은 여성의원이었던 것도 이유로 들 수 있었다.

카리스마 있는 아름다운 여성 정치가가 처참하게 살해되었기에 모든 매스컴이 이 자극적인 사건을 다루었다.

"……그 결과가 이건가."

우리는 지금 그 다섯 번째 희생자가 살고 있었다는 집에 와 있었는데 커다란 단독주택 앞에는 이미 카메라를 든 기자들이 쇄도해 있었다. 확실히 나도 뭔가 힌트를 얻을 수 있지 않을까 해서 이곳으로 걸음을 옮긴 건 사실이지만…… 이건 명백하게 한도를 넘어서 있었다.

"이런 상황에서……."

피해자 유족의 심정을 헤아리려고도 하지 않는 매스컴을 보고 옆에 선 알리시아도 작은 주먹을 굳게 쥐었다.

기자들이 부수려는 기세로 벨을 누르고 문을 두들기자…… 이윽고 참지 못했는지 문이 열렸다. 안에서 나온 건 60세 정도의 초췌한 여성이었다. 기자들이 앞다투어 그녀를 에워쌌다.

"키미즈카, 저 사람……."

"응, 아마 모친이겠지."

피해자의 어머니로 보이는 여성은 현관 앞에서 카메라에 에워싸여 몸을 움츠리고 있었다.

"……죄송합니다. 제가 할 말은 아무것도……."

그럼에도 매스컴은 질문 공세를 멈추지 않아서 마치 그녀를 가해자 취급하는 것처럼도 보였다.

"키미즈카……."

알리시아가 내 소매를 살짝 잡아당겼다.

"그래, 알고 있어."

어떻게 저 인간들을 쫓아낼 방법이 없나 생각하고 있을 때였다.

——타앙, 하고. 건조한 총성이 멀리서 들려왔다.

그 뒤의 변화는 빨랐다. 매스컴은 더욱 신선한 취잿거리를 찾아서 다시 앞다투어 총성이 난 쪽으로 달려나갔다. 몇 초 후에는 우리를 제외하고는 아무도 없게 되었다.

"타산적인 녀석들이구만."

마치 뿌려놓은 먹이에 달려드는 유해 동물 같았다. 그런 바보 같은 동물의 습성을 이렇게 대담하게 이용하다니 역시 우리 명탐정은 달라도 뭐가 달랐다.

"잘했어—— 시에스타."

"나에게 돌아오고 싶어졌어?"

어느 사이엔가 옆에 서 있던 시에스타가 나를 흘겨보며 물었다.

애초에 나는 파트너 관계를 끊었다고 생각한 적 없지만 말이지.

"……고마워."

미묘하게 어색해진 관계는 일단 제쳐놓고 알리시아도 시에스타에게 감사의 말을 전했다.

"딱히 누군가를 위해서 한 건 아니었으니까."

"솔직하지 못하긴."

아~ 그거. 대체로 언제나 내가 시에스타에게 듣는 말이었다. 설마 이런 구도로 듣게 될 줄이야.

"앗."

그때 무언가를 깨달은 것처럼 알리시아가 짧게 목소리를 냈다. 그리고 내가 돌아봤을 때는 이미 원래 있던 자리가 아니라 현관 앞에서 매스컴에게 에워싸여 있었던 여성을 끌어안고 있었다.

"두 사람도 빨리!"

알리시아가 우리를 불렀다.

갑자기 긴장이 풀려서 쓰러진 것인지…… 나와 시에스타도 여성을 부축하여 집 안으로 옮겼다.

"죄송합니다. 폐를 끼쳤네요."

집의 거실에서. 조금 쉬고 몸이 괜찮아졌는지 여성이 우리를 향해 고개를 숙였다.

"아, 지금 차라도……."

"아니, 괜찮습니다."

그리고 비틀거리며 소파에서 일어서려고 했다.

"괜찮으세요?"

옆에 있던 알리시아가 조용히 여성을 부축하며 다시 소파에 앉혔다. 나와 시에스타는 나란히 맞은편에 앉아 있었다.

"죄송합니다. 갑작스러운 일이다 보니 저도 아직 동요하고 있어서요……."

여성은 그렇게 말하며 근처 선반 위에 놓인 액자를 바라보았다. 액자에는 그녀와 그녀의 딸—— 즉 이번 사건의 희생자가 웃는 얼굴로 나란히 서 있었다.

"남편이 사고로 일찍 떠난 것도 있어서 옛날부터 그 애에게는 고생만 시켰습니다⋯⋯. 하지만 '언젠가 내가 돈을 많이 벌수 있게 되어서 엄마를 편하게 해줄 테니까.' 하고 말해줬지요⋯⋯ 그리고 정말로 훌륭하게 자라서 이런 집까지 세워줬습니다. 그 애는 저에게는 과분한 자랑스러운⋯⋯."

거기까지 말하다가 오열이 흘러나왔다. 알리시아가 옆에서 조용히 여성의 등을 쓰다듬었다.

"사건이 있었던 날에."

그렇게 울고 있는 여성에게 시에스타가 물었다.

"따님에게 무언가 평소와 다른 점은 없었나요?"

담담하게 안색 하나 바꾸지 않고. 그게 자신이 해야 할 일이라는 것처럼 시에스타가 할 일을 했다.

"⋯⋯시에스타, 너."

그런가, 착각하고 있었다. 그때 매스컴을 쫓아낸 건 이 여성을 구하기 위해서가 아니라── 자신이 누구에게도 방해받지 않고 이야기를 듣기 위해서였나.

알고 있었을 티였나. 그게 시에스타의 방식이라는 것을. 일시적인 감정에 좌우되지 않는 이지적인 명탐정의 자세라는 것을.

"그날은⋯⋯ 아니요. 특별히 이상한 점도 없이 집을 나서서⋯⋯."

모친은 손수건으로 눈가를 누르며 괴로운 듯이 대답했다.

"그럼 따님의 시신을 보고 무언가──."

"시에스타."

그 이상은 두고 볼 수 없었다. 시에스타가 나를 한 번 보고 나서 입을 다물었다.

"그 애에게는 아무것도 해 주지 못했습니다."

모친이 나직하게 중얼거렸다.

"받기만 하고 아무것도 돌려주지 못했습니다. 그게 이렇게 괴로울 것이라고는."

생각도 못 했다며, 그렇게 하염없이 눈물을 흘렸다.

그 모습에 시에스타는 물론이고…… 시에스타를 제지한 나도 어떤 말도 해줄 수가 없었다.

"그렇지 않아요."

울먹임이 가득한 목소리였기에 나는 그것이 모친의 목소리라고 생각했다.

그러나 잘 보니 그 목소리의 주인은 그녀의 옆에 앉은 인물이었다.

"받기만 하거나 주기만 하는 그런 일방적인 관계가 있을 리 없어요."

알리시아가 일어서서 눈물을 뚝뚝 흘리며 모친에게 호소했다.

"아주머니가 따님에게 무언가를 받기만 했다면── 그건 분명 아주머니도 지금까지 따님에게 많은 것을 주었기 때문에요! 그렇잖아요!"

사람의 마음이란 반드시 쌍방향으로 작용하는 것이라고. 그

래야 하는 것이라고. 아무런 근거도 없이, 어쩌면 설득력조차
도 없는 말을—— 그럼에도 알리시아는 자신의 몸 안에서 끓어
오르는 정열로 입에 담았다.

시에스타와는 정반대인, 분명 나도 따라 할 수 없는 방식으로
알리시아는 도와야 할 상대에게 손을 내밀어 보였다.

"……고맙구나."

여성이 일어나서 알리시아를 부드럽게 끌어안았다.

"뭔가 딸이 하는 말처럼 들렸어."

◆ 분명 앞으로도 언제까지나

"아까."

집으로 돌아가는 길. 한동안 말 없는 시간이 이어진 뒤에 시에
스타가 무거운 입을 열었다.

"어째서 제지한 거야?"

그건 내가 시에스타의 질문을 차단한 것에 대한 물음이겠지.
조수인 내가 어째서 일을 방해하는 듯한 행동을 했는지 그 의도
를 묻고 있었다.

"애초에 일련의 사건들은 무차별 범행이었잖아. 그렇다면 피
해자가 평소와 뭔가 다른 점이 있었는지를 묻는 건 무의미한 질
문일 텐데."

"그건 이때까지 네 번의 범행이 그랬다는 것뿐이지 다섯 번째

도 그럴 거라고는 볼 수 없어. 예외를 배제하는 의미로도 나는 그 질문을 할 필요가 있었단 말이야."

"그럼 시신 이야기는? 시신을 보고 뭔가 깨달은 점은 없냐는 질문은……."

"마찬가지야. 심장이 빼내진 것 외에도 육친이기에 깨달을 수 있는 특징이 있었을지도 모르니까. 너는 그걸 확인할 기회를 헛되게 만들었어."

시에스타의 짜증이 담긴 시선이 나를 꿰뚫었다.

어디까지나 시에스타는 논리적으로, 객관적으로 올바른 말을 하고 있었다. 하지만 그건 올바르기만 할 뿐이었다. 올바름만으로는 구하지 못하는 것도 있다.

……아니, 내가 확고하게 그런 생각을 지닌 것은 아니었다. 실제로 시에스타의 정의에 나도 몇 번이나 구해졌으니까.

그렇지만 그것만이 전부가 아니라는 것을. 올바름보다도 우선시해야 할 것이 있다는 것을 ─그린 사고방식을 가진 인간이 있다는 것을 나는 알고 말았다.

그래서 나는 망설이고 있었다. 망설이게 되었다.

"나는 헬을 쓰러트리기 위해서라면 수단을 가리지 않아. 어떤 방식으로든 반드시 그 녀석을 몰아붙일 거야. 그렇게 생각하고 있어."

하지만, 하고.

"너는 다른가 보구나."

분위기가 바뀌며 시에스타가 쓸쓸한 목소리로 나에게 말했다.

"시에스타, 나는……."

"너는 믿고 있었는데 말이지."

내리깐 눈꺼풀과 기다란 눈썹. 그 아래에 담긴 푸른색 눈이 살짝 떨리고 있었다.

어딘가 포기를 한 듯한 슬퍼 보이는 표정이었다.

그런 게 아니라고 말하고 싶었지만 말이 나오지 않았다.

"오늘은 돌아갈게."

그런 말을 남기고 시에스타가 앞으로 걸어나갔다.

"시에스타……."

"그럼 안녕."

손을 뻗어 보지만 허공을 가를 뿐이었고 시에스타는 홀로 맨션으로 돌아갔다.

"……………………아니, 나도 같은 곳으로 돌아가는데."

거북한 밤을 보내게 될 것 같다고 생각하며 나는 홀로 해 질 녘 하늘 아래서 탄식했다.

"그리고 숨어 있지 말고 이리 나와. 알리시아."

빌딩 틈으로 슬쩍 고개를 내미는, 아직 미행은 서툰 명탐정에게 나는 말을 걸었다.

"어…… 눈치챘네?"

이상하네…… 하고 진심으로 고개를 갸웃거리는 알리시아와 나란히 걸었다.

"그, 뭐냐. 흔히 있는 일이니까."

아마 조금 전의 나와 시에스타의 충돌을 보고 있었을 알리시아에게 일단 신경 쓰지 말라고 말해 두기로 했다.

"그야 3년이나 함께 여행을 해 왔으니 싸움 정도는 당연한 일이고 오히려 하지 않는 게 이상하다고 할까. 애초에 나와 그 녀석은 성격도 생활 스타일도 딴판이니 반대로 용케 3년이나 관계가 계속된다는 수준이잖아. 맨날 낮잠만 자면서 나에게는 늦게 일어난다고 잔소리만 해대고. 그러니까 그 정도의 말다툼은 일상다반사라서…… 뭐, 확실히 이번처럼 리얼한 대립은 처음에 가까울지도 모르지만, 그래도 뭐냐. 그 왜, 비 온 뒤에 땅이 굳는다고도 하니 이번 일을 계기로 서로에 대한 이해도 여러 가지로 깊어질지도 모른다고 할까. 아니, 나는 딱히 그 녀석을 여러 가지로 좀 더 이해하고 싶다거나 그런 생각을 하는 건 아니지만, 그게 그러니까 말이지……."

"우와, 무진장 신경 쓰고 있어……."

알리시아가 깬다는 표정으로 나를 바라보고 있었다.

"얼굴에 불안이 여실히 드러나 있는데. 숨기고 있는 본심이 그냥 새어 나오는데."

"……이 이야기는 그만할까."

알리시아까지 저런 표정을 지으니 더 할 말도 없었다. 일단 아까 일은 기억에서 지우기로 했다.

"아, 그러고 보니."

대신 떠오른 것이 있어서 나는 바지 주머니를 뒤적거렸다.

"으아."

"이상한 상상 하지 말라고. 자, 받아."

나는 주머니에서 꺼낸 것을 알리시아에게 건넸다.

"어, 이거―― 저번에 그거야?"

알리시아가 내가 건네준 반지를 손바닥 위에 올리고 빤히 바라보았다.

그건 일전에 둘이서 《사파이어의 눈》을 찾으러 돌아다닐 때 길거리의 노점에서 발견한 파란색 돌이 박혀 있는 반지였다.

"뭐, 이거의 답례인 건 아니긴 한데."

나는 왼쪽 눈에 찬 안대를 가리켰다.

어차피 장난감 같은 것이었기에 그렇게 대단한 반응을 기대한 건 아니었는데.

"――기뻐."

알리시아가 눈을 감으며 가슴 앞에서 반지를 꽉 쥐었다.

"……알리시아?"

작은 몸이 살짝 떨리는 것처럼도 보였다.

"누군가에게 선물을 받은 건 처음이어서."

"너 설마 기억이?"

그러나 알리시아는 고개를 가로저었다.

"그건 아니지만 그런 느낌이 들어. 분명 나는…… 기억을 잃기 전의 나는 나쁜 아이였을 거야."

그렇게 말한 알리시아는 쓴웃음을 지었다.

환경이 아니라 자기 자신이 나쁘다고. 지금까지 살아오며 선물을 한 번도 받아보지 못한 이유를 알리시아는 자기 자신에게서 찾았다.

그런 자조를 듣고 무심코 알리시아의 머리로 손을 뻗을 뻔하다가…… 직전에서 그만뒀다.

나에게는 그럴 자격이 없었다. 그래서 최소한 평소처럼 농담으로 얼버무렸다.

"마치 지금은 자신이 나쁜 아이가 아니라는 듯한 말투네."

"뭐어!? 무진장 착한 아이잖아! 기운 넘치고 귀엽고 솔직하고 누구에게도 사랑받잖아!"

"뿜을 뻔."

"뿜지 마!"

투닥투닥 때리는 알리시아의 두 손을 막지도 않고 가슴으로 받았다.

자칭 열일곱 살. 외모는 열세 살. 정신연령은 일곱 살.

그런 이상한 명탐정을 나는 어떠한 심정으로 바라보고 있었다.

"……키미즈카."

불현듯 대미지 없는 공격이 끝나더니 작고 가는 목소리가 가슴 앞에서 흘러나왔다.

"반지 끼워줘."

그 목소리의 주인은 나를 올려다보며 애교부리는 듯한 목소리로 말했다.

"내가?"

"키미즈카가."

"너에게?"

"나에게."

……그 패턴은 상상 못 했는데. 어째야 하나 싶어서 내가 머리를 긁적이는 사이에 알리시아는 비어있는 내 손에 반지를 넘기고 정면에 서서 손등을 내밀었다.

"왜 왼손이냐."

"틀린 손가락에 끼면 화낼 거야."

장난하는 거지? 왜 프러포즈 같은 분위기가 된 거냐.

"……어디까지나 시늉이니까. 시늉."

나는 어쩔 수 없이 무릎을 꿇고 알리시아의 가는 왼손을 잡았다.

"서약의 말을."

"왜 네가 주례까지 하는 거냐."

"후훗."

평범하게 귀여운 웃음을 짓지 말라고, 참 나.

나는 두세 번 헛기침하고 서약의 말이라는 것을 입에 담았다.

"그러니까 뭐냐. 대충 앞으로도 언제까지나? 잘 부탁한다는 걸로."

나는 대체 뭘 하는 건지. 생각하면 지는 것이겠지.

"뭔가 어설픈데."

"시끄럽거든, 바라는 게 많네."

그렇게 내가 마침 알리시아의 약지에 반지를 끼워 줬을 때였다.

"아까는 말이 지나쳤어."

무척, 무척 귀에 익은 목소리가 들려온 듯한 기분이 들었다. 목소리가 들린 쪽을 돌아보니 역시 무척 낯익은 소녀가 있었고 —— 그 소녀가 시선을 땅바닥에 떨군 채 빠른 말투로 뭔가를 말하기 시작했다.

"뭐, 물론 지금도 나는 내 생각이 잘못되었다고는 보지 않고 그렇게 간단히 굽힐 것이 아니라고도 생각해. 하지만 나에게는 나의 정의가 있듯이 너에게도 너만의 의견이 있는 건 당연한 일이니…… 파트너로서 함께 일을 할 거라면 서로의 이념을 조정하는 것도 때로는 필요하고…… 그러니까 요컨대 내가 일방적으로 내 생각을 강요하려고 한 건 좋지 못했다고 할까. 실망했다는 듯한 말투로 말해 버린 건 조금 실언이었다고나 할까. 아니, 그렇다고는 해도 너에게도 반성해야 할 부분은 역시 있으니…… 아, 그게 또 문제시하려는 건 아닌데……."

그렇게 누군가와 비슷한 추태를 드러낸 소녀는 이윽고 결심한 것처럼 앞을 보았다. 그 시야에 비친 것이 무엇인지는 이제 와서 말할 필요도 없을 것이다.

이윽고 영원하게 이어질 것처럼 느껴지던 침묵을 넘어선 소녀가 생긋 웃으며 이렇게 말했다.

"행복하기를."

사람을 죽일 수 있는 웃음이란 것도 있다고 생각했다.

"키미즈카, 지금까지 고마웠어."

"나는 오늘 죽는 건가."

◆ 나는 너를 잘 모르겠어

"여보세요? 시에스타. 듣고 있냐."

"…………."

이슥해지기 전의 어두운 방.

침대에 올라간 시에스타를 향해서 나는 소파에 누운 채 물었
다. 아까부터 시트를 스치는 소리가 끊이지 않으니 자고 있지는
않을 터였다.

"내 말 안 들려? 아니면 뭐냐, 나도 모르는 사이에 나는 죽었
다는 결말인가?"

"…………."

……계속 이런 상태였다.

덧붙여서 지금은 그 충돌로부터 사흘이 지나 있었다. ……하
지만 시에스타는 여전히 기분이 풀리지 않은 모양이었다. 지난
사흘 동안 완전히 따로 행동하였고 전혀 대화도 나누지 않았다.
시에스타는 혼자서, 나는 알리시아와 함께 헬——《잭 더 데
빌》을 뒤쫓고 있었다. 아무래도 아직 내가 알리시아의 조수로
일하는 것도 마음에 들지 않는 듯했다.

"애도 아니고."

나도 그만 짜증이 나서 불평을 흘리고 말았다.

"어린애를 좋아하는 너에게 그런 매도를 듣는 건 유감인걸."

……거참, 겨우 입을 여는군. 아무래도 나는 유령은 아닌 모양이었다.

"사흘 동안 부당하게 무시 받은 조수 쪽이 훨씬 불쌍하다고 생각하는데."

"아니, 있는지 몰랐거든. 너는 틀림없이 열세 살짜리 여자애와 결혼할 수 있는 나라로 이사 갔을 거라고 생각했으니까."

"그 한 마디를 위해 사흘이나 침묵으로 일관하지 말라고. 진심으로 화난 건가 싶었잖아."

"아니, 진심으로 화났었는데."

진심으로 화내지 말라고. 그리고 느닷없이 성격도 바뀌지 말고.

"후후, 다시 잘 생각해보니 웃음이 나오기 시작했어. 왜 그런 길 한복판에서 프러포즈를 한 거야?"

남의 프러포즈를 보고 웃지 말라고. 아니, 프러포즈는 아니지만.

어디까지나 장난이었다고 몇 번이나 말했잖아.

나는 알리시아와 나눴던 대화와 그렇게 된 경위를 다시금 설명했다.

"그 녀석은 누구에게도 선물 받은 적이 없었대."

그래서 묘하게 들떠 있었지. 그러니까 그건 단순한 장난으로……. ……아니, 그 녀석에게는 어땠을까. 지난 사흘간 틈만 나면 왼손을 들어 기쁜 듯이 바라보던 알리시아의 얼굴이 어른거렸다.

"시에스타. 아직 알리시아에 대해서는 아무것도 알아내지 못했지?"

확실히 지금 우리는 헬에 대한 것만으로도 벅찼다. 그래도 시에스타라면 혹시 무언가 알아낸 것이 있지 않을까 해서 물어보았다.

"글쎄, 나는 전혀 모르겠어."

명탐정치고는 드문 일이었다. 역시 아직 본격적으로 조사해보지 않았기 때문일까.

"하지만."

그때 시에스타가 일어나는 기척이 느껴졌다.

"네가 알고 있으니 됐잖아."

"무슨 말이야?"

소파에 누운 채 물었다.

어둠 속에 있어서 시선이 마주칠 것 같아서 나는 눈을 감은 채 물었다.

"글쎄, 나는 전혀 모르겠어."

시에스타가 조금 전과 같은 말을 한 번 더 말했다.

그때 테이블 위에 올려뒀던 내 휴대전화가 진동했다. 벌떡 일어나서 화면을 확인한다.

"미안, 시에스타. 잠시 나갔다 올게."

"이런 늦은 시간에 어디 가는데?"

문을 박차며 나는 말했다.

"약혼자가 위험해."

◆놀려도 상관없으니까

"알리시아!"

도착한 현장에서 눈에 들어온 건 우려하던 최악의 사태였다.

어두운 뒷골목. 깜빡이는 전등 아래에는 두 사람이 쓰러져 있었다. 나는 우선 그중 하나인 바로 앞에 쓰러져 있던 알리시아에게 달려갔다.

"⋯⋯! 괜찮아!?"

엎드려 있던 알리시아를 끌어안고 들여다보니 오른쪽 어깨에 큰 출혈이 있었다. 그러나 그 밖에 다른 상처는 보이지 않았고──.

"⋯⋯키미, 스카."

의식도 있었다. 이거라면 구할 수 있다. 나는 곧바로 휴대전화를 들어 구급차를 불렀다.

"그, 사람은⋯⋯."

그러자 알리시아가 떨리는 손으로 어딘가를 가리키려고 했다.

맞다, 쓰러져 있던 또 다른 사람은──.

"왼쪽 가슴이 찢어졌어."

그쪽을 보니 이미 시에스타가 쓰러진 사람을 보호하고 있었다. 내 뒤를 쫓아온 것이겠지.

"의식을 잃은 모양이지만 목숨에 지장은 없어 보여. 이 사람 경찰관이야."

근처에 권총과 날붙이가 떨어져 있는 것이 보였다. 그렇군, 경찰관이라면 방검 조끼를 입고 있을 것이다. 그래서 치명상은 피한 건가.

"있지, 조수."

"알리시아도 무사해. 헬의…… 《잭 더 데빌》의 소행이겠지만 일단 목숨은 건져서 다행이야."

"조수."

"구급차가 온 모양이네. 나는 알리시아와 타고 갈 테니까…… 너는 돌아가서 쉬어."

다가오는 사이렌 소리에 안도하며 나는 알리시아의 작은 몸을 끌어안았다.

"조수. 너는 그걸로 괜찮아?"

시에스타의 슬프게 느껴지는 목소리에 한순간 걸음이 멈췄다.

그렇지만 나는.

"돌아가면 셋이서 애플파이라도 먹을까."

그런 어린애 같은 바람을 입에 담는 것밖에 하지 못했다.

"……키미즈카?"

그로부터 병원 침대 위에서 정신을 차린 알리시아는 눈을 비비며 내가 있다는 것을 깨달았다.

"일어났어? 어디 아픈 데는 없고?"

그렇게 물어보자 알리시아는 조용히 고개를 가로저었다.

"키미즈카, 나⋯⋯."

"괜찮아."

일어나려고 하는 알리시아를 다시 침대 위에 눕혔다.

"설마 네가 《잭 더 데빌》과 만날 줄은 몰랐어. 그래도 의사 말로는 한동안 안정을 취하면 낫는가 봐. 불행 중의 다행이지."

나는 냉장고에서 차갑게 해둔 사과를 꺼내어 과도로 깎았다.

"그리고 아마 곧 경찰도 올 거야. 뭐, 사건의 피해자니까 여러 가지로 물어보겠지만⋯⋯ 나도 동석할 테니까 안심해. 너에게 피해가 가지는 않게 할 거야."

"키미즈카."

"아, 그리고 너와 함께 쓰러져 있던 경찰관도 목숨은 건진 모양이야. 일단 희생자는 저번 다섯 번째 이후로 늘지 않았어. 그러니까 너도 한동안은 안심하고⋯⋯."

"키미즈카!"

알리시아가 내 오른팔을 잡았다. 한순간 긴장이 흘렀지만──.

"사과가 심만 남았어."

"⋯⋯사과 깎는 거 어렵네."

나는 얼마 남지 않은 과육을 접시 위에 올렸다.

"아앙."

"너도냐."

어디선가 본 적이 있는 광경이라고 생각하며 이쑤시개로 사과를 알리시아의 입으로 옮겼다.

"웅, 달다."

"솔직해서 좋네."

"솔직해서 귀엽다고?"

"기다려, 귀이개 빌려올게."

"환자에게 너무 신랄하지 않아?"

"그런 농담을 할 수 있을 정도라면 괜찮지."

거기까지 말하고 나란히 작게 웃음을 터트렸다.

평소와 같은 대화, 평소와 같은 웃는 얼굴이었다.

"그보다 키미즈카, 어떻게 곧바로 그 장소에 올 수 있었던 거야?"

알리시아가 천천히 일어나서 나는 침대 옆에 있는 작은 원형 의자에 걸터앉았다.

"너에게 발신기를 달아놨으니까 말이지."

"아, 그랬구나."

"사과 더 먹을래?"

"웅. 아, 하지만 스스로 먹을 수 있어."

알리시아가 남은 사과를 집어서 입안으로——.

"——푸웁! 또 아무렇지도 않게 엄청난 소리 하지 않았어!?"

"한 번 입안에 넣은 것을 뱉지 말라고."

얼굴에 튄 사과 조각을 티슈로 닦아냈다. 냄새났다.

"무슨 발신기!? 소름! 스토커!"

알리시아가 눈물이 고인 채 자신의 어깨를 끌어안았다.

"오해야, 오해. 네가 금세 어딘가로 가 버리니까 예방 차원에서 달아둔 거라고."

"그보다 언제부터!? 어디에 달아놓은 거야!?"

"너 의외로 화려한 속옷 입더라."

"최악이야! 생각하던 곳 중에서도 최악의 위치였어!"

알리시아가 얼굴을 가리며 털썩 뒤로 누웠다.

"하지만 그 덕분에 오늘은 너를 구할 수 있었다고."

"……그런 건 면죄부가 되지 못해."

"미안."

토라져서 튀어나온 알리시아의 입안으로 나는 작아진 사과를 집어넣었다.

"그래서 뭐 하고 있었던 거야?"

이런 시간까지, 하고. 별생각 없이 병실의 창문을 바라보며 물었다.

"……이제 그런 슬픈 일을 겪는 사람은 없었으면 했어."

그건 다섯 번째 희생자의 모친에 대한 말이겠지. 알리시아는 그때 시에스타와 나는 따라 하지 못할 방식으로 그녀를 구해 보였다.

"그리고 그게 내가 할 일이니까."

"……어째서 알리시아는 그렇게까지 필사적일 수 있는 거야?"

어째서 탐정이 되는 것에 그렇게까지 구애되는 것인지. 알리시아에게 그런 의무가 있을 리도 없었고 나도 시에스타도 강요하지는 않았다.

거기에 원래라면 우선은 무엇보다도 자기 자신의 기억을 되찾는 것을 가장 중요하게 생각해야 할 텐데. 그럼에도 알리시아는 이번 《잭 더 데빌》도 그렇지만 처음에 시에스타가 주었던 탐정의 역할을 완수하는 것을 최우선으로 움직이고 있었다. 시켰던 시에스타가 제지했음에도 불구하고. 대체 무엇이 알리시아를 그렇게까지 부추기는 걸까.

　"나는."

　알리시아가 나직하게 입을 열었다.

　"나는 줄곧 어딘가 어두운 방 안에 있었어. 어둡고 어두운…… 빛도, 소리도, 아무것도 없는 세계였어."

　그건…… 하지만 기억 돌아온 것은 아니겠지. 어디까지나 이미지이자 주관으로, 그렇기에 알리시아 본인에게는 가장 중요한 요인이었다.

　"나는 아무것도 모르고, 분명 특별한 누군가도 아니어서. 그저 매일, 오늘이라는 하루가 끝나기를 손꼽으며 셀 수밖에 없는 무료와 고통 속에 있었어."

　하지만, 하고 알리시아는 이어서 말했다.

　"어느 날 갑자기 시야가 열렸어. 빛과 함께 소리가 들려왔고…… 사과의 달콤함을 알 게 되었어."

　알리시아가 접시 위에 놓여 있는 투박한 모양으로 깎인 과육을 보고 옅게 웃었다.

　"그래서 다시 살아볼 수 있지 않을까 생각했어. 그 깊고 깊은 바닥이 보이지 않는 암흑 속에서 한 가닥 드리워진 실을 필사적으로 끌어당기고 끌어당겨서── 그 너머에서 새로운 나로 다시 태어날 수 있다면. 다시 태어난 내가 완수해야 하는 사명이 만약 《탐정》이라면 나는 그것만을 위해서 살아가자고."

그렇게 생각했어, 하고 알리시아는 의젓한 얼굴로 나에게 이야기했다.

일곱 살로도, 열세 살로도 보이지 않았다.

시에스타에게도 지지 않는 고결하고 아름다운 여성이라고 생각했다.

"……뭔가 좀 지친 것 같아."

그러나 그것도 잠시뿐이었고 알리시아는 다시 평소와 같은 앳된 얼굴로 쓴웃음을 지었다.

"말을 너무 많이 했나 보네."

"응…… 뭔가 졸려."

"그야 이런 시간이니까."

알리시아가 눈을 비비며 이불 속으로 돌아갔다.

"나도 아침까지 있을 테니까 안심하고 자."

"그럼."

내가 그렇게 말하자 알리시아가 이불에서 왼손을 꺼냈다.

"손잡고 있어 줘."

어떤 얼굴로 말하는가 싶어서 바라보았지만 유감스럽게도 이불로 단단히 가드하고 있었다.

"애냐고 놀릴 수도 있는데?"

"……놀려도 되니까 잡아줘."

토라진 듯하면서도 어딘가 애교부리는 듯한 목소리였다.

"명탐정님의 명령이시라면."

조명을 끈 뒤에 알리시아의 작은 왼손을 잡고── 나도 잠시 잠들었다.

그리고 나는 불과 한 시간 뒤에 자신의 이 어리석은 행동을 후회하게 되었다.

창을 통해 들어오는 바람에 눈을 떠보니 병실에는 이미 알리시아의 모습이 없었다.

◆ 그러므로 그 머리를 쓰다듬을 자격은 없었다

밤의 거리를 달렸다.

다행스럽게도 그 애가 지금 어디 있는지는 알 수 있었다.

위치 정보를 휴대전화로 확인하면서 그 장소로 향했다.

"이 부근인가."

이윽고 목적지에 도착한 나는 주위를 둘러보았다. 사람 그림자는 없었다.

그렇게 우뚝 솟아있는 첨탑이 특징적인 어떤 교회 안으로 나는 발을 내디뎠다.

"아무것도 안 보이잖아……."

이런 시간이었다. 내부는 어두웠고 조명도 켜져 있지 않았다. 스마트폰의 빛에만 의지하며 안쪽으로 나아갔다.

그때 흐릿한 빛이 느껴지는 장소로 나왔다. 광원의 정체는 달
—— 성당의 벽에 설치된 스테인드글라스를 통해 달빛이 주위
를 어렴풋하게 비추고 있었다.

빨리 알리시아를 찾아야 한다는 생각에 안쪽으로 한 발짝 더
내디뎠을 때였다.

무언가 기척을 느꼈다.

아직 가깝지는 않다—— 그렇게 생각한 것도 잠시뿐으로 한
순간에 거리가 좁혀졌다. 이 어둠 속에서는 싸울 수 없다. 상대
가 일찍 이곳에 숨어 있었다면 저쪽은 이미 눈이 어둠에 익숙해
져 있다. 적이 유리했다.

"그렇게 생각했어?"

나는 차고 있던 안대를 오른쪽으로 치웠다. 왼쪽 눈은 이미 어
둠에 익숙해져 있었다. 그렇게 나는 눈앞에 있는 인물에게 총구
를 들이댔다.

"——항복이야."

그러자 적은 예기치 못한 내 반격에 순순히 두 손을 들었다.

"설마 너에게 백기를 드는 날이 올 줄은 몰랐어. 나도 실력이
조금 떨어진 걸까."

"거기서는 솔직하게 조수의 성장을 기뻐하는 게 어때—— 시
에스타."

농담을 주고받으며 나란히 어깨를 움츠렸다.

나는 총을 내리며 안대를 원래 위치로 되돌렸다. 오른쪽 눈도
슬슬 어둠에 익숙해진 참이었다.

"이런 곳에서 뭐 하고 있었던 거야?"

"그건 내가 할 말인데. 너야말로 왜 여기 있는 거야."

먼저 집으로 돌아가라고 했을 텐데.

"나는 사람을 물리려고. 헬이 이곳에 올 가능성을 내다보고 아이들을 피난시키고 있었어."

……시에스타의 말대로 이 교회에는 직원뿐만이 아니라 많은 고아가 있었다. 이곳은 알리시아를 거둬 준 그 교회였다.

"왜 여기로 헬이 온다고 생각한 거야?"

"응? 이상한 질문을 하네."

시에스타는 여느 때와 같은 표정으로 고개를 갸웃거렸다.

"나야말로 그걸 너에게 물어보려고 생각해서 이곳으로 온 건데."

"지적하고 싶은 점이 여러 가지 있지만 우선 어떻게 내가 있는 곳을 알아낸 거야. 설마 발신기라도 달아둔 건 아니겠지."

"너도 아니고 그럴 리가 없잖아."

오랜 감이라는 거지, 하고 시에스타가 태연하게 말했다. 그쪽이 훨씬 무서운 느낌도 든다만.

"그럼 다음으로……."

"너 있잖아."

내가 다시 다른 점을 지적하려고 했을 때였다.

"언제까지 그렇게 미룰 생각이야?"

시에스타가 푸른 눈으로 나를 바라보고 있었다.

화를 내는 것은 아니었다.

오히려 슬퍼하는 듯한, 체념한 듯한.

말하자면 며칠 전에 충돌했던 날의 표정을 시에스타는 짓고 있었다.

"너도 이미 깨달았잖아."

뭘 말인데. 나는 쓴웃음을 지으며 고개를 갸웃거렸다.

참 나, 여전히 돌려 말하기를 좋아하는 녀석이었다.

그게 아니라면 나를 떠봐서 정보를 끄집어내려는 속셈이야?

"《잭 더 데빌》은 잃어버린 심장을 찾고 있어. 반대로 말하자면 심장밖에 노리지 않고 있지."

맞아, 그랬지. 그래서 다섯 번째까지의 희생자는 모두 심장이 뽑혀 있었고 오늘도 경찰관 한 명이 하마터면 희생될 뻔했다.

"그래, 그 경관은 왼쪽 가슴에 상처를 입었어. 보호구가 아니었다면 목숨을 잃었을지도 몰라. 그는 틀림없이 헬에게 습격을 당했어."

그렇지만, 하고 시에스타는 이어서 말했다.

"그럼 그 애는?"

달빛이 시에스타를 비추었다. 역시 푸른 눈이 나를 보고 있었다.

"알리시아는 어째서 오른쪽 어깨를 다친 거야? 어째서 그 경찰관의 총에 맞은 거야?"

그래, 그러고 보니 의사가 알리시아의 그 출혈은 총탄에 스치고 지나갔기 때문이라고 이야기했던 것 같다.

하지만 그게 어쨌다고? 그게 뭔가 문제라도 되나?

모르겠다. 잘 모르겠다.

맞다, 그런 것보다도 알리시아를 찾으러 가야 한다. 분명 근처에 있을 테니까.

"그 사격은 정당방위이지 않았을까?"

"시에스타, 비켜줘. 나는……."

나는 시에스타의 어깨를 밀치며 성당의 붉은 양탄자 위를 나아갔다.

"그리고 권총과 함께 그 현장에 떨어져 있던 날붙이를 어딘가에서 본 적이 있지 않았어?"

나는 모른다. 그런 건 모르는 일이었다. 현장에 있던 날붙이가 우리 집 부엌에서 어느 사이엔가 사라졌었던 식칼과 많이 닮았는지 어땠는지, 그런 건 일일이 확인하지 않았다.

"말해봐, 조수."

"그런 것보다도 빨리 알리시아를 찾아야 해!"

빨리 이곳에서 나가야 한다. 빨리 시에스타의 목소리가 닿지 않는 곳으로 가야 해……!

"너도 알고 있었을 거 아니야."

그 슬픈 목소리를 거스르지 못하고 뒤를 돌아보았다.

시에스타의 등 뒤. 예배소 안쪽에서 성모 마리아가 나를 내려다보고 있었다.

"그게 그렇잖아. 네가 그 반지에 발신기를 달아두었던 진짜 이유는———.”

"그만해!"

대성당 안에 내 절규가 비참하게 울려 퍼졌다.

그래, 알고 있다. 알고 있었다.

헬과 알리시아가 동일인물이라는 것 정도는 한참 전부터 깨닫고 있었다.

◆ 그렇게 다시 한번 여행에 나선다

헬, 즉 《잭 더 데빌》의 정체가 알리시아라는 것을 깨닫고 있었으면서도 내가 마지막의 마지막까지—— 단 1%라도 그 애를 믿으려고 했던 건 그 애가 지닌 사람의 행동을 조종하는 능력 때문인지, 아니면 내가 개인적으로 알리시아를 믿고 싶었던 것이기 때문인지는 알 수 없다.

그저 확실한 것은 알리시아가 우리의 적이었다는 사실뿐이었다.

"……하지만 시에스타."

그래도 나는 아직 그 뒤집을 수 없는 진실에 저항해 보려고 했다.

"헬과 알리시아가 동일인물이라고 한다면 그 가짜 후우비 씨는 어떻게 되는 거야. 처음에는 그쪽이 헬이라는 이야기였잖아."

그래, 그 자리에는 분명히 알리시아도 있었다. 그쪽 가짜가 헬이라고 한다면 역시 알리시아는 상관이 없다는 말이 되는데…….

"아니, 알리시아야말로 케르베로스의 능력을 써서 변신한 헬이야. 그리고 그 가짜는 또 다른 척이라고 생각해야겠지."

"……진짜로? 모습을 바꾸는 능력을 지닌 적이 또 있었다는 거야?"

"그렇게 생각하는 게 타당하겠지. 혹은 그쪽이 더 성가신 적일 가능성도 있어—— 예를 들면 그 녀석들의 보스라거나."

……! 말도 안 돼. 헬 이상의 적이 《SPES》에는 아직——.

"하지만 지금은 우선 헬이야. 빨리 그녀를 찾아야 하는데……."

"알리시아잖아!"

나는 몸을 돌리려고 하는 시에스타의 손을 잡았다.

"헬이 아니라 알리시아야. 그 녀석은, 그 녀석은……."

알고 있다. 나도 사실은 알고 있었다. 머리로는 이해하고 있었다.

하지만 마음이 따라가지 못했다. 아직 인정하고 싶지 않았다.

"우리와 싸우면서 헬은 심장을 다쳤어. 그 직후에 사람들의 심장을 빼앗는 《잭 더 데빌》이 나타났고, 그와 같은 시기에 신원미상의 소녀가 우리 앞에 나타났지."

조수 말해봐, 하고. 시에스타가 돌아보며 말했다.

"이게 전부 우연의 일치라고 너는 주장할 수 있어?"

나는 잡고 있던 시에스타의 손을 놓았다.

"……처음부터 알고 있었어?"

"아니. 내가 좀 더 일찍 깨달았다면 이렇게까지 희생자를 내지 않았을 거야. ……하지만 아슬아슬할 때까지 어떻게 해도 그 애를 의심할 수 없었어."

그건 역시 능력 때문이겠지. 시에스타는 결코 감정으로 행동을 바꾸지 않는다. 헬의…… 알리시아의 《눈》을 보고 말을 들은 시점에서 우리는 어떻게 해도 그 애를 의심할 수 없게 된 것이다.

마인드 컨트롤── 나도 시에스타도 처음부터 알리시아의 손바닥 위에 있었다.

"이상하잖아."

내 한심한 목소리가 성당 안에 조용히 반사했다.

"그럼 뭐야. 알리시아의 그 웃는 얼굴도, 우는 얼굴도, 상냥함도, 전부, 모든 게, 우리의 착각이었다는 거야?"

그 알리시아의 외침은?

다섯 번째 희생자의 모친을 구한 그 말── 그것도 전부 거짓말이었다는 거야?

"아니, 진짜였을 거야."

그건 마지막 남은 구원의 여지였다.

"그 여성은 확실히 알리시아의 말에 구원받았어. 마치 자신의 딸이 하는 말 같았다고 했었잖아."

그래. 확실히 그렇게 말하며 울었다. 알리시아를 품에 안으며 그렇게──.

"……!"

전신에 소름이 돋아서 오열을 억누를 수가 없었다.

"그때 알리시아에게는……."

알리시아의 왼쪽 가슴 안에는 딸의 심장이 있었다.

자신의 딸을 살해한 범인을 딸처럼 느끼고 껴안은 것이다.

그건 너무나도…… 안 되겠다.

빨리, 빨리 알리시아를 찾아야 한다—— 그 애를 막아야 한
다.

"미안. 명탐정 실격이지?"

찾으러 갈 것도 없이 알리시아는 스스로 나타났다. 성당 입구
에 선 알리시아가 슬픈 미소를 짓고 있었다.

……하지만 사실은 알리시아가 이곳에 오는 것도 알고 있었
다.

저번 싸움에서 심장을 잃은 헬은 새로운 심장을 찾고 있었다.
그렇게 다섯 개의 심장을 잇따라 사용하고 아까 여섯 번째 심장
을 손에 넣으려다가 실패했다. 그래서 헬은 한시라도 빨리 신선
한 심장을 손에 넣을 필요가 있었고—— 이 이슥한 시간에도 확
실하게 사람이 있는 것을 아는 이 교회에 나타났다. 같은 처지
에 있는 다른 고아의 심장을 노린 것이다.

"알리시아……."

점점 다가오는 알리시아를 보며 나는 한 발짝도 움직이지 못

했다.

하지만 알리시이에게서 적의는 느껴지지 않았다. 나란히 선 나와 시에스타의 맞은편에 알리시아가 섰다.

"내 안에는 또 한 사람의 내가 있나 봐."

알리시아가 자신의 왼쪽 가슴에 손바닥을 댔다.

"분명 둘 중에서도 나는 '뒤' 쪽이라서——그래서 기억도 없고 자신이 누구인지도 모른 채 줄곧 어둠 속에 있었다고 생각해."

해리성 정체성 장애——통칭 다중인격.

혼자서는 감당할 수 없는 고뇌와 고통을 맞이했을 때 기억과 감정을 자신에게서 분리하여 다른 인격이 되어 그걸 처리함으로써 심신의 부담을 회피하려고 하는 일종의 방어반응이다.

예를 들자면 어린 시절에 부모에게서 받은 학대 등이 트라우마가 되어 마음의 상처를 가볍게 하려고 다른 인격을 만들어내는 사례 등, 이러한 증상은 세계 각국에서도 상당수 보고되고 있었다.

이번 경우에는——먼저 존재하고 있던 헬이라는 주인격이 저번 전투에서 큰 대미지를 입은 결과, 헬의 의식이 약해져서 대신 알리시아라는 인격이 표면으로 나왔다고 추측할 수 있었다. 그래서 알리시아는 자신이 누구인지도 몰랐고 기억도 거의 가지고 있지 않았던 것이리라.

"그러니까 계속 말했었잖아. 진정한 나는 열일곱 살이니까."

그렇게 알리시아가 일부러 장난스럽게 말했다.

"……그랬지. 믿어 주지 못해서 미안해."

알리시아의 이 외양은 아마 헬이 계승한 케르베로스의 변신 능력으로 만들어진 거짓된 모습일 것이다. 실제 알리시아는 열일곱 살로 진정한 모습도 그 군복을 입은 붉은 눈의 소녀겠지.

"사실은 나도 깨닫고 있었을 거야."

불현듯 알리시아가 나직하게 말했다.

"하지만 줄곧 깨닫지 못한 척을 하고 있었어."

"……뭘?"

"무의식중에 또 한 사람의 내가 사건을 일으키고 있다는 것을."

알리시아는 그렇게 말하며 자신의 가슴을 움켜쥐었다.

"하지만 어째서일까. 키미즈카와 함께 조사를 이어가는 사이에 어쩌면 달리 범인이 있을지도 모른다고. 분명 그럴 게 분명하다고 바라고 말했어."

병실 침대에서 알리시아는 말했었다.

줄곧 어둠 속에 있었는데 어느 날 갑자기 빛이 보였다고. 그 너머에 새로운 자신이 있고 새로운 역할을 가지게 되어서…… 거기에 매달리려 했다고. 지옥의 밑바닥에서 뻗어 나온 무수한 손에게서 알리시아는 필사적으로 도망치고 있었다. 그렇다면——.

"알리시아, 너는 나쁘지 않아."

나는 알리시아의 두 어깨를 붙잡았다.

"설령 그 손이 사람을 죽였다고 하더라도 알리시아는 아무것도 하지 않았어!"

그게 그렇잖아?

알리시아는 나쁜 짓을 아무것도 하지 않았잖아.

그야 다소 제멋대로고 좀처럼 말도 듣지 않아서 함께 있는 동안 곤란했던 적도 많이 있었지만── 그래도 알리시아는 상냥한 사람이었다. 다른 사람과 기쁨과 즐거움을 나눌 줄 알았다. 다른 사람을 위해서 화를 내고 울어줄 줄 알았다.

이건 착각이 아니었다. 그렇게 인식하게 유도된 것도 아니었다. 지난 몇 주 동안 내가 이 애와 함께 있으면서 분명하게 쌓아 올린 마음이었다. 그걸 그런 재앙이 망가트리게 둘 수는 없었다. 나쁜 건 알리시아가 아니었다. 알리시아는 아무것도…… 아무것도…….

"미안해, 키미즈카. 역시 나는 계속 나쁜 아이였나 봐."

알리시아는 울고 있었다.

커다란 눈에서 구슬 같은 눈물을 뚝뚝 흘리며 알리시아는 입술을 깨물었다.

"일부러 악마를 찾으러 다닐 필요도 없었던 거야."

그리고 한 방울의 눈물이 알리시아의 왼손 약지에 떨어졌다.

"그럴 게 악마는 처음부터 내 안에 있었으니까."

그 순간, 알리시아의 반지가 소리를 내며 깨졌다.

푸른 보석이 부서지며 내가 설치해 둔 발신기가 조각조각 흩어졌다.

"조수!"

시에스타가 내 몸을 밀쳤다. 바닥에 내동댕이쳐지는 충격. 황급히 고개를 들어보니 날붙이를 들고 내려친 알리시아의 왼손을 시에스타가 두 손을 교차해 막고 있었다.

알리시아가 쥐고 있던 건 내가 병실에서 사과를 깎을 때 썼던 과도였다.

"알리시아……."

알리시아의 눈은 빛이 없는 트랜스 상태였다. 그곳에는 더 이상 알리시아의 의식이 없었다. 이런 식으로 다섯 명이나 되는 사람들을 습격한 건가. ……하지만 일반인이라면 몰라도 시에스타의 상대는 아니었다.

"미안."

작게 사과하며 시에스타가 알리시아를 바닥에 깔아 눕혔다. 그리고 뒤통수에 매그넘의 총구를 들이대었다.

"시에스타, 그만해!"

깨닫고 보니 나는 시에스타를 밀치고 있었다.

"……! 너는 바보야!? 지금 이 자리에서 끝내지 않으면……!"

"안 돼! 이런 해결 방법으론 알리시아는…… 알리시아는……!"

"그 감정이 중요한 판단을 그르치게 한다는 것을 너는 모르는 거야!?"

"그게 인간이라는 것을 너는 저번에 배운 것 아니었어!?"

나와 시에스타의 총구가 서로의 미간을 겨누었다.

그건 나와 시에스타에게 있어서 양보할 수 없는 최후의 일선이었다.

"저런, 내부분열입니까."

그런 목소리가 어딘가에서 들여왔다. 시선을 움직여 봤지만 위치를 알 수 없었다. 하지만 우리는 이와 비슷한 일을 몇 주 전에도 경험했었다.

"그녀는 다시 데려가겠습니다."

그 순간, 쓰러져 있던 알리시아의 모습이 돌연히 시야에서 사라졌다.

"……카멜레온!"

나는 허공을 노려보았다. 보이지 않더라도 그 녀석은 분명 그곳에 있을 것이다.

"상당히 찾았지 뭡니까. 잠시 눈을 뗀 사이에 제 곁에서 사라지더니 모습을 바꾼 데다가 기억까지 없어졌을 줄이야."

……역시 그랬나. 저번 전투가 끝난 뒤에 우리에게서 정체를 숨기기 위해 케르베로스의 능력을 사용해서 이 모습이 된 것이다. 하지만 심신의 대미지가 컸던 나머지 뜻하지 않게 알리시아의 인격이 표면으로 나오고 말아서 런던의 거리를 헤매게 되었고—— 내가 골판지 상자 안에서 자고 있던 알리시아를 발견한 건 그런 타이밍이었겠지.

"아무래도 그녀에게는 본격적인 치료가 필요해 보이는군요. 일단 집으로 데리고 돌아가도록 할까요."

"……! 어디로 갈 셈이지!?"

"이곳에서부터 칠백 해리 정도 북서쪽으로 올라가면 나오는 해역에 저희가 거점으로 삼은 외딴섬이 있습니다. 슬슬 때가 되지 않았는지요. 그쪽도 준비가 갖춰지는 대로 저희를 찾아오는 게 어떻습니까."

카멜레온은 어디까지나 작위적인 정중한 말투로 나와 시에스타에게 그런 선전포고를 했다.

"그럼 기다리고 있겠습니다."

그리고 그 말을 마지막으로, 진정한 의미로 사라졌다.

자리에는 나와 시에스타 둘만이 남겨졌다.

공허하고 무거운 침묵이 내려앉았다.

나는 동료와 이때까지 쌓아왔던 유대를 잃었다. 지금의 나에게는 시에스타의 눈을 볼 자격조차 없었다.

그렇게 몇 분. 혹은 수십 분이 지난 뒤.

"……!"

돌연히 등에 날카로운 통증이 내달렸다.

"……총에 맞은 줄 알았어."

앉은 채 돌아보니 시에스타가 내 등을 있는 힘껏 때리고 있었다.

"너는 바보야?"

그래, 그거면 돼. 내킬 때까지 나를 매도해. 그렇지만──.

"사과는 안 할 거야."

나는 시에스타에게서 눈을 돌리며 등을 보인 채 말했다.

"됐어, 사과 안 해도 돼."

그러나 시에스타는 뜻밖에도 나와 등을 마주 대며 그 자리에 앉았다.

"너는 올바른 일을 하려고 했고, 나도 올바른 일을 하려고 했어. 그러니 너는 사과하지 않아도 되고, 나도 물론 사과하지 않을 거야. 그거면 돼."

우리는, 하고 시에스타가 등 너머로 말했다.

"……앞으로 어떻게 할 거야."

모든 것을 잃은 우리는 앞으로 무엇을 하면 될까.

그런 한심한 징징거림에 시에스타는——.

"우선 함께 슈퍼에 가자."

담담하게.

요컨대 평소와 같은 분위기로 나에게 말했다.

"그리고 가장 크고, 가장 붉고, 가장 동그란 사과를 사자. 그걸로 맛있는 애플파이를 만들어 먹고 비싼 홍차를 끓여서 함께 마시자. 그 뒤에는 뭐, 네가 사정사정한다면 함께 목욕하러 들어가서…… 아니, 목욕 수건은 걸칠 거지만. 그리고 나서 밤에는 피자를 시키고 콜라로 건배하며 밤새도록 빌려온 영화를 봐도 괜찮을 것 같아. 그리고 어느 사이엔가 잠들고 역시 둘 다 일어나지 못해서 사소한 일로 싸우고. 그렇게 평소대로 일상을 보낸 뒤에는——."

등으로 느껴지던 온기가 사라져서 나는 뒤를 돌아보았다.

"동료를 구하려 여행을 떠나자."

나는 망설임 없이 그 손을 잡았다.

언젠가 다시 셋이 나란히 걷기 위해서.

【제4장】

◆ 마지막으로 향하는 희망의 방주

"그럼 알리시아는 그 실험시설이라는 곳에 있을 가능성이 큰 거지?"

거친 바다를 나아가는 소형선 위에서 나는 다시 한번 앞으로의 동선을 시에스타에게 확인했다.

"응, 그래. 그 애는 그곳에서 몸의 회복에 전념하는 모양이야."

시에스타는 애용하는 컵으로 홍차를 한입 마시고는 내 질문에 고개를 끄덕였다.

아까부터 선체가 크게 흔들리고 있었지만 한 방울도 흘리는 일 없이 우아하게 티타임을 즐기고 있었다. 지금부터 실행하는 미션의 중대성을 생각하면 보통 그런 여유를 가지는 건 어려울 테지만 이 명탐정에게 그런 상식은 어울리지 않았다.

그 교회의 비극으로부터 닷새가 지났다.

우리는 《SPES》가 실효 지배하고 있다는 어떤 해역의 섬으로 향하고 있었다.

목적도 헬의 토벌과 알리시아의 탈환이라는 것으로 명확했다.

하지만 물론 그 두 사람은 동일인물이었다.

헬을 쓰러트리고 알리시아만을 구한다는 모순을 해결할 방법이 있는지는 알 수 없다. 하지만 그렇더라도.

"걱정 마, 방법은 생각해놨어."

시에스타가 내 불안을 불식시켜주듯이 침착한 태도로 말했다.

그 구체적인 작전을 나와 샤르는 듣지 못했다. 그러나 그것도 여느 때와 같은 시에스타의 방식이었다. 지난 3년간 우리는 그렇게 해결해 왔다. 그러므로 이번에도 분명――.

"그러니까 너와 샤르는 그 실험시설로 향해줘."

"나와 샤르가 함께 말이지……. 뭐, 그건 그렇다 치고 시에스타는 어쩌려고?"

"나는 이쪽 구획을 둘러볼 거야. 정보에 따르면 군사 연습장 같은 장소인가 봐."

그렇게 말하며 시에스타는 빛바랜 지도로 보이는 종이를 펼쳐 보였다.

이러한 정보는 아무래도 일본에 있는 박쥐에게서 알아낸 모양이었다. 원래는 적이었던 남자로 당연히 그건 지금도 변함없지만, 그래도 이럴 때 협력해주는 것을 보면 그 녀석도 이 명탐정에게 매료된 사람 중 하나라는 거겠지. 뭐가 되었든 이번에는 큰 도움이 되었다.

"기다리고 있어, 알리시아."

이 섬 어딘가에 알리시아가…… 혹은 헬이 있다. 카멜레온이 말했던 치료가 이미 끝났을지, 아니면 아직 의식을 차리지 못했는지는 알 수 없지만, 어느 쪽이 되었든 한시라도 빨리 그 애를 찾아야 했다.

"하아, 저도 마담을 따라가고 싶어요."

그러고 있으니 샤르가 어린애처럼 뺨을 부풀렸다.

이 문제는 조금 전에 한바탕해서 해결되었을 텐데 말이지…….

"으음, 역시 조수 혼자서는 불안하니까 말이지."

어머니처럼 샤르를 다독이는 시에스타. 그러나 은연중에 나를 향해 명확하게 '너는 믿음직하지 못해'라는 메시지도 잊지 않는 걸 보면 여전히 엄격했다.

"마담은 정말로 혼자 괜찮으세요?"

떨리는 눈으로 샤르가 물었다. 치료를 끝낸 헬이 인격과 힘을 되찾았을 가능성을 우려하는 것이겠지. 실제로 런던에서 처음 싸웠던 헬은 시에스타를 바로 직전까지 몰아붙였었다.

그러나.

"괜찮아."

시에스타는 오히려 여유마저 느껴지는 미소를 샤르에게 지어 보였다.

"지금 헬의 심장은 아마 기능하고 있지 않을 테니까."

헬은 시에스타에게 패배한 뒤에 《잭 더 데빌》로서 다섯 명의 심장을 빼앗았다. 그리고 그렇게 잇따라서 새로운 심장을 구한 이유는 분명 심장이 그녀의 육체에 적합하지 않았기 때문이다.

하지만 원래라면 그건 당연했다. 그렇게 간단히 아무나 타인의 기증자가 될 수 있을 리 없었다. 이번 사례는 그저 헬이 《인조인간〉이라서 특별했기 때문이다.

헬은 지금 새로운 심장을 잇따라서 배터리처럼 소비하고 있었다. 그렇게 다섯 개의 심장을 소진하고 여섯 번째 심장에 손을 대려고 했을 때—— 나와 시에스타에게 발각되었다.

그러므로 지금 헬의 몸에는 거의 다 마모된 다섯 번째 심장이 들어 있을 뿐이었다. 그런 약해진 헬이라면 시에스타도 쓰러트릴 수 있을 것이다. 그리고 어떻게든 해서 알리시아의 의식만을 구해낼 방법이 있다면…… 아니, 그 방법은 이미 시에스타가 생각해 뒀을 터였다.

"마침내, 인가."

헬과, 또는 알리시아와 만난 뒤로 1개월.

《SPES》와 적대하기 시작한 뒤로 3년이었다.

드디어 길었던 이 여행도 마무리가 지어질 것이다. 그렇게 생각하니 자연스럽게 긴장으로 등줄기가 펴졌다.

"긴장했어?"

시에스타가 찻잔을 내려놓으며 나에게 물었다.

"흥분으로 떨고 있어."

"아, 정말로 떨고 있었구나."

"그러니까 좋은 의미로 그렇다고."

"풉."

"샤르, 넌 입 좀 다물어."

"조수, 머리라도 쓰다듬어 줄까?"

"마담, 저도 무서워요……."

"약삭빠른 녀석."

시에스타의 무릎으로 달려가는 샤르. 이 광경도 이제 질렸다.

"너는 괜찮아?"

샤르의 블론드를 쓰다듬으며 시에스타가 나를 보고 고개를 갸웃거렸다.

"그런 낯부끄러운 짓을 하겠냐."

최종결전 전이라는 상황에서 그런 긴장감 없는 행동을 할 수 있을 리가 없었다.

"······흥."

그런데 무슨 생각인지 샤르가 시에스타의 무릎에서 머리를 치우며 말했다.

"양보해 줄게."

아니, 양보해 줘도 말이지. 아무리 그렇게 밥상을 차려 줘도 나는.

"이리와."

시에스타가 양손을 펼치며 입꼬리를 살짝 올렸다.

"······머리 쓰다듬는 정도로 포즈가 거창한데."

"모처럼이니까 안아줄까 해서."

그러니까 긴장감이 없어진다고.

······아니, 내가 긴장하고 있기 때문인가. 하지만 쓸데없는 친절이다.

"어라, 안 오는구나."

"당연하다는 듯이 남자에게 가슴을 들이대려고 하지 마."

"네 표현은 독특하단 말이지."

그럼 됐어, 하고 시에스타가 팔을 내렸다.

"그러면 나중에."

"나중에라도 할 것 같냐."

그렇게 말하며 우리는 웃음을 터트렸다.

우리는 이거면 된다. 나와 시에스타는 이걸로 충분했다.

"곧 도착할 것 같아."

시에스타가 눈을 좁히며 바다 너머를 바라보았다.

그 앞에 있는 건 3년에 걸친 여행의 종착지였다.

◆ 엔진과 바람 소리를 들으며

　머지않아 섬의 항구(거의 해안선에 가까웠다)에 도착한 우리
는 짐을 내리며 상륙을 끝냈다.

"그럼 다녀올게."

"마담, 조심해 주세요."

　샤르가 손을 굳게 잡으며 악수했고 뒤이어 나는…… 시에스
타의 말 없는 압력에 져서 가볍게 오른손으로 터치만 했다.

"이따가 봐."

그렇게 우리는 마지막 미션에 뛰어들었다.

"바람이 기분 좋은데."

이런 상황이었지만 바람이 전신을 스치고 지나가는 감각에 나도 모르게 그런 말을 흘렸다.

바다 냄새가 희미하게 풍겨 왔다.

"연구동은 이대로 직진하면 되는 거지?"

샤르가 평소보다 커다란 목소리로 물었다.

"지도에는 그렇게 나와 있어."

그리고 나도 약간 더 큰 목소리로 대답했다.

왜냐하면 지금 우리는 바이크 한 대로 목적지를 향해 나아가고 있었기 때문이다.

배에 싣기에는 아슬아슬한 사이즈였지만 작전을 원활하게 진행하기 위해서는 필수품이었다. 《SPES》의 소굴인 이 섬에서 느긋하게 보낼 시간은 없었다.

"⋯⋯그보다 반대 아니야?"

헬멧을 쓰지 않은 샤르가 시선만으로 잠시 뒤를 보며 말했다.

"반대?"

"나와 키미즈카의 위치!"

그렇게 어째서인지 혼나고 말았다.

이상한걸, 나쁜 짓은 한 적 없는데.

"일반적으로 이럴 때 운전하는 건 남자의 역할이잖아!?"

그렇군, 둘이 탄 바이크의 운전을 샤르에게 맡긴 것이 마음에 들지 않았던 모양이었다.

"면허가 없거든."

"그 나이 되도록 뭐 했어?"

"미국에서 살던 너와 비교하지 말라고."

법이 다르다고, 법이.

"……그리고."

"그리고?"

"너, 너무 달라붙지 마."

샤르가 또다시 나를 힐끗 보며 입술을 내밀었다.

내가 허리를 붙잡은 것이 어지간히 신경 쓰이는 모양이었다.

"그렇지만 무서운걸."

"남자가 탠덤 정도로 무서워하지 마."

"네 허리를 안고 있으면 어째서인지 무척 안심되거든."

"사상 최악의 성희롱이네."

우리는 바보 같은 대화를 나누면서 바람을 가르며 비포장도로를 나아갔다.

지금까지는 인기척 없는 광대한 대지가 이어졌다. 하지만 먼 곳에 하얀 풍력 발전기가 늘어서 있는 모습이 보였다. 전력과 에너지 공급되고 있으므로 인공적인 문명이 있다는 건 명백했다.

"아까."

속도를 늦추는 일 없이 샤르가 말을 걸어왔다.

"마담에게 안기지 그랬어."

그렇게 여자에게 달라붙고 싶으면, 하고 내 현재 상황을 비웃었다.

"바보야, 그런 한심한 짓을 할 수 있겠냐."

"현재진행형으로 한심한 짓을 하고 있는데?"

"샤르가 어떻게 생각하든 딱히 상관없다고 할까."

"떨어트린다?"

뭐, 나도 그렇지만, 하고 샤르가 말했다.

그럼 느닷없이 핸들을 꺾지 말아 줬으면 하는데. 진짜로 죽으니까 그만둬.

"하지만 후회할 거야. 그렇게 고집만 부리면."

불현듯 진지한 말투로 샤르가 타일렀다.

"당신에게는 마담밖에 없으니까."

나에게는 시에스타밖에 없다.

그렇지는——— 하고 반론하려고 했지만 말이 제대로 나오지 않았다.

만약 시에스타가 없어지면.

그런 if를 생각해 보려다가…… 역시 그만뒀다.

그런 만약의 일을 굳이 오늘 생각해볼 필요는 없잖아.

지금은 그저 이제부터 수행할 작진에 집중해야 했다.

"시에스타에게는 나만 있는 게 아니니까."

그래서 나는 그렇게 농담처럼 얼버무렸다.

"시에스타에게는 샤르도 있어. 물론 다른 동료도. 나만 특별하지는……."

"없어."

그러나 샤르는 어딘가 쓸쓸하게 들리는 목소리로 말했다.

"마담에게는 당신밖에 없어."

나는 그 말에 어떻게 대답해야 할지 알 수 없어서 그저 엔진과 바람 소리만을 듣고 있었다.

◆SPES
  스페스

　이윽고 도착한 어두운 연구소 안을 우리는 서두르면서도 신중하게 걸음을 옮겼다.

　이 시설의 지도는 입수하지 못해서 일일이 찾아보며 나아갈 수밖에 없었다. 애초에 알리시아…… 혹은 헬이 이곳에 있을지 어떨지도 불명이었기에 어느 정도 탐색해서 성과가 없을 것 같으면 서둘러서 시에스타와 합류할 필요가 있었다.

　"아무도…… 없네."

　계단을 내려간 샤르가 사방을 살폈다.

　"그러게. 적어도 두세 번 정도는 교전할 각오로 왔는데."

　하지만 이렇게 간단히 침입할 수 있었다는 건…… 허탕인가?

　그렇다면 시에스타 쪽이 당첨일 가능성이 컸다.

　"키미즈카, 저거."

　샤르가 내 소매를 당기며 손가락으로 가리켰다. 그곳에는 화물용으로 보이는 엘리베이터가 있었다. 다가가 보니 일단은 가동하는 모양이었다.

　"타 볼까."

　고개를 끄덕인 샤르와 함께 더 지하로 내려갔다. 이윽고 엘리베이터 문이 열리며 우리 눈앞에 펼쳐진 광경은———.

"……! 이건…….."

일대가 피바다였다.

그리고 눈을 가리고 싶어질 정도로 손상이 심한 시신이 사방에 널려 있었다.

"욱……."

이런 현장에 익숙할 터인 샤르도 자신도 모르게 입을 가릴 만한 참상이었다. 하지만 그렇다고 이 자리에서 바로 벗어날 수도 없었다. 왜냐하면 그 시체의 산에 군림하듯이 한 남자가 서 있었기 때문이다.

"너는 케르베로스……?"

검은 로브를 걸친 건장한 중년 남자. 그 모습은 확실히 1개월 정도 전에 싸웠던 케르베로스의 모습 그 자체였다.

"……아니, 그럴 리가 없어."

그건 시에스타와도 거듭 확인한 내용이었다. 케르베로스는 우리의 눈앞에서 헬에게 살해당했다. 그리고 그렇다면.

"케르베로스의 능력을 계승해서 그 모습으로 변신한 헬이라고 생각했나?"

마치 내 마음을 읽은 것처럼 남자가 말했다.

"유감이지만 틀렸다. 나는 케르베로스도, 헬도 아니다."

그렇게 말한 남자의 모습이 흐물흐물 일그러지더니 이어서 나타난 건.

"하하, 이 녀석도 본 적 있나?"

"……! 박쥐……!"

"그래, 좋은 반응이군."

그 모습과 함께 말투도 변했다. 케르베로스도 박쥐도, 마치 본인을 상대하는 듯한 느낌이었다.

"그럼 당신은 누구라는 거야!?"

샤르가 권총을 뽑으며 남자에게 총구를 겨누었다.

그래, 케르베로스와 박쥐로 의태했다면 이 녀석의 정체는 누구인지——.

"부모다."

남자는 여전히 박쥐의 모습을 한 채 이번에는 자신의 인격으로 그렇게 대답했다.

"부모……? 케르베로스와 박쥐의?"

"그래, 케르베로스와 박쥐도."

그렇게 말하며 남사는 탁한 에메랄드색 눈으로 시체의 산을 내려다보았다.

"……! 그렇다면 설마."

샤르가 쥔 권총이 미약하게 흔들렸다.

이 자유자재인 변신 능력. 틀림없이 이전에 나와 시에스타, 그리고 알리시아 앞에 나타난 가짜 후우비의 정체도 이 남자일 것이다. 그리고 전에 시에스타는 말했었다—— 그 가짜야말로 《SPES》의 보스일지도 모른다고.

"시에스타가 없을 때만 이런 녀석과 마주친단 말이지…… 보통 재수 없는 게 아니야……."

아니, 오히려 나다운가…… 그게 바로 나의 연루 체질이었다.

그렇게 자조라도 하고 있지 않으면 몸의 떨림이 멈추지 않을 것 같았다.

"부모가 자식을 죽여도 되는 거냐."

나도 샤르를 따라서 몇 미터 떨어진 적의 보스를 향해 총구를 겨누었다.

"무슨 말이지? 부모니까 자식을 죽여도 되지 않나."

……최악이었다. 이 녀석은 헬 이상으로 말이 통하지 않는다. 아니, 말도 섞고 싶지 않았다.

"이것들은 모두 내 자식이다. 내가 낳은 자식이다. 그러므로 어떻게 하든 내 자유다."

그렇지 않나? 하고 정말로 자신의 발언에 위화감을 가지지 않은 것처럼 가짜 박쥐가 고개를 갸웃거렸다.

"나는 대체 언제 남자가 애를 낳는 평행세계로 이동한 거지."

나는 일부러 농담으로 시간을 벌면서 앞으로 어떻게 움직여야 할지를 필사적으로 생각하려고 했다. 하지만.

"나를 남자니 여자니…… 그런 인간 같은 카테고리로 인식할 생각인가?"

"사람이 아니라 괴물이라고 하고 싶은 건가?"

"아니다."

우리가 쓰러트려야 할 최대의 적은 간단하게 자신의 정체를 이야기했다.

"《식물》이다."

느닷없이 듣게 된 그 진상에 나와 샤르는 얼굴을 마주 보았지만, 곤혹스러워하는 서로의 눈을 보게 되었을 뿐이었다.

이 녀석은 대체 무슨 말을 하는 거지?

식물? 자신을 《식물》이라고 한 건가?

"물론 너희가 말하는 분류에 적용한다면 그렇다는 말이지만 ── 나는 우주에서 이 별로 날아 들어온 식물 ── 《시드》, 인간도 아니며 괴물도 아니다."

……아니, 얼마나 이야기의 스케일을 키울 셈이냐.

우주에서 날아온 식물? 침략자?

적당히 좀 해달라고…… 우리는 대체 어떤 것들과 싸워왔다는 거야.

"……그럼 다른 《인조인간》도 사실은 식물이라는 건가?"

"《인조인간》은 너희가 마음대로 붙인 이름 아닌가. 나도, 이 녀석들도 모두 처음부터 식물일 뿐이었다. 봐라, 이런 것도 본 적 있지 않나."

다음 순간, 시드의 오른쪽 귀에서 구불텅거리는 기다란 《촉수》 같은 것이 자라났다. 3년 전에…… 그 비행기에서 보았던 박쥐와 똑같았다. 하지만 《촉수》라고 생각한 그것은 지금 생각해보면 식물의 두꺼운 뿌리처럼도 보였다.

"당신들의 목적은 뭐지? 《SPES》는 무엇을 위해 테러 같은 걸 일으키는 거야?"

샤르가 시드의 《뿌리》에 조준을 유지하며 추궁했다.

시에스타가 줄곧 뒤쫓고 있던 비밀조직 《SPES》── 라틴어로 《희망》을 뜻하는 이름. 하지만 녀석들은 희망은커녕 언제나 절망을 흩뿌려 왔다. 《성전》이라는 웃기지도 않는 책을 신봉하며 테러를 일으켜서 아무 죄도 없는 사람들의 목숨을 빼앗아 왔다.

"시드, 대답해. 세계 정복이냐? 아니면 불로불사? 혹은 지식욕? 의외로 단순한 파괴 충동? 아니, 헬처럼 그게 자신의 사명이라고 주장할 셈인가? 이봐, 네 목적은 대체 뭐지? 네가 다른 별에서 온 《식물》이라 치고 이 지구에서 뭘 하려는 거야."

자, 대답해 봐라. 떠오르는 악당의 동기는 전부 늘어놓았다. 하지만 어떠한 대답이 돌아오더라도 정론과 총탄으로 반격해 주겠다. 그렇게 각오하며 나는 총 손잡이를 강하게 고쳐 쥐었다.

"살아남기 위해서."

그래서 그런 특별할 것 없는 평범한 대답에 한순간 맥이 빠져서…… 나는 겨누고 있던 총을 떨어트릴 뻔했다.

"……살아남기 위해서라고?"

"그래, 우리의 목적은 하나뿐이다."

이어서 시드는 무슨 생각인지 귀에서 자라난 《뿌리》로 자신의 오른팔을 절단하며 이렇게 말했다.

"Surface of the Planet Exploding Seeds── 우리는 이 행성을 《씨앗》으로 가득 채울 것이다."

◆ 진정한 흉악

"그게 《SPES》의 진정한 뜻, 진정한 목적……."

내가 경악하는 사이에 녀석의 절단면에서 오른팔이 눈 깜짝할 사이에 재생하였고 바닥에 떨어진 오른팔에서도 새로운 육체가 재구축되기 시작했다. 아직 완벽하게 인간의 형상을 취하지는 않았지만 점점 몸의 윤곽이 두드러졌다.

"꺾꽂이 같은 건가……."

"그런 모양이야."

"샤르, 이해 못 했으면서 아는 척 고개를 끄덕이지 마."

"……시리어스 파트가 길었으니 분위기 좀 풀어줄까 싶어서."

거짓말하지 마. 네가 바보 예비군인 건 이미 들통났다고.

"꺾꽂이란 모체가 되는 식물의 일부를 자른 뒤 발아시켜서 개체를 늘리는 방법이야. 요컨대──."

"식물의 클론?"

그런 거다. 시드가 자기 자신을 부모라고 한 의미. 그건 《SPES》의 모든 구성원이 녀석의 클론이었기 때문이다. 시드야말로 《인조인간》들의 오리지널이었다.

그렇기에 시드는 이렇게 케르베로스와 박쥐의 모습이 될 수 있었고 그들의 능력을 쓸 수 있었다. 아니, 오히려 시드가 능력을 그들에게 나누어준 것이다.

"나는 우연히 이 별로 날아 들어온 《식물》—— 말하자면 《원초의 씨앗》이다. 그리고 동물이든 식물이든 생명의 가장 근원적인 욕구는 자손을 남기는 것이지. 나는 이렇게 자신의 육체에서 낳은 클론을 지표면에 뿌려 종의 번영을 추구하고 있다."

"……그게 죄 없는 사람을 죽여도 괜찮은 동기라고 생각하는 건가?"

"종의 확장에 방해가 되는 외래종인 인간을 배제하는 것에 무슨 문제가 있지?"

"외래종은 그쪽이잖아!"

나는 반사적으로 시드의 몸에서 자라난 《뿌리》를 향해 발포했다. 하지만.

"태어나고 아직 몇 분밖에 지나지 않았는데 부모를 지키려는 본능이 움직인 모양이군."

아까 시드가 절단한 오른팔에서 태어난 진흙 인형 같은 《인조인간》이 비트적거리며 일어서서 총탄을 막는 방패가 되었다. 그리고 곧 실이 끊어진 것처럼 그 자리에 무너져 내렸다.

"……마음이 아프지는 않나?"

나는 시드의 주위에 쓰러져 있는 그의 동포들을 보았다. 종의 번영을 바란다고 하면서 이래서는 하는 짓이 정반대였다.

"이것도 종의 존속을 위해서 필요한 희생이다. 걱정 마라, 이 《씨앗》은 결코 헛되게 쓰이지 않았다."

그렇게 말한 시드가 방금 쓰러진 클론에게서 작은 칠흑의 돌 같은 것을 주워들었다. 그건 예전에 헬이 케르베로스의 왼쪽 가슴에서 뽑아낸 것과 같은 종류로 보였다.

"《씨앗》……? 그 돌이?"

전에 시에스타가 그 돌이야말로 《인조인간》을 만드는 핵 같은 것이라고 했었다. 시드가 자신을 《원초의 씨앗》이라고 한 건 그런 의미였나.

"그렇다. 그리고 이미 주검이 된 동포들의 《씨앗》 일부는 지금 그것에게 계승되어 있다."

"……! 헬을 말하는 건가……."

그것이 그때 카멜레온이 말했던 치료…… 동포들의 《씨앗》을 헬에게 이식한 건가……. 이곳에 온 뒤로 한 사람도 보지 못한 건 그런 이유였나.

"지금 헬은 어디 있지?"

이야기로 보아 아마 그 애는 알리시아가 아니라 헬로 돌아가 있을 것이다. 그렇다면 한시라도 빨리 헬만을 쓰러트리고 알리시아의 인격만을 구해낼 방법을 찾아야 했다.

"이곳에는 없으니 한 군데밖에 없다고 생각하지 않나?"

……! 시에스타 쪽인가!

"키미즈카! 마담이!"

"그래, 알고 있어. 서두르자."

그렇게 우리가 등을 돌리려고 했을 때였다.

"그렇게 간단히 이곳에서 도망칠 수 있을 거라고 생각합니까?"

낯익은 불쾌한 존댓말이 어딘가에서 들려왔다.

"카멜레온……!"

알리시아를 우리의 눈앞에서 데리고 간 장본인이었다.

모습이 보이지 않는 건 아마 능력 때문일 것이다. 하지만 그 녀석은 확실하게 지금 이 방에 있었다.

"하하, 이쪽에서도 또 즐길 수 있을 것 같군요."

이쪽에서도? ……설마.

"키미즈카!"

샤르가 허공을 총으로 겨누며 나에게 시선으로 신호를 보냈다.

"그래, 알고 있어."

카멜레온의 그 말은 어딘가 이미 교전을 벌였다는 것처럼 들리는 말투였다. 즉 개별 행동을 취하고 있던 시에스타와 싸운 것이 틀림없다. 하지만 카멜레온이 이 자리에 왔다는 건 설마…… 하지만 시에스타가 이런 남자에게 진다는 것이 말이 되나?

아니, 잠깐. 그래, 혹시 부활한 헬도 함께 있었다면——.

"키미즈카, 이 자리는 나에게 맡겨."

샤르가 나에게 시에스타의 곁으로 가기를 촉구했다.

"이곳은 내가 막아내겠어. 그러니까 빨리——."

"그러니까 무시하면 곤란합니다만."

카멜레온의 목소리가 이동하는 것처럼 여기저기서 들려왔다. 이래서는 상대하기는커녕 공격이 언제 날아올지도 알 수 없었다. 문까지는 약 10미터. 어떻게 저기까지——.

"부모의 말을 방해하는군."

돌연히 눈앞에서 시드의 모습이 사라졌다.

"끄아아아아아아아아아악!"

대신 들려온 건 카멜레온의 비명이었다.

그리고 지금 나는 처음으로 카멜레온의 모습을 확인했다. 은색 머리카락, 아시아계의 평범한 얼굴. 그 카멜레온의 목이 시드의 오른손에 붙잡혀서 허공에 매달려 있었다.

"지금은 내가 말하고 있었다. 어째서 네가 끼어드는 거지?"

"……죄, 죄송합, 니다……."

제대로 목소리도 내지 못하는 카멜레온의 입에서 색을 띤 액체가 뿜어져 나오고 있었다.

"너는 그것의 호위로 살려두는 것에 지나지 않는다. 설치지 말도록."

그렇게 내뱉은 시드는 움켜쥐고 있던 시드를 그대로 바닥에 내동댕이쳤다.

그건 결코 우리를 지키기 위한 행동은 아닐 것이다. 어디까지나 부모인 자신에게 무례를 범한 벌을 주는 것에 지나지 않았다. ——하지만.

"시드, 어째서 우리에게 그런 《SPES》의 정보를 준 거지?"

애초에 너는 이곳에서 무엇을 하고 있었던 거지? 헬을 살리기 위해 동포를 학살한 뒤에도 어째서 이 자리에 머물러 있었지? 시드가 《SPES》의 총대장이라면 직접 시에스타를 쓰러트리러 가는 것이 일반적이지 않나?

그런 당연히 떠오르는 몇 가지 의문에 시드는.

"한쪽의 편을 들면 계획이 성립되지 않기 때문이다."

그런 의도를 읽을 수 없는 말을 내뱉고 돌연히 투명해지는 것처럼 사라졌다.

"카멜레온의 능력도 당연히 쓸 수 있나……."

하지만 어디로 간 거지? 시에스타에게 향한 것이 아니기를 바랄 수밖에 없나…….

"키미즈카, 지금이야."

샤르가 쓰러진 카멜레온에게 총을 겨누며 나에게 먼저 가도록 재촉했다.

"제, 기랄……!"

그러나 카멜레온이 고통스러운 표정으로 비틀비틀 일어섰다.

그리고 또다시 모습을 감추고는 그림자 없는 침략자로서 우리를 사방에서 노렸다.

"같은 수법은 슬슬 질렸어."

그러자 샤르가 허공을 향해 총탄을 발사했다.

"……! 감이 좋군요."

카멜레온의 목소리. 적당히 쏜 것으로 보이는 탄환이 적을 스친 건가?

"감? 흐음, 파충류 주제에 재미있는 농담을 다 하는걸?"

샤르가 나에게 가라고 눈짓을 하고는 다시 방아쇠를 당기며 이렇게 말했다.

"입 냄새 때문에 위치가 뻔히 보인다고."

여자에게 이런 소리를 들으면 평생 재기하지 못하겠는데. 나는 쓴웃음을 지으며 뒷일을 샤르에게 맡기고 달려나갔다. 그리고 그때.

"키미즈카!"

무언가가 날아와서 오른손으로 낚아챘다. 손을 열어보니 열쇠가 있었다.

그러니까 면허 없다고 했잖아.

"언젠가 뒷자리에 태워 줘."

"……그래, 연습해 둘게."

그러니까 오늘은 네 애차를 망가트려도 용서해 줘.

◆다시 한번 이 섬 밖에서 만난다면

　그렇게 샤르의 바이크를 빌린 나는 섬 반대편을 향해 액셀을 돌렸다. 민간인도 없고 교통법을 지킬 필요도 없었기에 첫 운전이라도 크게 문제는 없어서 그저 한시라도 빨리 시에스타의 곁으로 도착하는 것만을 생각하며 핸들을 쥐었다.

　설마 그 시에스타가 카멜레온 정도의 남자에게 패배했을 거라고는 생각할 수 없었다. 하지만 만약 부활한 헬까지 함께 있었다고 생각하면 혹은…….

　"……젠장."

　나도 모르게 나쁜 쪽으로만 생각이 들었다.

　하지만 만약 시에스타의 몸에 무슨 일이라도 있으면 나와 샤르만으로는 절대로 헬을 이길 수 없다. 그리고 그건 요컨대 알리시아 구출의 실패를 의미했다. 요컨대 시에스타가 죽으면 알리시아도 구하지 못하게 된다는 말이다. 그렇다면 무엇보다도 시에스타의 무사가 최우선이었고——.

　"……그게 아니지."

　설령 알리시아가 없었더라도 시에스타가 위기에 빠졌다면——분명 나는 망설이지 않고 구하러 갔을 것이다.

　"조교가 잘되었군."

　제때 도착하기를 빌며 나는 샤르의 애차를 빠르게 몰았다.

　"……시에스타!"

헤어지고 약 두 시간 만에 재회한 시에스타는 엎드린 채 땅바닥에 쓰러져 있었다.

나는 그 자리에 바이크를 눕히고는 마침내 발견한 파트너의 곁으로 달려갔다.

"시에스타! 야!"

엎드린 몸을 일으켜서 무릎 위에 올렸다.

모래투성이인 하얀 얼굴을 손가락으로 닦아내며 이름을 연호했다.

"장난하지 마! 나 몰래 죽거나 하지 않는다고 약속했잖아! 대답해……!"

아니, 이래서는 안 된다. 이럴 때야말로 진정하자.

지금 할 수 있는 것을. 시에스타를 구하려면 해야 할 일을 냉정하게 수행해야 한다.

"여기까지만 해달라고."

나는 팔을 걷으며 땅바닥에 눕힌 시에스타의 가슴에 손을 대었다.

왼손 위에 오른손을 겹치고 팔꿈치를 똑바로 펴서 체중을 싣듯이 강하게 눌렀다.

"──5센티미터."

심장 마사지는 가슴이 깊게 내려앉을 정도로 누르지 않으면 효과가 없었다.

그 체질 탓에 공교롭게도 인명구조는 이게 처음이 아니었다.

그 우연에 감사하며 나는 강하게 시에스타의 가슴을 눌렀다.

그렇게 강했던 시에스타의 몸이었지만 이렇게 살짝 누르는 것만으로도 망가져 버릴 것처럼 연약하고 섬세했다.

"죽지, 말라고……!"

일정 리듬으로 시에스타의 가슴을 계속해서 눌렀다.

열 번, 스무 번…… 그리고 서른 번.

다음은 두 번의 인공호흡이었다. 기도를 확보하고 시에스타의 코를 손가락으로 잡은 뒤에 나는 숨을 한 번 크게 들이마셨다.

"용서해라."

그리고 목표에 빗나가지 않도록 눈을 똑바로 뜬 상태로 시에스타의 입술에 얼굴을 가까이했을 때——.

"네가 이곳에 오는 건 상정해두지 않았는데 말이지."

푸른 눈이 갑자기 번쩍 떠졌다.

"……으억!? 야, 얌마!"

다리에 힘이 풀릴 정도로 기겁해서 몸을 뒤로 젖힌 나를 보며 시에스타가 벌떡 일어났다.

"으음, 설마 네가 나에게 올 줄이야…… 큰일인데, 예정이 어긋났어."

그리고 그런 잘 이해가 되지 않는 말을 하면서 원피스에 묻은 모래를 탁탁 털었다.

"나에 대한 너의 사랑이 상정한 것보다 훨씬 더 무거웠던 것이 원인인가."

"⋯⋯사정은 잘 모르겠지만 일단 그 분석만큼은 이의를 제기하지."

"그보다 심폐소생술을 하는 건 좋은데 일반적으로는 우선 자발호흡이 있는지부터 확인하는 게 먼저야."

시에스타가 아직껏 땅바닥에 나자빠져 있는 나를 흘겨보았다.

"너 그럼 처음부터 심장은 뛰고 있었던⋯⋯."

"아니, 안 뛰고 있었는데."

"멈췄었냐고!"

그럼 왜 혼낸 거냐.

"아, 그런 게 아니라."

그렇게 말하며 시에스타가 손을 가로저었다.

"심장이 멈췄었던 게 아니라 정지시켰던 거야."

"⋯⋯정지시켰다고?"

무슨 소리인지 전혀 이해가 되지 않았다. 하지만 나는 일단은 시에스타가 내민 오른손을 잡고 일어섰다.

"조금 성가신 적에게 엮여서 죽은 척했었어."

"⋯⋯3년 만에 묻는 건데 너 대체 정체가 뭐야?"

이제 와서는 놀랍지도 않았다. 어이없어서 다리가 후들거렸다.

그나저나 성가신 적이라⋯⋯ 역시 그런 건가. 카멜레온은 시에스타를 죽여서 일을 끝냈다고 착각한 거겠지.

"뭐, 성가시다고 할까, 그쪽과는 미묘하게 상성이 좋지 않아서 말이지."

그러자 시에스타는 시치미 떼듯이 한쪽 푸른 눈을 감았다.

아무리 그렇다지만 정말로 죽은 척이 가능한 인간이 어디 있냐고.

"참 나, 어떻게 돼먹은 몸인지."

나는 쓰게 웃으면서 꿀밤이라도 한 대 때려주려고 했다.

"어라."

······하지만 깨닫고 보니 나는 땅바닥에 엉덩방아를 찧고 있었다.

"왜 그래?"

"······아니, 뭔가."

시에스타는 어리둥절한 표정으로 고개를 갸웃거리다가.

"설마 안심한 나머지 다리에 힘이 풀렸어?"

내가 무사해서. 그렇게 말하며 부드러운 표정을 지었다.

"웃지 말라고. 입술을 우물거리지 마."

"지금 내 솔직한 기분을 말해도 돼?"

"싫거든, 안 되니까 말하지 마. 말해봤자 안 들을 테니까."

"너를 무척 귀엽다고 생각했어."

"아아아! 아아아아아! 안 들려!"

젠장, 어째서 내가 이런 치욕을 당해야 하는 거지. 그렇게 필사적으로 타지도 못하는 바이크를 운전해서 서둘러 왔더니······ 인공호흡까지 해 주려고 했었는데······. 이상해, 이상하잖아······.

"어쩌지, 역시 머리 쓰다듬어줄까?"

"단호하게 거부하지!"

"포옹할래?"

"하겠냐!"

"네 식으로 말하자면 가슴을 들이대 줄까?"

"다른 남자한테도 그렇게 가볍게 말하지 마라."

"아, 하지만 가슴은 조금 전에 만졌었지."

서른 번이나. 시에스타는 그렇게 말하며 웃었다.

"불합리해. 너 나를 사회적으로 죽이려는 거지?"

"후후, 너를 놀리는 건 정말 즐겁단 말이지—— 정말로 즐거웠어."

"……시에스타?"

미소가 돌연히 쓸쓸해 보이는 표정으로 변했다.

시에스타의 얼굴을 보고 나는 모든 것을 깨달았다. 3년 동안이나 옆에서 시에스타의 옆모습을 봐 왔다. 무슨 일이 일어났는지. 지금부터 무슨 일이 일어나는지. 알고 싶지 않아도 알 수 있었다.

"시에스타."

"왜?"

"역시 한 번 정도는 네 포옹을 받고 싶어."

나는 일어서며 뒤를 돌아보았다.

그곳에는 한 소녀가 울고 있었다.

"살아서 이 섬 밖에서 만난다면 말이야."

◆ 두 번째 전투

"너는—— 어느 쪽이지?"

나는 돌아본 곳에 서 있던 소녀에게 물었다.

"이 모습을 보면 알 거라고 생각하는데?"

붉은 눈에 붉은 군복. 그리고 허리에 찬 몇 자루나 되는 사브르. 잘못 볼 리가 없었다. 런던에서 사투를 펼쳤던 이 녀석의 이름은.

"헬……."

그녀는 알리시아가 아니었다. 지금 눈앞에 서 있는 건 헬—— 우리가 쓰러트려야 할 적이었다.

"치료는 끝났다고 생각해도 되는 무방해 보이네—— 동료들의 목숨을 써서."

시에스타가 내 옆에 서며 헬을 냉엄한 시선으로 꿰뚫었다. 그 사실을 알고 있는 것으로 보아 시에스타도 조금 전에 카멜레온에게 들은 것일까.

"동료? 동료라니 누구?"

헬은 진심으로 무슨 말인지 모르겠다는 것처럼 고개를 갸웃거렸다.

바로 전에도 이런 얼굴을 보았다. 자식을 죽인 죄악감을 물어보았을 때의 시드와 똑같은 표정을 짓고 있었다.

"진심으로 모르는 거야?"

그게 《인간》과 《식물》의 차이? 《종》의 번영이 최우선이라는 건가?

"그럼 카멜레온은? 그 녀석과는 런던에서도 함께 행동을……."

"카멜레온은 그저 시선을 돌리는 용도로 쓰기에 마침 좋아서 이용했을 뿐이야."

헬이 아무렇지도 않게 말했다.

"그쪽도 그렇게 생각했을 거야. 카멜레온도 나라는 개체에는 관심이 없겠지. 카멜레온에게 있어서 나란 붉은 군복이라는 기호에 지나지 않으니까."

……그러고 보니 알리시아가 겉으로 나와 있었을 때도 카멜레온은 몇 주 만에 겨우 찾아내었다. 귀와 코가 좋은 박쥐나 케르베로스라면 또 몰라도 인조인간들은 기본적으로 타인을 하나의 개체로 특별시하지 않는 건가.

"그러므로 나는 너희처럼 동료 놀이를 하는 것엔 관심 없어."

그렇게 말한 헬이 붉은 눈으로 나와 시에스타를 차갑게 내려다보았다.

"……상당히 모호한 말투인걸."

그러자 이번에는 시에스타가 내 앞에 서며 몇 미터 앞의 헬과 마주 보았다.

"하고 싶은 말이 뭐야?"

"딱히? 그냥 그 애와 무척 사이좋게 지내주었다 싶어서 말이지."

그 애라는 건…… 알리시아를 말하는 건가. 알리시아와의 관계를 헬은 동료 놀이라며 야유한 것이다.

"맞아. 그래서 우리는 알리시아를 구하러 이곳에 온 거야."

"알고 있어. 요컨대 너는 나를 죽인다는 말이지."

다음 순간, 지면이 부풀어 오르더니 가시나무처럼 가시가 돋은 덩굴이 수없이 차라났다.

"그렇다면 내가 너를 죽여도 문제없는 거지?"

이어서 가시나무 채찍 끝이 나와 시에스타를 노렸다.

"뭐야, 저건……."

"적도 바보는 아니라는 거야. 분명 이 섬의 지층에는 이 녀석들의 《씨앗》이 심겨 있겠지."

아까 들었던 단어를 쓰며 시에스타가 분석했다.

"……그렇군, 섬 자체가 우리의 적이라는 건가."

이제는 이 섬 전체가 생존본능을 걸고 우리를 공격하려 하고 있었다. 말 그대로 이미 씨앗은 뿌려져 있었다는 건가.

그러나 세계의 적을 앞에 둔 명탐정은 조금도 겁먹지 않았다.

"오히려 마지막 싸움이 벌이기에 걸맞은 장소야."

"맞아. 네 마지막이 될 장소지."

그렇게 시에스타의 장총과 헬의 붉은 군도가 직선상에서 대치했다.

"나는 이길 거야. 그리고 반드시 알리시아의 바람을 이루어주겠어."

"아니, 너는 반드시 이 자리에서 죽을 거야. 너는 그 애를 구할 수 없어."

한 발의 총성과 검이 바람을 가르는 소리.
그것이 두 번째 전투의 시작을 알리는 신호였다.

◆ 사랑받고 싶었을 뿐이었다

시에스타와 헬의 치열한 전투는 벌써 10분 이상이나 이어지고 있었다.

지면에서 뻗어 나온 가시나무 채찍이 날아들자 시에스타의 장총이 가시나무를 정확하게 쏘아 떨어트렸고 그 틈에 헬이 사브르를 들고 덤벼들자 이번에는 시에스타도 손에 든 머스킷 총을 마치 검처럼 휘두르며 격렬하게 대치했다. 나도 후방에서 원호사격을 시도해 보려고 했지만.

"조수, 방해돼."

"그런 불합리한……."

시에스타는 압도적인 경험과 센스로 지형마저도 아군으로 삼은 최강의 적과 호각…… 아니, 그 이상으로 홀로 싸우고 있었다.

"──큭, 하아. 웃음을 나올 정도로 필사적인걸."

이윽고 뒤로 거리를 크게 벌린 헬이 말의 내용과는 다르게 불쾌하다는 듯이 입술을 일그러트렸다.

"그렇게 주인님을 되찾고 싶은 거야?"

비웃는 듯한 말투였다. 헬이 우리를 깔보듯이 코웃음을 쳤다.

하지만 그런 것보다도.

"……주인님?"

그 단어가 신경 쓰였다.

전에 알리시아에게서 들었던 이야기로는 헬의 흉악한 인격 속에서 알리시아가 태어났다는 구도였을 터였다. 어디까지나 헬이 표층에 있고 알리시아가 이면. 하지만 방금 헬의 발언에 따르면——.

"——설마 네가 알리시아의 몸을 차지한 거야?"

사실은 알리시아가 표층의 인격이고 헬이 이면이 아니었을까.

그 힘의 관계를 헬이 억지로 역전시킨 것이 아닐까.

"차지한 게 아니야."

그러나 헬은 붉은 눈을 가늘게 뜨며.

"대신해 준 거지."

어디까지나 그건 상냥함의 발로였다고 주장했다.

"이 육체는 다른 《SPES》의 간부들과는 조금 다르게 만들어졌거든—— 원래는 평범한 인간이었어."

"뭐……?"

아까 그 연구소에서 들은 이야기에 따르면 《SPES》의 구성원은 모두 시드의 꺾꽂이로 태어난 인공적인 존재였을 텐데……아니, 잠깐만. 아니다, 나는 그렇지 않은 《인조인간》을 알고 있었다.

"박쥐……."

3년 전에 상공 1만 미터에서 만난 그 금발의 남자는 강제로 《SPES》의 능력을 몸에 이식받은, 말하자면 반인조인간이었다. 헬도…… 혹은 알리시아도 박쥐와 마찬가지로 원래는 평범한 인간이었던 건가.

"그렇지만 이 몸은 그 특이성 때문에 줄곧 여러 가지 실험을 받아 왔지."

실험. 그 말에 소름이 돋았다.

"아파, 뜨거워, 아파, 뜨거워, 아파, 뜨거워…… 괴로워. 주인님은 상당히 고통스러운 경험을 한 모양이야. 그리고 마침내 그 고통을 견디지 못하게 된 날에—— 내가 태어났어. 주인님이 만들어 낸 거지."

……그랬던 건가.

해리성 정체성 장애의 대표적인 사례였다. 오랜 시간에 걸친 정신적, 신체적 고통을 견디지 못했을 때 별개의 인격을 만들어서 심리적인 대미지를 경감시키는 것이다. 헬은 그런 알리시아 본인이 만들어 낸 또 하나의 다른 인격이었다.

"그게 나와 주인님의 관계야. 괴로움도 반반, 슬픔도 반반. 우리는 그렇게 살아왔어."

"그렇다면 그 괴로움도 슬픔도 지금 당장 내가 끝내 주겠어."

전장을 《한낮의 꿈》이 내달렸다. 마치 이 이상의 대화는 필요 없다는 것처럼 시에스타는 기세 좋게 지면을 박차며 눈으로 볼 수 없는 속도로 군복 소녀와의 간격을 좁혔다. 그리고 망설이는 일 없이 총구를 겨누었다.

"그러고 보니 한 가지 깜빡했어."

그러나 헬은 미동도 하지 않고 나직하게 중얼거렸다.

"괴로움도 반반, 슬픔도 반반── 그렇다면 당연히 고통도 반반이지?"

다음 순간, 헬이 목을 앞으로 푹 숙였다.

"……어라? 이곳은…….."

그리고 마치 방금까지의 귀기 서린 표정이 환상이었다는 것처럼 어리둥절하다는 듯이 눈을 동그랗게 뜬 얼굴로 주위를 두리번거리며 보았다. 그리고 두리번거리던 시야에 비친 것은.

"어? 키미즈카?"

가장 먼저 조금 떨어진 곳에 있는 나를 발견했지만 품으로 파고든 또 하나의 인물은 깨닫지 못했다. 그렇게 겨누어진 총구에서 한발의 총탄이 발사되었다.

"꺄아아아아아아악……!"

소녀가 절규와 함께 그 자리에 무너져 내렸다. 총탄이 스쳤는지 오른쪽 어깨에서 검붉은 피가 흘러나오고 있었다.

"알리시아……!"

무의식중에 그 이름을 부르고 있었다.

"키미, 즈카……."

……! 역시 틀림없다. 저건 알리시아였다. 나는 그렇게 확신하며 알리시아가 있는 곳으로 달려가려고 했지만——.

"오면 안 돼."

하지만 알리시아를 쏜 장본인이 등을 돌린 채 나에게 경고했다.

"……! 시에스타, 그 녀석은 알리시아야! 그러니까 공격하는 건……."

"알아. 그러니까 급소는 피했어."

시에스타는 그렇게 말하면서도 쓰러진 알리시아에게 계속 총구를 겨누고 있었다.

"흐음, 상냥한걸. 심장이나 머리를 쐈으면 너희의 승리였는데."

그 순간 시에스타의 발치에서 가시나무꽃이 피었다.

"……!"

시에스타가 그 모습을 보자마자 순간적으로 물러서며 다시 내 옆에 섰다. 그리고 가시나무꽃이 피어있는 몇 미터 앞에서 군복의 소녀가 오른쪽 어깨를 누르며 비틀비틀 일어섰다.

"그렇게 주인님이 소중해?"

그렇게 말하는 소녀의 군모 아래에서 엿보이는 붉은 눈은 또다시 헬의 차가운 눈으로 돌아가 있었다. 틀림없었다. 지금은 헬이 주인격이 되어 자유자재로 알리시아와 인격을 교대하고 있었다.

"하지만 나는 그런 무른 녀석들에게 지지 않아. 이번에야말로 《SPES》로서 사명을 완수하겠어."

헬이 붉은 눈을 크게 뜨며 검을 들고 대지를 박찼다. 그리고 대량의 가시나무가 동시에 우리를 향해 덮쳐들었다. 만약 반격을 시도하면 아마 헬은 또다시 알리시아와 인격을 교대하겠지. 그렇게 되면 이제 우리에게는 방법이 없었다.

"아, 역시 거짓말이었구나."

시에스타가 나직하게 중얼거렸다.

그건 3년 전에 하이재킹이 일어났던 비행기에서도 들은 기억이 있는 말이었다. 시에스타가 이렇게 말했으니 여기서부터 이야기가 크게 움직일 것이다.

"무슨 말이야?"

헬이 허를 찔렸다는 것처럼 고개를 갸웃거렸다. 하지만 가시나무 쪽은 멈추는 일 없이 나와 시에스타를 에워쌌고…… 이어서 시들어 버렸다.

"비……?"

뺨에 물방울이 떨어져 내려서 하늘을 올려다보았다.

올려다본 하늘 위에서는 한 대의 헬기가 날고 있었다. 헬기가 뭔가 액체를 뿌리고 있는 건가……?

"제초제야."

시에스타가 말했다.

"초즉효성의 특제품. 인체에 영향은 없으니까 걱정 마."

"여전히 준비성이 끝내주는군……."

그건 전에 보았던 《생물병기》의 대응책이었다. 식물을 죽이고 인류만을 살리는 방법. 저 헬기에 탄 건 아마 후우비 씨일 것이다.

"……!"

그러자 군도를 쥔 헬이 단신으로 달려들어 검을 휘둘렀다. 시에스타는 또다시 머스킷 총을 검처럼 휘두르며 그 공격에 응전했다.

"뭐가? 내가 무슨 거짓말을 했다는 거야?"

하지만 사브르를 쥔 헬의 손은 살짝 떨리고 있었다. 그런 적에게 시에스타는.

"그러니까 너에게 《SPES》로서의 의사 같은 건 없잖아?"

자비 없이 그런 사실을 고했다.

"……몇 번이나 말했을 텐데. 나는 운명에 따라…… 《SPES》의 의사에 따라 행동하고 있어……! 그러니까 나는……!"

붉은 눈이 흔들리고 있었다. 그건 헬이 보여준 첫 동요였고——그런 허점을 시에스타가 놓칠 리 없었다.

네가 말했잖아, 하고 시에스타는 표정을 무너트리는 일 없이 거듭해서 말했다.

"너는 알리시아의 방어본능에 의해 태어난 완전히 새로운 존재—— 그렇다면 너에게 《SPES》로서의 본능이 뿌리박혀 있을 리가 없어."

……! 그런 말이었나…… 조금 전 헬의 말이 사실이라면 《SPES》의 능력과 의사를 처음으로 계승한 건 알리시아였다. 헬은 알리시아의 방어반응에 의해 후천적으로 만들어진 인격에 지나지 않았다. 그러니 원래라면 헬에게는 《SPES》로서의 본능은 존재하지 않을 터였다.

"그러니까 너는 필사적으로 《SPES》에 가까워지려고 했을 뿐인—— 단순한 모조품이야."

그리고 시에스타는 고개 숙인 헬을 그렇게 끝장냈다.
"……그러면."
헬이 바닥을 내려다본 채 중얼거렸다. 그리고 이어서 고개를 든 그녀의 얼굴은 노여움으로 물들어 있었다. 그런 헬의 모습을 보는 건 이걸로 두 번째였다.
"무엇을 위해서 내가 그러는 건데!? 내가 그렇게까지 《SPES》에 복종하는 이유가 뭐라는 거야……!"
그래, 그때도 헬은 이런 표정을 짓고 있었다.
시에스타는 분명 그 순간에는 이미 깨달았었겠지.
그래서 탐정은 지금 다시 상냥하게 타이르는 것처럼 군복의 소녀에게 말했다.

"사랑받고 싶었을 뿐이잖아, 아버지에게."

◆ 괴물이 울다

"――!"

"너는 그저 부친에게 사랑받고 싶었던 거야. 누군가에게 인정받고 싶었던 거야. 그뿐이었지."

"아니야!"

동공이 열린 헬이 힘주어 고쳐 쥔 군도를 치켜들었다, 곧바로 칼날이 시에스타의 목으로 육박했지만…… 시에스타가 가벼운 몸놀림으로 공격을 피하자 칼끝이 헛되이 허공을 갈랐다. 헬은 처음보다도 움직임에 생기가 없는 것처럼 보였다. 역시 시에스타의 가설이 맞은 것이다.

"그럼 어째서 그렇게 정색하는 거야?"

나는 헬의 움직임을 제한하는 것처럼 발치를 노려 발포했다.

"……!"

헬이 얼굴을 살짝 일그러트리며 일단 몸을 물렸다.

"다른 걸 물어볼까. 너는 어째서 조금 전에 알리시아와 인격을 교대한 거야?"

거듭해서 그렇게 물어보는 시에스타. 총구는 헬을 겨눈 채 떨어지지 않았다.

"실은 그렇게 함으로써 내가 급소를 피하기를 기대했으니까? ……아니겠지. 너는 그저 알리시아에게 고통을 주고 싶었을 뿐이야."

"……그래, 그것도 부정하지는 않아. 나는 주인격님의 고통을 받아낼 뿐인 존재로서 태어났으니까. 복수심도 분명 있었을지도 몰라."

"그래, 그거야. 너에게는 감정이 있어. 식물에게도…… 하물며 괴물에게도 없지."

그렇지만, 하고 시에스타는 이어서 말했다.

"또 거짓말을 하고 있어."

"……그런 적 없어."

"알리시아에게 고통을 떠넘긴 진짜 이유는 복수심 같은 게 아니야── 질투지."

"──! 그 입 다물어!"

헬이 격앙했다. 깨달았을 때는 이미 군도를 들고 시에스타와 무기를 맞부딪치고 있었다.

"너는 알리시아에게 질투했어. 자신을 괴롭게만 한 주제에 나와 조수라는 동료를 만든 알리시아가 증오스러웠고…… 부러웠던 거야."

"아니야…… 아니야, 아니야!"

"맞아. 너는 그저 사랑받고 싶었던 거야, 동료를 원했던 거야."

"닥쳐!"

헬의 붉은 눈이 빛났다.

"너는 지금 이 자리에서 자해한다……!"

그 순간, 시에스타가 허리의 홀스터에서 권총을 뽑아 자신의 관자놀이에 들이대었다.

헬의 《능력》이 발동한 것이다. 그건 사람의 의식에 간섭하여 행동을 조종하는 힘이었다.

그렇지만——.

"시에스타, 너는 죽지 않아."

내 말에 시에스타가 곧바로 총을 손에서 놓았다.

"어, 째서……."

시선이 흔들리는 헬에게 시에스타가 그 이유를 이야기했다.

"간단한 거야. 나는 그 누구보다도—— 자기 자신보다도 조수를 믿고 있으니까."

시에스타가 나를 한 번 본 뒤에 눈앞에 군림한 최강의 적에게 말했다.

"설령 내 의식이 자신의 죽음을 자각하더라도 조수가 확실한 말로 부정해 준다면 나는 망설이지 않고 그 말을 믿어. 그저 그뿐이야."

"……그렇다면."

헬의 시선이 나에게 향했다. 그러자.

"조수, 너도 죽지 않아."

시에스타가 곧바로 말했다.

그건 우리의 이 기묘한 파트너 관계를 얽매는 주문이었다.

서로가 자기 자신보다도 상대를 믿는다—— 그저 그뿐이었다.

그저 그것뿐.

3년간 무의식중에 길러온 그것만으로 우리는 무적이 될 수 있었다.

하지만 그게 바로 《붉은 눈》의 세뇌를 타파하는 유일한 방법이었다.

설령 어떠한 말로 내 의식을 지배하더라도 그 이상으로 서로 신뢰하는 누군가가 나에게 단 한마디만 해 주면 이 몸은 다시 자유를 되찾는다.

그리고 그 누군가가 나에게 있어서는 시에스타고—— 시에스타에게 있어서는 나였다.

그걸 편의주의적이라고 할 수도 있겠지만, 적어도 유대라고 해줬으면 한다.

지난 3년 동안 길러온—— 끊어도 끊을 수 없는 너무나도 질긴 인연이다.

"유대!? 그런 게, 그딴 게……!"

인정하고 싶지 않다고. 그렇게 말하고 싶어도 하지 못한다.

헬이 그 자리에 검을 떨어트리고 머리를 부여잡았다. 아마 이것이 시에스타가 준비한 방법일 것이다.

알리시아를 구하기 위해서는 당연히 그 육체를 죽여서는 안된다. 그렇다면 헬의 인격만을 제거해야 했다. 그래서 시에스타는 헬의 심리적 모순을 지적하여 그녀의 정신성을 뒤흔들려고 했다.

"그래, 헬. 너는 《성전》 같은 걸 따르지 않아도 돼. 사람을 이 이상 죽이지 않아도 돼. 그런 짓을 하지 않아도 동료는 만들 수 있어. 유대가 생겨."

나는 시에스타의 의도를 이해하고 헬에게 말했다.

"그러니까 억지로 그 녀석이…… 시드가 하는 말을 들을 필요는……."

그렇게 내가 이어서 말하려고 했을 때였다.

"──그렇다면 질 수 없어."

헬이 떨어뜨렸던 붉은 자루의 군도를 주워들었다.

이어서 고개를 든 헬의 눈은 불타오르는 것처럼 붉게 빛나고 있었다.

"헬, 너는……."

"인정할게."

그리고 다음으로 시에스타를 마주 본 헬은 더 이상 조금도 흔들리지 않았다.

"나는 사랑받고 싶었어. 필요로 해 주길 바랐어. 태어난 의미를 인정받고 싶었어. ……그렇지만 그건 누구라도 괜찮은 게 아니야. 누구라도 괜찮으니 동료가 필요했던 게 아니야. 나는 그저 아버님께 사랑받고 싶었어. 아버님께 인정받고 싶었어."

그러니, 하고 헬이 군도의 칼끝을 시에스타에게 겨눴다.

　"그러니 나는 그것만을 위해 살아서 싸우고 세계를 부술 거야
—— 그게 나의 생존본능이야."

　그건 결코 꺾이지 않는, 신념과도 같은 거대한 악이라 불러야
할 무언가였다.

　"좋아."

　그리고 그런 세계의 적과 맞설 수 있는 건 이 명탐정밖에 없었
다.

　시에스타는 장총을 들고 그 선전포고를 받아들였다.

　"《식물》은 시들었어. 《붉은 눈》도 막혔지. 너에게 남은 건 그
칼 한 자루뿐. 슬슬 마무리를 지어볼까."

　"총과 칼의 싸움이라고 이길 수 있을 거라며 방심하지 않았
어?"

　"아니. 나와 너의 싸움이니까 이길 수 있을 거라며 방심하고
있어."

　"너는 정말 짜증 나는 상대야."

　"분명 우리는 어떠한 형태로 만났더라도 사이좋게 지내지는
못했겠지."

　"그렇겠지. 그러니까 이 자리에서 끝내자."

　헬이 자세를 낮추고 발도 자세를 취했다. 그리고 시에스타를
신속하게 베어 넘기려고 했을 때였다.

"……! 지진인가……?"

돌연히 지면이 밑에서부터 크게 치솟아 오르며 굉음과 함께 갈라지기 시작했다. 아직 시들지 않은 《뿌리》가 있었나…… 그렇게 생각해서 대비하고 있으니——.

"조수! 위험해!"

시에스타가 내 몸을 강하게 밀쳤다.

다음 순간, 지면이 한 번 크게 융기되더니 마침 나와 시에스타의 사이를 가로막듯이 커다란 균열이 생겼고—— 무언가가 치층에서 나타났다.

그것은 본 적이 있는 그로테스크한 색감의 거대한 파충류 같은 모습이었다. 하지만 지금 출현한 이 녀석은 그때와는 사이즈가 현저하게 달랐다. 길이가 10미터는 넘을 듯한 그 괴물은 땅울림과 함께 크게 울부짖으며 표적을 찾았다.

"시에스타……!"

부활한 《생물병기》—— 베텔기우스.

그 안구가 달리지 않은 머리가 내가 아닌 시에스타와 헬 쪽을 향했다.

"이쪽 보라고 괴물아……!"

나는 탄이 떨어질 때까지 매그넘의 방아쇠를 당겼다. 하지만 베텔기우스는 거들떠보지도 않고 균열 너머를 본 채 거대한 아래턱에서 침을 흘렸다.

"배가 고픈 건가……?"

베텔기우스는 사람의 심장을 먹는 괴물이었다.

균열 너머에는 시에스타와 헬이라는 두 인간이 있었고——
공복의 괴물은 어디까지나 수를 우선할 것이다.

"시에스타!"

거구의 괴물 너머로 은백색 머리카락의 소녀가 얼핏 보였다.
직후에 고래의 포효 같은 울음소리가 울려 퍼졌고—— 이어서
커다란 붉은 꽃이 흐드러지게 피었다.

마지막으로 한순간 시선이 마주친 그녀는 웃고 있는 것처럼
보였다.

◆ 세상에서 가장 ○ ○ 한 너에게

"이런 게 기르던 개에게 손을 물린다는 건가."

흙먼지가 갠 뒤에 내 시야에 비친 것은—— 그렇게 위세 좋게
날뛰었음에도 쓰러져 있는 거구의 베텔기우스와 그 괴물의 머
리에 다리를 올리고 있는 헬이었다.

그리고——.

"시에스타······."

왼쪽 가슴에서 붉은 피를 흘리는 내 파트너가 땅바닥에 엎드
려 있었다.

"연구소에 격리되어 있었을 텐데 먹이의 냄새에 이끌려서 온
건가."

헬은 그렇게 말하며 군도를 베텔기우스의 목덜미에 찔러넣었

다. 괴물은 이미 숨이 끊어진 것처럼 보였다.

"그렇지, 너는 잠시 움직이지 말아줘."

헬의 《붉은 눈》이 빛나며 내 다리가 멈췄다. 나도 깨닫지 못한 사이에 시에스타의 곁으로 달려가려고 했던 건가.

"피를 너무 흘리고 말았어……."

능력에 의해 움직이지 못하는 내 눈앞에서 헬이 비틀거리며 시에스타의 곁으로 다가갔다. 잘 보니 헬도 왼쪽 가슴이 커다랗게 뚫려서 검붉은 피가 끊임없이 흘러내리고 있었다.

"그러면."

다가간 헬이 쓰러져 있는 시에스타에게 손을 뻗었다.

"……! 시에스타를 만지지 마!"

나는 헬의 곁으로 달려가려고 했지만 마치 몸이 돌덩이가 된 것처럼 움직이지 않았다. 저 《붉은 눈》에 의한 세뇌를 풀기 위해서는 진심으로 서로 신뢰하는 사람이 곁에 있어야 한다. 하지만 지금의 나에게는 이제…… 그 누군가가 없었다.

"또 심장에 대미지를 입고 말았거든. 새로운 심장으로 교환해야겠어."

헬이 그렇게 중얼거렸다. 헬은 《잭 더 데빌》로서 런던에서 잇따라 심장을 빼앗았었다. 그건 자신의 몸에 가장 적합한 심장을 찾기 위한 시행착오였다. 그리고 지금 헬은 베텔기우스의 공격을 받아서 상처 입은 심장을 또다시 새로운 것으로── 시에스타의 심장으로 교환하려 하고 있었다.

"……그만둬! 심장이 필요하다면 내 심장을 줄 테니까! 그러니까 그 녀석만큼은⋯⋯ 시에스타만큼은⋯⋯!"

"전에도 말했잖아."

헬이 한순간 움직임을 멈추고 나를 한 번 힐끗 보았다.

"너는 언젠가 내 파트너가 될 거야. 그러니까 목숨은 소중히 여겨줘야지."

그렇게 말한 헬은 붉은 눈을 좁히고는—— 자신의 오른팔을 시에스타의 붉게 물든 왼쪽 가슴에 박아넣었다.

"그만해⋯⋯!"

그러나 몸은 움직이지 않았다. 나는 눈도 깜빡이지 못한 채 그 참상을 똑똑히 보았다.

"명탐정의 심장은 내가 받아가겠어. 이걸로 나는 유일무이한 존재가 될 거야."

그리고 헬이 시에스타의 몸에서 오른손을 끄집어냈다.

그 손에는 뛰고 있는 심장이 올려져 있었다.

"시에, 스타⋯⋯."

멍하니 바라보기밖에 하지 못하는 내 앞에서 헬은 우선 자신의 구멍이 뚫린 왼쪽 가슴에 손을 넣어 심장을 꺼냈다. 그리고 그걸 아무렇지도 않게 쥐어 터트리고는 대신 시에스타의 심장을 자신의 왼쪽 가슴에 대었다. 그러자 심장이 원래 위치를 찾아가는 것처럼 미끄러지듯이 몸 안으로 빨려 들어갔다.

그것뿐이었다.

고작 그것뿐인 작업으로 시에스타의 심장을 헬이 빼앗아갔다.

"마침내 이 몸에 걸맞은 심장을 손에 넣었어. 분명 이걸로 아버님에게……."

헬은 만족스럽게 중얼거리고는 시에스타의 주검은 거들떠보지도 않고 등 뒤의 하늘을 돌아보았다. 그곳에는 하얀 달이 떠 있었다.

"시에스타……."

나는 허탈함에 휩싸인 채 시에스타의 곁으로 향했다. 이미 목적을 완수했기 때문인지 헬의 마인드 컨트롤도 풀려 있었다. 나는 몇 번이나 갈라진 지면에 휘청이면서도 이윽고 파트너의 주검 앞에 도착했다.

"시에스타."

무릎을 굽히고 피로 물든 시신을 안아 들었다. 작고 가는 몸이었다. 이번에야말로 호흡을 확인할 것도 없이 시에스타는 죽어 있었다. 열려있는 눈을 손바닥으로 감겨 주고 하얀 얼굴에 튄 피를 손가락으로 닦았다.

"시에스타."

다시 한번 불렀다.

당연히 대답은 없었다.

탐정은 이미 죽었다.

"……윽, …………큭."

울지 않을 줄 알았다. 그럴 게 이 녀석과는 연인 사이는커녕 친구 사이도 아니었다. 그저 서로 이해관계가 일치했던 비즈니스 파트너에 지나지 않았다. 시에스타는 나에게 특별한 사람은 아니었다.

그렇지만 어째서일까.

몇 번을 닦아도 시에스타의 얼굴은 물방울에 젖어 있었다.

"……미안해."

떨리는 손으로 품속에 있는 시에스타의 얼굴을 쓰다듬었다.

하지만 역시 시에스타는 아무런 대답도 해 주지 않았다.

"돌려내."

나는 그래서 대신 헬에게 말했다.

시에스타의 시신을 땅바닥에 조심스럽게 눕히고 남은 힘으로

일어섰다.

"돌려 달라고? 뭘?"

헬이 돌아보며 의아한 표정으로 고개를 갸웃거렸다.

"그건 시에스타의 심장이야. 돌려줘야겠어."

"그건 무리야. 이건 이제 내 심장이니까."

헬은 그렇게 말하며 왼쪽 가슴에 손을 대었다.

그 순간, 내 안에서 무언가가 폭발했다.

"그 더러운 손으로 시에스타를 만지지 마……!"

깨닫고 보니 다리가 움직이고 있었다. 이 몸이, 살이, 뼈가, 피

가. 저 녀석을 살려두는 것을 용납하지 않았다. 나이프를 뽑아

헬의 품속으로 뛰어들었다.

"이해가 안 되는걸."

헬이 군도의 코등이로 나이프를 흘려넘기며 눈살을 찌푸렸다.

"처음에 만났을 때 네가 말했을 텐데. 너는 자기 자신밖에 신용하지 않는다고."

나는 몇 번이나 칼을 휘둘렀지만 곧 헬이 어쩔 수 없다는 듯이 내 오른팔을 베어서 나이프가 땅으로 떨어졌다. 그렇다면, 하고 나는 왼쪽 주먹을 쥐었다.

"……하는 수 없군. 네 주먹은 나에게 닿지 않아."

헬의 《붉은 눈》이 빛나며 또다시 내 몸이 움직이지 않게 되었다.

"하지만 지금 너는 그렇게 피투성이가 되면서도 쥐고 있는 주먹만큼은 결코 풀려고 하지 않아. 나를 후려치려고 내 눈보다도 붉디붉은 충혈된 눈을 하고 있어."

어째서지? 하고 헬이 물었다.

"그 분노는 어디서 나오는 거야? 아까 네가…… 너희가 말했던 유대가 이유야?"

너는, 하고. 헬이 거듭 나에게 물었다.

"너는 대체 그녀의 뭐였던 거야?"

치켜든 주먹은 움직이지 않았다. 피를 너무 흘린 탓에 다리가 후들거렸다. 그런 상황 속에서 돌아가지 않는 머리에 채찍질하며 나는 생각했다.

나는 대체 시에스타의 뭐였을까.

헬에게 질문받을 것도 없이 이때까지도 줄곧 생각해왔던 것이었다.

시에스타에게 있어서 나는 어떠한 존재였는지.

하지만 지금 와서는 이제 알 길이 없었다. 죽은 자는 아무 말도 해 주지 않는다. 시에스타가 나를 어떻게 생각했는지를 알아낼 방법은 영원히 없어진 것이다.

——그래도.

나는 어질어질한 머리로 생각했다.

그럼 그 반대라면 어떨까.

나는 시에스타를 어떻게 생각하고 있었지?

그날.

그 지상 1만 미터 하늘 위에서 우리는 만났고 지금까지 3년 동안이나 여행을 이어왔다.

……솔직히 말하자면 지긋지긋했다.

이 연루 체질 탓에 나는 누구보다도 일상을 사랑했고 줄곧 안주하고 싶었다. 하지만 그걸 그 녀석이 억지로 끄집어냈고—— 학교 축제 때 창밖으로 뛰어내렸던 것이 결과적으로는 이 비일상으로 향하는 도약이기도 했다.

적당히 좀 해 달라고 몇 번이나 신에게…… 명탐정에게 빌었는지 알 수 없다.

내가 지난 3년 동안 몇 번이나 죽을 뻔했다고 생각해?

몇 번이나 다치고, 총격전에 말려들고, 사흘 내내 먹지도 마시지도 못하고, 곰이 출몰하는 산에서 노숙을 하고, 살인귀를 뒤쫓고, 유괴당하고, 감금당하고, 《인조인간》과 싸우고, 《생물병기》와도 싸우고, 불합리한 일을 겪고, 파트너에게 "너는 바보야?"

하고 매도당하고——.

　그리고 몇 번이나 웃었다고 생각해?

　그거 알아? 사실 시에스타는 그렇게 쿨한 척했지만 웃음이 많
은 녀석이었다. 하지만 그런 꾸미지 않은 모습을 보여주고 싶지
않았는지 웃음이 나올 것 같으면 언제나 나에게서 고개를 돌리
고 수십 초에 걸쳐 원래 표정으로 돌아온 뒤에 말했지—— "너
는 바보야?" 하고 말이야. 그리고 그걸 보고 내가 웃고 시에스
타가 언짢아하는 것까지가 한 세트였다. 그 녀석 의외로 어린애
같다고.
　자신이 다른 사람을 놀리는 건 괜찮지만 그 반대는 용납하지
못했다. 거짓말도 못 하고 사람을 사귀는 것도 서툴렀다. 아침
잠이 많았다. 낮에도 잠이 많았다. 많이 자고, 많이 먹었다. 내
가 케이크를 두 개 사와도 먼저 고르려고 하면 화냈다. 아니, 두
개 전부 혼자 먹었다. 행복하다는 듯이 먹었다. 그리고 내가 어
이없어서 웃고 있으면 포크로 딸기만 떠서 나에게 내밀었다.
　시에스타는 그런 녀석이었다.
　세계의 적과 싸우는 명탐정?
　그런 건 시에스타의 본질이 아니었다.
　그래.
　나는 그저 시에스타가 재미있는 녀석이어서 함께 있었을 뿐이
었다.

확실히 지난 3년 동안 고생도 고통도 고뇌도 지겨울 정도로 경험했다.

　그렇지만 그 천 번의 불합리 속에서 나는 만 번을 웃었다.

　시에스타와 함께 웃었다.

　"나와 시에스타가 대체 어떤 관계였냐고?

　내가 시에스타를 어떻게 생각하고 있었냐고?"

　그런 건 처음부터 뻔히 알고 있었다.

　전신에 힘이 돌아왔다. 위기 상황의 각성 같은 걸까. 뼈가 삐걱이고, 살이 떨리고, 피가 끓었다. 하지만 뭐라도 딱히 상관없었다. 이걸로 몸이 망가지든 말든 아무래도 좋았다. 그저 지금은 시에스타의 원수를 갚기만 하면 된다.

　"세뇌를 풀었어······?"

　붉은 눈을 크게 뜬 헬의 모습이 시야에 들어왔다.

　그리고 나는 피로 젖은 왼쪽 팔을 치켜들고 이제는 두 번 다시 전해지지 않을 파트너에 대한 마음을 소리쳤다.

　"당연히 세상에서 가장 소중하게 생각하고 있지!"

　내 주먹 쥔 손이 헬에게 육박하며 얼굴 바로 앞까지 다가갔다.

　그리고 닿기 직전에——.

"사랑 고백은 대단히 고맙지만 그 사랑하는 사람의 얼굴에 상처를 낼 생각이야?"

그런 어딘가 그립게 느껴지는 비아냥이 들려왔다.

◆ 다시 한번 너를 만나러 간다

한순간 어디서 들려온 목소리인지 알 수 없었다.

"……뭐?"

그건 헬도 마찬가지였는지 무표정인 채 고개를 갸웃거렸다.

하지만 그건 대단히 기묘한 현상이었다.

조금 전에 나온 수수께끼의 목소리와 지금 눈앞에 서 있는 인물의 목소리가 완전히 일치했다.

이건 대체 어떻게 된 거지?

그렇게 머릿속이 물음표로 가득 차 있으니 불현듯 눈앞에 선 군복의 소녀가 손에 들고 있던 사브르를 땅바닥에 떨어트렸다. 그리고 스스로 했을 터인 그런 행동을 그녀는 놀란 표정으로 바라보고 있었다. 마치 아까부터 본인의 의지와는 상관없이 입과 몸이 움직이는 것만 같았다.

"뭐지…… 이건."

헬의 얼굴이 경련했다.

그리고 다음 순간, 오른쪽 눈의 색이 빨간색에서 파란색으로 변했다.

"시에스타, 너야?"

경악하는 헬의 반쪽 얼굴. 그리고 다른 반쪽이 나를 지그시 응시했다.

이걸로 확신으로 변했다── 시에스타는 헬의 안에서 살아 있었다!

"이런 말도 안 되는…….."

헬의 붉은 왼쪽 눈이 바로 옆의 푸른 눈을 노려보았다.

"용서 못 해…… 멋대로 내 몸을…… 빼앗는 짓거리는…….."

"입 다물고 있어. 지금은 내가 조수와 이야기를 나누고 있으니까."

그렇게 말한 눈앞의 소녀가 눈을 한번 힘주어 감았다. 그리고 다시 눈을 떴을 때는 양쪽 눈이 파란색으로 변해 있었다.

"시에스타, 너…….."

"울려 버렸네."

틀림없다. 시에스타였다.

헬이라는 원수의 몸을 빌리기는 했지만 시에스타가 말하고 있었다.

나는 그 사실에 다리가 후들거리고 또다시 눈시울이 뜨거워졌다.

시에스타는 아직 살아 있었다.

"시에스타, 나는……."

"조수, 시간이 없으니까 잘 들어."

그러나 시에스타는 재회의 기쁨에 빠지는 일도 없이 나에게 계속해서 말했다.

"사실 내 심장은 좀 특별하거든. 예를 들자면 나는 자신의 의식을 심장에 깃들게 해 이렇게 타인의 몸속에서 자아를 유지할 수 있어."

"그건……."

그건 기억 전이라는 현상에 가까운 걸까. 장기이식을 받을 때 기증자의 기억과 취향이 이식자에게 계승된다는 사례가 세계 각국에서 보고되고 있다고 한다.

헬이 시에스타의 심장을 빼앗음으로써 시에스타의 기억과 의식도 헬의 몸 안에 이식된 모양새가 되었다. 그리고 지금은 시에스타가 헬의 몸을 빌려서 말하고 있다는 건가.

"여러 가지로 계획을 짜 봤지만 헬을 진정한 의미로 쓰러트리는 건 역시 어려웠어."

"……! 시에스타, 그럼 너는!?"

"응, 이렇게 할 수밖에 없었어. 내가 헬의 몸 안에 침입해서 그녀의 의식을 억누르는 거지. 그것이 헬에게 대항할 단 한 가지 수단이었어."

……! 그럼 시에스타는 그때 일부러…… 자신이 죽을 것을 알고도!

그런, 그런 바보 같은 짓을!

"말했잖아. 진짜 명탐정이란 사건이 일어나기 전에 사건을 해결하는 법—— 이렇게 될 거라는 건 훨씬 전부터 알고 있었어."

"어떻게 그럴 수가 있어. 너는 처음부터……."

처음부터 종착지가 보였던 건가.

그렇다면 어째서…… 어째서…….

"말하면 너는 막을 테니까."

시에스타가 헬의 모습으로 쓸쓸하게 웃었다.

"너에게 부탁이 있어."

"……안 들어."

"들어줘."

"싫어."

"너는 바보야?"

고집부리고 있을 때가 아니잖아, 하고 말하며 시에스타는 손을 뻗어서 내 머리를 쓰다듬었다.

"나는 이 몸의 안쪽으로 들어가서 헬의 흉악한 의식을 억누를 거야. 그러면 분명 이 몸에는 다시 알리시아의 인격이 눈을 뜨겠지."

"……! 알리시아가!?"

"응. 당연히 이 몸은 케르베로스의 능력을 계승하고 있으니까…… 알고 있잖아?"

……그런 건가. 지옥의 파수견은 머리가 세 개. 세 사람까지 그 몸에 깃들 수 있다는 말이다. 알리시아와 헬에 더해서 시에스타도 그중 한 사람이 된 것이다.

"어쩌면 그 애는 다시 기억을 잃었을지도 몰라. 그래도 그 애에게 협력을 구해서—— 언젠가 《SPES》를 쓰러트려 줬으면 해."

그것이 시에스타가 준비해놨던 진정한 비책이었다.

헬을 쓰러트리고 알리시아만을 살리는 단 하나뿐인 비장의 방법.

"그러면! 그렇게 되면 넌 어떻게 되는 건데? 알리시아의 인격이 눈을 뜬다는 건 네 의식은 헬과 함께 사라진다는 말이잖아! 용납 못 해…… 그런 건 용납 못 한다고!"

알리시아를 구하기 위해서 시에스타가 희생한다는 해결법은 바라지 않았어!

어떤 형태라도 좋아. 적으로서라도 좋아.

네가, 네 의식이 어딘가에서 살아있어 준다면 그걸로 족해.

그러니까 그렇게 제멋대로 구는 건 용납 못 해!

"너는 그렇게 말할 거라고 생각했어."

시에스타가 다시 덧없이 웃었다.

"하지만 걱정 마. 알리시아는 내가 가지고 있지 않은 것을 가지고 있어. 분명 그 애라면 너와 잘해낼 수 있을 거야."

그 2주 동안을 떠올려 봐, 하고 시에스타는 상냥하게 말했다.

"그러니까 멋대로 이야기를 진행시키지 말라고! 나는 아직 아무것도……."

그때 다리가 크게 휘청거렸다.

피를 너무 흘렸기 때문에? 아니, 그런 게 아니라…… 뭔가 달콤한 향기가 났다.

　몽롱하게 한순간 기분이 좋아지는 느낌이 들며 머리가 멍해졌다. 그리고 흐릿해지는 시야 너머로 《생물병기》 베텔기우스의 주검에서 커다란 꽃이 피어나는 모습이 보였다.

　꽃가루였다.

　달콤한 냄새의 꽃가루가 바람에 실려 왔다.

　"……이것도 그런 인과일까?"

　3년 만이지? 하고 시에스타가 곤란하다는 듯이 웃었다.

　3년 만…… 그런가. 3년 전 그 학교 축제의 《하나코 씨》 사건. 내가 다니던 중학교에서 맹위를 떨쳤던 어떤 약의 정체가 바로 —— 이 꽃가루였다.

　"그건 이 녀석의 몸에 피는 꽃에서 만들어지는 것이었나……."

　그렇다면 지금 이 상황이 무엇을 의미하는 건지는 싫어도 알 수 있었다.

　"싫어…… 잊고 싶지, 않아……."

　이 꽃가루를 섭취했을 때 가장 먼저 찾아오는 부작용—— 그 건 기억 장애였다. 이만큼 대량의 꽃가루를 마셔 버렸으니 상당한 리스크가 예상되었다. 어쩌면 지난 3년 동안의 기억도, 시에스타에 대한 것도, 전부——.

　"괜찮아."

　헬의 육체를 빌린 시에스타는 꽃가루에 내성이 있는지 두 다리로 똑바로 서서 휘청이는 나에게 어깨를 빌려줬다.

　"뭐, 어쩌면 조금 정도는 잊어버릴지도 모르겠어…… 예를 들자면 지금 이 자리에서 일어난 일이라거나, 내가 이야기한 내용이라거나."

그래도, 하고 시에스타는 미소 지은 채 말했다.

"너는 나를 잊지 않아. 결코 사명을 내던지지 않아. '불합리해' 하고 한숨을 내쉬면서 알리시아와 함께 계속 할 일을 할 거야."

"그런 건, 안 돼…… 싫어……."

이제는 서 있을 수도 없어서 나는 그 자리에 웅크리고 앉았다. 점점 시야가 좁아지며 귀도 멀어져 갔다.

"나는, 네 조수라고…… 다른…… 녀석의 파트너가, 되지는 않아……."

"……하하. 마지막에 와서 기쁜 말을 해주네."

주저앉은 내 어깨에 손을 올리며 시에스타는 역시 부드럽게 미소 지었다.

이것도 꽃가루의 부작용으로 환각이라도 보고 있는 것일까. 원수일 터인 헬의 얼굴이 내 눈에는 지금 3년간 줄곧 함께했던 파트너의 모습으로 보였다.

"잊고 싶지, 않아…… 너를, 나는…… 줄곧…………."

"괜찮다니까. 말했잖아. 우리는 자기 자신보다 상대를 더 믿어 왔어."

"……그러니까, 네 말을…… 믿으라고?"

"그런 거야. 지금까지 내가 틀렸던 적이 있었어?"

……그래, 없었지. 한 번도 없었다.

너는 언제나 옳았다. 옳기만 한 녀석이었다.

그러니까 가끔은—— 틀려 줬으면 했다.

하지만 이제 내 목은 그 말을 내보내 주지 않았다.

"다음에 네가 눈을 떴을 때 분명 나는 이제 없겠지만."

강하게 살아줘.

기분 탓일까. 시에스타가 우는 것처럼 보였다.

그 녀석은 울지 않을 텐데.

다른 육체이기 때문일까.

굵은 눈물을 뚝뚝 흘리며 시에스타는 내 두 어깨를 붙잡고 외쳤다.

"——알겠지?

—나는 너를 잊지 않아!

—설령 흉악한 적에게 의식을 빼앗기더라도 너만은 잊지 않아!

—어쩌면 시간은 걸릴지도 몰라!

—일주일일지!

—한 달일지!

—일 년일지!

—오랜 시간이 걸릴지도 몰라!

—그래도 반드시!

—다시 한번 이 몸으로 너를 만나러 갈 거야!

—반드시, 반드시!"

거기까지 듣고 내 몸은 완전히 땅바닥에 쓰러졌다.

마지막으로 본 시에스타의 얼굴은 눈물에 젖은 웃는 얼굴이었다.

【Side Siesta】

내 의식이 완전히 사라지기까지 남겨진 짧은 시간.

나는 무릎 위에서 잠든 조수의 머리를 쓰다듬으며 마지막 순간을 보내기로 하였다.

눈물 자국을 뺨에 또렷하게 남긴 채 조수는 마치 어린애처럼 자고 있었다.

"너는 바보야?"

뺨을 검지로 찌르자 말캉한 탄력에 밀려났다. 이래서는 어린애 이전에 갓난아기였다.

"……그래서 그 배에서 헤어질 생각이었는데."

분명 조수는 울 테니까. 나를 위해서 울어줄 테니까.

그래서 사실은 마지막 모습을 조수에게 보여줄 생각은 없었고…… 이 섬으로 향하는 그 소형선에서 작별을 끝내려고 했다. 그런데 이런 곳까지 뒤쫓아왔다. 샤를에게 혼나지는 않았어?

어휴――,

"너, 나를 너무 좋아하는 거 아니야?"

전에도 말했던 농담을 입에 담으며 나는 엄지로 조수의 앞머리를 넘겼다. 어째서 그런 귀여운 얼굴로 자는 거냐며 알 수 없이 화가 나서 조금 웃고 말았다.

"미안."

들리지 않는다는 건 알고 있었다.

"먼저 죽게 되어서 미안해."

그래도 말하지 않을 수는 없었다.

"내가 이런 무모한 방법을 밀어붙인 것에는 실은 한 가지 더 이유가 있어."

그건 런던에서 네가 열어줬던 내 완치를 축하하는 자리였다.

너도 기억하고 있을까?

거기서 알리시아는 말했다—— 언젠가 학교에 다녀보고 싶다고.

그래서 나는 그 바람을 이뤄주기로 했다.

"쓰러트리는 것만이라면 할 수 있었어. 죽이는 것만이라면 간단했지. 하지만 그 애는—— 알리시아는 말했어."

살고 싶다고. 학교에 다니고 싶다고.

그래서 나는 이 목숨을 걸고…… 패배함으로써 승리를 거뒀다.

이 몸으로 깨어난 알리시아가 학교에 다닐 수 있도록.

왜 그렇게까지 하느냐고? 그럴 게——.

"의뢰인의 이익을 지키는 것이 탐정의 일이니까."

나는 조수가 일어나 있었다면 분명 물어보았을 질문에 그렇게 대답했다.

"하지만 그러기에는 조금 시간이 걸릴 것 같아."

알리시아를 학교에 보내거나 평범한 일상생활을 보낼 수 있게 하려면 우선 그 애의 정신을 안정시킬 필요가 있었다. 다른 인격이 일으킨 사건이라고는 해도 자신의 손에 사람이 죽었다는 사실을 알게 되면 그 애는 견디지 못할지도 모른다.

그래서 우선은 그 부분의 멘탈 케어와 기억 수정 그리고 새로운 신분을 만들 필요가 있었다. 그리고 그 부분은 이미 그 붉은 머리의 여형사에게 맡겨 뒀다. 지금은 샤를를 원호하러 갔겠지만 곧 나와 조수를 회수하러 돌아올 터였다.

"너에게도 거짓말을 하게 부탁해 뒀지만 화내지는 말아 줘."

구체적으로는 내가 헬을 쓰러트려서 일단 《SPES》의 위협은 사라졌다는 것. 그리고 알리시아는 무사히 머나먼 나라에서 살게 되었다는 것. 그렇게 너에게 전하도록 부탁해 뒀다. ……그러지 않으면 너는 무모하게 홀로 《SPES》와 적대하려고 할 테니까.

그래서 모든 준비가 끝날 때까지…… 잠시만이라도 네가 일상을 되찾아줬으면 했다.

네가 동경하던 평범하고 굴곡 없는 평화로운 나날을 보내 줬으면 했다.

"3년 동안 휘두르고 다녀서 미안해."

나는 다시 조수의 머리를 쓰다듬었다.

분명 이것도 이제 마지막이라는 생각에 몇 번이나 쓰다듬었다.

"너와는 싸우기만 했었지."

돌이켜보면 떠오르는 건 네가 "불합리해" 하고 중얼거리며 한숨을 내쉬는 옆모습이었다.

　내가 그렇게 불합리했을까? 그렇게 곤란하게만 했을까? 아까는 고양된 나머지 "나를 너무 좋아하는 거 아니야?" 하고 말해 버렸는데 사실은 전혀 그렇지 않을까? ·········조금 불안해졌다.

"하지만 적어도 나는 즐거웠어."

　그런 말을 하면 너는 웃을까? 아니면 이미지를 유지하라며 화를 낼까? ······하지만 마지막 정도는 용서해 줬으면 한다.

　너와 먹었던 애플파이는 혼자 먹었을 때보다 달콤한 맛이었다.

　싸구려 아파트에서 함께 살았을 때는 뭔가 동거하는 커플 같았다.

　카지노도 즐거웠다······ 아, 하지만 너는 빈털터리가 되었던가.

　그러고 보니 예전에 내가 웨딩드레스를 입었던 사진, 지금도 가끔 들여다보고 있지?

　술을 마시는 건 저번에 마셨을 때가 처음이자 마지막이 되는 걸까. 그건 실수였다······.

　내일은 몇 시에 일어날까. 무엇을 먹고 어디에 갈까. 새로운 의뢰는 들어올까. 될 수 있으면 고양이 찾기 정도가 편해서 좋을 것 같다. 그렇지, 저번에 지나쳤던 가게에서 좋은 찻잔을 발견했다. 다음에 사 와서 맛있는 홍차를 끓여서 함께 마시자. 괜찮아, 차를 한 잔 마실 정도의 시간은 있으니까. 그리고 모레는, 일주일 뒤에는, 한 달 뒤에는———.

"한 달 뒤에도 너와 함께 홍차를 마시고 싶었어."

네가 "불합리해" 하고 말하며 한숨을 내쉬는 옆모습이 보고 싶었다.

너의…… 네가 웃는 얼굴을 몇 번이고 보고 싶었다.

"죽고 싶지 않았어."

하지만 내가 지킬 것이다. 너를 지킬 것이다.

그것이 내 사명——— 그럴 게 명탐정은 의뢰인의 이익을 지키는 존재니까.

그때 약속했잖아? 내가 너를 지킨다고. 네가 그 체질 탓에 어떠한 사건이나 트러블에 말려들더라도 내가 이 몸을 바쳐서 너를 지켜 주겠다고.

그러니까 너는 지금처럼 안심하고 잠들어 있어 줘. 무심코 조금 귀엽다는 생각이 드는 잠든 얼굴로 꿈속에 있어 줘. 괜찮아. 분명 언젠가 누군가가 너를 잠에서 깨워줄 테니까.

그리고 나 대신 너를 포옹해 줄 테니까.

"결국 건네주지 못했었네. 미안."

마지막으로 나는 조금 전 싸움 도중에 몰래 헬의 군복에 숨겨두었던 붉은 리본을 꺼내서 자신의 머리에 맸다. 그 애는 1년 후에도 이 리본을 매 줄까.

"……맞다, 이름도 생각해야지."

그건 헬의 의식을 봉인하기 위한 최후의 저주였다.

새로운 이름에 매여서 이 육체는 다시 태어난다.

"헬―― 얼음 나라를 지배한다고 하는 차가운 여왕의 이름."

그렇다면 적어도 새로운 이름은 좀 더 따듯하고 사람의 마음을 녹이는 듯한――.

알리시아의 여름의 태양처럼 눈부신 웃는 얼굴과도 어울리는 이름을――.

"있지, 조수."

나는 마지막으로 그를 불렀다.

"기억해 줘, 언젠가 너를 잠에서 깨워 줄 이의 이름은―― 나기사. 나츠나기 나기사야."

탐정은 이미 죽었다 2

2021년 01월 25일 제1판 인쇄
2023년 03월 15일 4쇄 발행

지음 니고 쥬우 | **일러스트** 우미보즈

옮김 김민준

발행 영상출판미디어(주)
등록번호 제 2002-000003호
주소 07551 서울특별시 강서구 양천로 570 NH서울타워 19층
전화 032-505-2973(代) | **FAX** 032-505-2982

ISBN 979-11-6625-551-9
ISBN 979-11-6625-457-4 (세트)

TANTEI HA MO、SHINDEIRU。 Vol.2
ⓒnigozyu 2020
First published in Japan in 2020 by KADOKAWA CORPORATION, Tokyo.
Korean translation rights arranged with KADOKAWA CORPORATION, Tokyo.

노블엔진(NOVEL ENGINE)은 영상출판미디어(주)의 라이트노벨 및 관련서적 브랜드입니다.

옆집 천사님 때문에 어느샌가 인간적으로 타락한 사연

1

◆

후지미야 아마네가 사는 맨션 옆집에는 학교
제일의 미소녀인 시이나 마히루가 살고 있다.
두 사람은 딱히 이렇다 할 접점이 없지만, 비가
오는 날 흠뻑 젖은 시이나 마히루에게 우산을
빌려준 것을 계기로 기묘한 교류가 시작되었
다.

혼자서 너저분하게 대충대충 사는 아마네를
차마 보다 못해, 밥을 차려 주거나 방을 청소해
주는 등 이것저것 챙겨 주는 마히루.

가족의 정을 그리워하면서 점차 다정한 모습
을 보이기 시작하는 마히루. 그러나 그 호의를
알면서도 자신감이 없는 아마네. 두 사람은 자
신의 마음에 솔직하게 굴지 못하면서도 조금씩
서로의 거리를 좁혀 나가는데 …….

사에키상 지음 | 하네코토, 카즈타케 하자노 일러스트 | **2021년 2월 출간**
청춘의 상상,시동을 걸어라!

전생종자의
블랙 크로니클
악정개혁록

1

좋아하는 여자 선배와 하교 중에 이세계로
전생한 유리. 몰락 귀족의 자식으로서 자신
이 섬기는 오만불손 귀족 영애를 만나러 가 보
니…… 갑자기 자신에게 엎드려 빌었다?!
  평소와 다른 귀족 영애의 상태에 당황하면서
도, 우연히 자신과 똑같이 전생한 선배임을 깨
닫는 나.
  그런데 원래 세계로 돌아가려면 선배(=귀족
영애)가 모략과 결혼이 판을 치는 궁정에서 살
아남아야 한다고?!

**악역영애(=선배)를 섬기는 종자가 되어 배드
엔딩을 피해라!**
전생 주종의 이세계 생존기!!

©2015 Masayuki Kataribe, Asagi Tosaka
KADOKAWA CORPORATION

카타리베 마사유키 지음 | **토사카 아사기** 일러스트 | **2021년 2월** 출간
청춘의 상상,시동을 걸어라!